TA

Genom att välja en klimatsmart pocket från Månpocket bidrar du till vårt arbete för att göra produktionen av pocketböcker miljövänligare.

Vår vision är att ge ut böcker där man tagit hänsyn till miljön i varje steg av produktionen – och vi strävar efter att bli ännu bättre.

Vi har därför valt att trycka alla våra böcker på FSC-märkt papper. FSC står för Forest Stewardship Council och är en oberoende, internationell organisation som verkar för socialt ansvarstagande genom ett miljöanpassat och ekonomiskt livskraftigt bruk av världens skogar. FSC:s regelverk slår bland annat vakt om hotade djur och växter, om hållbart och långsiktigt bruk av jorden och om säkra och sunda villkor för de som arbetar i skogen.

För de utsläpp som trots allt inte går att undvika i bokproduktionen klimatkompenserar vi genom Climate Friendly. Vi bidrar härigenom till utbyggnaden av hållbar utvinning av förnyelsebar energi, såsom vindkraft.

Vill du veta mer? Besök **www.manpocket.se/klimatsmartpocket**

FSC®

klimatsmart pocket

Månpocket

Anna Jansson

NÄR SKÖNHETEN KOM TILL BRO

Spänningsroman

Denna Månpocket är utgiven enligt överenskommelse med
Norstedts, Stockholm

MIX
Paper from
responsible sources
FSC® C021394
FSC
www.fsc.org

Omslagsdesign: Helena H / vildmyran@gmail.com
Omslagsbilder: Steve Peet / Arcangel Images / Getty Images
Foto: Leif Hansen

Utgiven enligt överenskommelse med Grand Agency

Tryckt hos UAB Print-It, Litauen 2013

ISBN 978-91-7503-197-2

När skönheten kom till byn då var klokheten där,
då hade de bara törne och galla.
Då sköto de efter henne med tusen gevär
ty de voro ju så förklokade alla.
Då nändes de varken dans eller glädje och sång
eller något som kunde vådeligt låta.
När skönheten kom till byn – om hon kom någon gång
då ville de varken le eller gråta.

Nils Ferlin
ur *Goggles*, 1938

Februariskymningen kom tidigt. Blenda Pihlgren cyklade genom dunklet mot en försiktig solnedgång. Regnet som isat hennes kinder hade upphört. En liten strimma eldrött ljus letade sig ner mellan molnen, den blev kraftigare och färgade himlen röd. Det såg ut som om Visby brann.

Uppfylld av tankar på hur framtiden skulle bli cyklade hon målmedvetet hem mot staden. Hon måste rädda sitt äktenskap. Det som var kvar av det efter år av svårigheter. Det var ett under att han stannat kvar tills nu. Hennes mun formade orden som måste sägas: Förlåt, Mikael. Vårt liv tillsammans blev inte alls som du ville. Förlåt. Jag gjorde så gott jag kunde. Jag lovar. Hela tiden. Men jag vågade inte. Jag förstod inte varför jag var så rädd. Nu vet jag hur mina demoner ser ut. Det var som psykologen sa: de krymper i dagsljus. Jag mindes dem med ett barns ögon. Men jag är vuxen nu.

Det vågiga mörka håret låg regnvått över reflexvästen som Mikael hade tvingat på henne. Fingrarna blev stela av köld. Blenda drog mössan längre ner i pannan. Hon skulle kontakta polisen. Bara hon fick tag i en telefon. Hon formulerade anmälan för sig själv. Allt skulle upp i ljuset. Det handlade om självrespekt. Hon cyklade fort, vreden gav kraft åt varje tramptag. Lösryckta meningar ur det samtal hon lämnat i ursinne blandades med svaren hon först nu lyckades formulera. Det är märkligt att man först efteråt kommer på vad man skulle ha sagt, de riktigt vässade replikerna.

Om Blenda Pihlgren inte hade varit så upptagen av det förflutna hade hon säkert hört bilen komma. Hon kanske till och med skulle ha vänt sig om och sett den blå Fiestan dyka upp på vägen i hög hastighet. Nu var det omedvetet hon styrde längre ut på vägrenen. Som om kroppen reflexmässigt uppfattade faran fast hjärnan sysslade med annat. Ljudet kom närmare. Alldeles för sent insåg hon förarens avsikt. Med en känsla av ren förvåning såg hon hatet i det bleka ansiktet. En evighetssekund innan allt blev splittrat i knivskarpt ljus. Det blev så tyst. Hjärtats egna slag som en pulserande skugga över näthinnan. Ett stegrande ljud tills allt blev en ringande ton. Smärtan bar henne in i medvetslösheten, i det bultande mörkret, medan livet rann ur hennes ådror.

I

Ek och Haraldsson var första patrull på plats vid den otäcka trafikolyckan i Bro. Ambulansen hade ännu inte kommit. Det var mörkt. Mannen som ringt larmcentralen hade låtit väldigt skärrad. Han kunde inte avgöra om kvinnan, som blivit påkörd, var död. Hon andades inte. Varför var inte ambulansen på plats? I skenet från ficklampan såg Ek den demolerade cykeln på dikesrenen och kvinnan som låg på marken som en sovande ängel. Det mörka håret täckte jorden runt det kritvita ansiktet. Benen hade en otäck vinkel. Haraldsson tog över hjärtåterupplivningsförsöken. Han hade varit sjukvårdare i det militära. Mannen som slagit larm gick planlöst av och an mellan sin bil och platsen där offret låg.

”Hon kan inte ligga här på den kalla marken!” Han ville rulla in en filt under henne, men Jesper Ek hindrade honom.

”Vi kan inte flytta henne. Hon kan ha skadat nacken! Ambulansen är snart här. Finns det flera skadade?” Han lät blicken svepa över olycksplatsen. Fyrtio–femtio meter bort stod en blå Fiesta. Han följde spåren i asfalten mot bilen. Det var märkligt att bromsspåren kom så sent. Han insåg att föraren inte kunde ha börjat bromsa förrän efter kollisionen. Hade bilföraren somnat vid ratten?

Bilen hade en buckla till höger på motorhuven. En kvinna, inte mycket större än ett barn, satt på förarplatsen. Ek knackade på rutan. Öppnade och kände alkoholångorna. Han stängde av tändningen. Kvinnan satt med huvudet lutat mot ratten, hängande i sitt bälte. Han kunde inte avgöra om hon var medvetslös eller sov. Han fick inget svar från henne. Hon reagerade inte ens när han tog tag i hennes arm. Huvudet följde slappt med i rörelsen. Hon hade puls och hon andades, men hon var definitivt inte i skick att blåsa i en alkoholmätare. Det fick bli blodprov. Jesper Ek tog bilnycklarna och återvände till de andra för att byta av Haraldsson.

”Lever hon?” Han ställde sig på knä, tog över greppet och fortsatte inblåsningarna. Varför kom aldrig ambulansen?

När Nina Eriksson vaknade upp visste hon först inte var hon befann sig. Hon var i ett kalt rum utan gardiner. En främmande grå filt var svept om hennes kropp. Det luktade spyor. Dagsljuset som letade sig in genom det gallerförsedda fönstret var olidligt. Hon var törstig, fruktansvärt törstig, och det värkte i axeln. Hon hade ingen bh, inga strumpor. Halskedjan hon alltid bar, den hon fått av Jonatan på bröllopsdagen, var borta. Var fanns Jonatan och Malte? Hon mådde så illa. Ångesten vällde in som en kvävande gas och fick henne att andas i små korta andetag. Hon grät tyst för sig själv, gråten blev till ett skri när hon fragmentariskt började rekonstruera vad som hänt. Hon hade suttit i bilen och polisen hade kommit. De hade tagit henne för rattfylla. Hon kunde inte minnas att hon hade fått blåsa. Hon skämdes så hon ville dö. Hatade Jonatan henne nu? Och Malte, tänk om han skulle få reda på det, att hans mamma blivit tagen av polisen för att hon kört full.

Vagt kunde hon minnas ambulansens sirener som tjöt alldeles inpå. Det blinkande blå ljuset som flimrat utanför bilrutan. Hade någon blivit skadad? Tanken slog ner som en blixt. Hon reste sig upp och prövade sina ben. Rörde armarna. Höger axel ömmade, och revbenen lågt ner på den motsatta sidan. Huvudet värkte, men det var en välbekant smärta. Hade någon annan blivit skadad? Hon måste få veta.

”Hallå?” Hon vinglade bort till dörren. ”Hallå!”

Arrestvaktens ansikte blev synligt. ”Hur är det?” Det syntes på honom att han tyckte att hon var äcklig. Luktade äckligt. Hon krympte ihop med armarna hårt lindade om kroppen. Sjönk ner längs väggen.

”Jag måste prata med någon”, viskade hon. ”Jag måste få veta vad som har hänt!” Nina sökte svaret i hans ansikte. Ett tecken. Men han rörde inte en min.

”Jag ska säga till Arvidsson. Det är han som har hand om utredningen. Han ville veta när du var i skick för ett förhör.”

”Ett förhör? Vad har jag gjort?” Orden kom som en flämtning.

”Minns du inte det?” Han såg misstroget på henne. Anklagelsen åt sig in i medvetandet och gjorde ont. Inte ens det kunde hon prestera.

”Körde jag på någon?” Det högg till i henne av rädsla. Svara då! Hon trodde att hon skulle bli galen. Hon måste få veta. Förstod han inte det? Att varje sekund i ovisshet var en isande skräck.

”Du får prata med Per, alldeles strax.” Luckan slog igen. Hon kände sig plötsligt kissnödig och såg sig om efter en toalett. Det fanns en toastol utan sits och lock bakom en kort vägg som sköt ut i rummet och dolde avträdet från dörren. Hon satte sig ner på den iskalla toalettstolen och lät det flöda. Det hördes ett rasslande ljud vid dörren. Hon knep av strålen och drog upp byxorna.

”Jag är här.” Hon lutade sig fram.

En vältränad, rödhårig man stod i cellen. Han tycktes fylla upp hela dörröppningen. ”Per Arvidsson.” Han sträckte fram handen för att hälsa när hon kom fram. Hon blev så förvånad över att han alls ville ta i henne att hon inte kom sig för med att fatta den.

”Hur mår du?” frågade han.

Vänligheten i hans röst fick henne att börja gråta. Hon fick inte gråta så att rösten försvann. Hon måste få veta sanningen. ”Gå inte, du får inte gå ifrån mej.”

”Nej, jag är här för att lyssna på vad du har att säga”, sa han och gick fram till fönstret. Hängde med överkroppen mot väggen. Han ville väl inte slå sig ner på hennes brits. Hon skämdes när hon såg fläckarna.

”Har jag dödat någon?”

Han såg allvarligt på henne. ”Det vet vi inte ännu. Kvinnan som blev påkörd opereras fortfarande. Vi vet inte hur det kommer att gå. Minns du vad som hände?”

2

Medeltidsveckan var i full gång och stadskärnan kokade av aktivitet. Augustikvällen var ovanligt varm. Havet låg stilla i väntan på natten. Blodröd sjönk solskärvan ner bakom Visby ringmur. De sista strålarna målade packhusens tegeltak i en glödande nyans. Värmen som samlats under dagen fanns ännu kvar i de trånga gränderna mellan klosterruinerna och de låga husen. Där vandrade människor utklädda till tiggare och adel, bönder och munkar. En spetälsk man i lindor krälade på marken. Längre ner mot vattnet längs Strandpromenaden satt människor i små grupper med picknickkorgar, spelade kubb eller bara flanerade under träden. De var alla åskådare till det mirakel där seklerna suddas ut. Skådespelet måste ha tett sig lika mäktigt för våra förfäder, när solen rullades i en vagn över himlavalvet av mäktiga gudar och gudinnor.

Utanför ringmuren var tempot ett annat. Till norra magasinets inre delar nådde inte solen. Längs förrådshyllor och möbelupplag rådde ett dammigt mörker. Mellan de flyttbara hyllorna löpte smala svarta gångar. Cementgolvet tog nästan ljudlöst emot fotstegen av en ung man. En bekant doft, som av fuktigt ylle och åldrat papper, nådde hans näsborrar. Han kände ångesten komma som en ilning högt upp under revbenen och sakta fortplanta sig till skrevet. Livstråden är så skör. Det finns ingen trygghet. Allt det vi förutsätter och tar för givet är bara illusioner. Döden är verklig. Han visste vad som skulle möta honom.

När lysröret tändes föll det skarpa skenet över skelettbenen på bordet. Ljuset smärtade hans röda och inflammerade ögon. Kisande ögnade han igenom rapporten om de båda döda, en artonårig flicka och en man på drygt femtio. Paret hade uppenbart gått en våldsam död till mötes. På bilderna syntes spår av djupa svärds- eller yxhugg mot kvinnans bäcken och märken av slag mot mannens lår- och skenben från båda sidor. Det visade för ett tränat öga att de sannolikt blivit dräpta i sömnen.

Botel Hellsten putsade glasögonen med sin urblekta t-shirt och torkade svetten ur pannan med samma plagg. Han var storväxt och lätt kutryggig. Ansiktet var påfallande blekt och ärrat av svår akne under de tidiga tonåren. Han försökte få ihop bilderna och det han läste med skelettdelarna han hade framför sig, men fick det inte att stämma. Han kontrollerade numret på lådan och svor högt. Det var fel. De skelett han beställt hade inte kommit än. Ögonen sved och tårades så att han knappt kunde se de små siffrorna. De kvarlevor han velat studera hade hittats i en dubbelgrav från mitten av 1100-talet i Sankt Clemens kyrkoruin. Ett nästan niohundra år gammalt ouppklarat mord.

Botel var helt besatt av mysteriet. Hans första tanke hade varit att de döda blivit bestraffade för ett brott de begått, att de ertappats med att begå hor eller att mannen skändat kvinnan. I vissa landskap bestraffades både förövaren och offret för våldtäkt och incest lika hårt. Men inte på Gotland, inte så länge Gutalagen gällde. Där var kvinnans rätt lagskyddad på ett unikt sätt. Det ifrågasattes inte ens, som i vår tid, hur kvinnan varit klädd eller hur hon uppfört sig vid en våldtäkt. På ön tilldelades kvinnor överhuvudtaget inte kroppsstraff. Att Botel i första hand tänkt på sexualbrott hade snarast med hans egen klangbotten att göra. Vissa erfarenheter kan man klara sig utan. Även om han blivit friad i tingsrätten fanns det kvar som ett blåmärke i medvetandet. Nej, han ville inte tänka på det.

En annan sak som talade mot att paret i dubbelgraven bestraffats med döden var att de blivit begravda på ett hedervärt sätt, inne i kyrkan. Det var i det närmaste förbjudet att begrava människor innanför kyrkans murar – bara högt uppsatta personer och kyrkans grundare fick den förmånen på 1100-talet. En mäktig grav på den förnämsta platsen mitt i kyrkans långskepp. Vilka kunde de ha varit? Det stora gravmonumentet som fanns beskrivet från de arkeologiska utgrävningarna av Sankt Clemens ruin 1912 hade försvunnit. Texten fanns inte återgiven. Man kunde säga att paret, i och med den förlorade gravstenen, blivit av med sina id-handlingar. Ingen visste vad de hette, vilka de var eller varför de blivit så brutalt mördade. För att studera fallet hade Botel skickat efter skelettdelarna från Statens historiska museums arkiv i Tumba. I sin iver hade han trott att de redan hade kommit när han såg lådan på arbetsbänken. De innehöll i stället skelettet av en sjuttonårig flicka som dött i cancer på 1300-talet. I magen hade hon ett foster, skelettbenen såg ut som små fågelben, också de var angripna av tumörer. Han försökte föreställa sig smärtan.

Hur länge ska man ha varit död för att griftefriden ska upphävas? Själv hade han inte velat tillbringa evigheten i en låda på ett lager i Tumba tillsammans med delar av gnagare och gräsätare. Det döda paret borde i anständighetens namn ha unnats den sista vilan i sin egen grav i ruinen. En sådan skymf borde räcka för att få andar att gå igen och hemsöka de levande, tänkte han och drog näven genom sitt glesa skägg.

Om osteologistuderande Botel Hellsten inte hade fastnat i mordgåtan skulle han ha blivit klar med sin D-uppsats om skelettfynden i Sankt Clemens ruin i god tid och redan ha tagit sin examen. Nu hade han augusti månad på sig att slutföra sitt arbete. Sedan var studielånet definitivt slut och någon arvtant fanns inte i sikte. Han kunde inte längre hoppas på ekonomisk undsättning från sin moster Jullan. Hon hade i praktiken sagt upp släktskapet med honom och rest till Gran Canaria med en gammal älskare för att supa upp arvet. Moster Hedvig var för snål. Hon brukade tala sig rödkindad om hur man skulle hjälpa mänskligheten, men människorna föraktade hon. Och hans egen mor var obemedlad, ambitionslös och hopplöst svagbegåvad när det gällde utmaningar av intellektuell karaktär. Grodorna hoppade jämfota ur hennes mun. Hon förstod inte alls varför han behövde studera till osteolog. Mamma Gullan hade till och med frågat honom vad han skulle få för lön på mejeriet. Osteolog, haha! Bara en sån sak. Uppväxten i Ludvika hade inte varit lätt. Släkten hade sedan urminnes tider varit bosatt på Gotland och det var först när han flyttade till ön som han kände sig hemma. Fast det var knappast Hedvigs förtjänst. Systrarna Gullan, Jullan och Hedvig var de tre nornor som spunnit hans livs trådar till ett trassel. Ju mindre han hade med dem att göra, desto bättre.

Att han inte kunnat släppa tanken på vad som hänt de döda i dubbelgraven var destruktivt på alla sätt, en ren förbannelse. Med tiden hade han själv alltmer kommit att identifiera sig med mannen i graven. Kanske hade han i ett tidigare liv levt i den mördades kropp för att sedan återfödas och söka hämnd för att han så brutalt blivit mördad. Tanken på upprättelse och vedergällning för det blodbad som skett på 1100-talet lockade Botel.

Han kallade mannen i dubbelgraven för Atsur. Det betyder ”han som ger svar”. Det var den förhoppning Botel hyste. Kvinnan hade han givit namnet Dorotea efter ett romerskt helgon, Dorotea av Kappadokien, en jungfru som led martyrdöden genom svärdet på 300-talet. I Italien hade han sett en vacker målning där hon bar en krans av rosor i håret. Som attribut hade hon ett svärd och en korg med rosor och äpplen. Det var något med hennes blick, leendet som krökte den perfekt fylliga munnen. Han hade blivit hemligt kär i den där målningen när han studerade konstvetenskap i Rom. När han kom hem hade han sökt hennes ansikte bland de unga kvinnor han mötte. Ibland hade han skymtat henne som hastigast utanför Åhléns eller på Hamnplan 5 och en gång på bussen från Slite.

En annan anledning till att uppsatsen knappt var påbörjad var att han la ner alldeles för mycket tid på nattliga rollspel i Sankt Clemens ruin. Det var som ett gift i blodet. Ibland mer verkligt än det trista liv han förde som överårig student med krav på att bli något, bli någon. I rollspelet är man den man vill vara. Ingenting är omöjligt, bara fantasin sätter gränser för det man kan uppleva och åstadkomma. I rollen som Atsur slapp han sin förbannade blyghet. Fulheten blev en tillgång. Därför hade han alltmer kommit att vända på dygnet och leva ut sina önskningar i teaterns form. De handlade om makt.

Under en guidad tur i ruinen för fyra år sedan hade han lyckats sno med sig nyckeln till Sankt Clemens järngrind och kopierat den. Det tog bara någon timme innan han kunde lämna tillbaka originalet och ingen hade märkt något. På det sättet hade han skaffat en perfekt lokal för sin teatergrupp. På en enda månad hade han skrivit en regelbok på sjuttiofem sidor och författat en historisk bakgrund till sitt vampyrlajv. Det grämde honom att han inte kunde slutföra sitt examensarbete med samma energi.

Tystnaden var kompakt i magasinet. Botel sjönk ner på den hårda stolen vid arbetsbänken. Verkligheten fick ge efter för den fantasivärld där han hellre ville vara. Han tänkte på teatern. Han hade blivit Atsur, en vampyr från 1100-talet som väcktes ur dödens dvala när solen gått ner. Inte död, inte heller levande. Klädd i medeltida kläder, precis som alla andra under Medeltidsveckan i Visby, vandrade han obemärkt genom gator och gränder. Dömd att åderlåta människor på deras livskraft och att finna fullkommelsen i Kains väg. Det var ett rollspel som krävde kunskap och disciplin, och deltagarna var mogna nog att ta det på största allvar. Teatern hade ett trettiotal deltagare med en spännvidd i ålder mellan 22 och 62 år. Själv skulle han fylla 31 i september, men hans själ var oändligt mycket äldre än så. Vampyrer äger tillgång till sin värdkropps föregående liv, minnen och egenskaper. Men någon hade blockerat medvetandet från Atsurs odödliga själ, stoppat minnets flöde med en förbannelse. Sannolikt den som dräpt honom på 1100-talet och bundit honom till graven. Det kunde vara en andebesvärjare väl förfaren i svart magi. Han anade att det var en av de osaliga som kommit för att dela den nattliga teaterscenen i Sankt Clemens. En mördare som återvände till brottsplatsen för att njuta av sin makt. Han skulle ta reda på vem det var, om det så skulle kosta honom heder och liv.

Botel hade givit sig själv högsta rang i teatern, ett privilegium eftersom han skrivit regelverket till *Wisby by night*. Han hade inspirerats av White Wolfs *Vampire: The Masquerade*. Till sin hjälp hade rollkaraktären Atsur flockpräster bestående av de äldsta klanmedlemmarna. Enar, den som strider ensam; Gregorius, den vaksamme; Viola, den som bär en hemlig visdom; Benedikt, den välsignade och ålderkvinnan Adela. Några måste ju styra upp det hela så att det gick rätt till enligt koden. Men Adela och Gloria hade oväntat i början av sommaren krävt att spelet skulle utgå från Lilit, Adams första fru. Lilit som förlöpte hemmet och blev alla vampyrers moder. Annars tänkte de söka sig till en annan grupp, och han hade fått ge vika för stunden. Nu gick all Botels tid åt till att läsa på för att behålla kontrollen och sedan med list styra in dem på den rätta vägen, Kains väg – ty de var alla Kains ättlingar. Om han misslyckades skulle den sista utvägen bli att kalla på inkvisitionen. Det skulle göra ont, mycket ont. Svarta Handens polisiära styrkor hade de otrogna under bevakning och väntade på order att gripa dem för kätteri.

Botel låste magasinet efter sig och gick hem genom mörka gränder. Slog portkoden. Låste upp dörren till sin lägenhet. När han satte sig ner vid datorn kände han smärtan i ländryggen. En åkomma som blivit alltmer plågsam under sommaren, särskilt på morgnarna. Först hade han trott att det var en sträckning, men det ville inte släppa. Kanske var det en förbannelse viskad i mörkret av en osynlig fiende eller demon.

Fast Botel borde ha ägnat sig åt sin uppsats läste han om Lilit. Enligt den medeltida texten *Ben Siras alfabet* och tidig judisk mytologi var Lilit skapad av samma lera som den första människan Adam. Hon var hans jämlike. Men när hon vägrade ligga under honom blev han vred och slog henne. I sin ilska ropade hon Guds heliga namn, det namn som inte fick nämnas, det som fick jordens grundvalar att skälva. Vingar växte då ut från hennes kropp och hon flög bort över Röda havet. Då lät Gud sända tre änglar för att hämta tillbaka henne. Men hon var fortfarande så rasande över våldtäkten att hon svor att döda alla barn av Adams släkt som hon kunde få tag i. Utom de barn som på sina sängar hade änglarnas namn skrivna. Det sades också att hon slog sig ner vid Röda havet och parade sig med Satan och med honom födde hon vampyrer, häxor och osaliga andar. Då skapade Gud en annan kvinna åt Adam, men hon var så vämjeligt ful att hon inte alls kunde behaga honom, inte när han en gång haft den undersköna Lilit. Därefter skapade Gud den fogliga Eva. I bibeln nämndes Lilit bara två gånger. I Jesaja 34:14 och i Jobs bok 18:15: ”Det blir ett tillhåll för ökendjur och hyenor, en plats där gastar möts. Där håller också Lilit till och finner en plats att vila”, säger Jesaja och i Job: ”Lilit intar hans hem, svavel sprids över platsen där han bott.”

Botel hade läst på för att han var tvungen och han var rasande på Gloria och Adela för att de hotade att förstöra hans lajv. Han måste återfå kontrollen. Kunskap är makt. Med kunskap skulle han snärja dem i sina egna ord och symboler. Lilits symbol var ormen. Ormen som i modergudinnans kulturer står för återfödelse. Kanske var Lilit ormen i paradiset. Den som lockade Adam och Eva att äta av kunskapens träd. Modergudinnans symbol blev symbolen för ondskan. I grekisk mytologi ligger det nära till hands att tänka på Medusa, tänkte han. Kvinnor vill inte vara fula, så ormgudinnans förvandling till Medusa passade hans syften utmärkt.

Mest besviken var Botel på Gloria. Hon hade varit med från början och accepterat reglerna. Han hade utnämnt henne till skrifthållare för att bevara krönikan i minne från gång till gång. Nu höll hon på att förstöra allting. Gloria hade sagt att hon tänkte ta med sig en ny medlem. Ålderkvinnan Adela visste vem nykomlingen var och hade förordat det. Efter deras svek hade han god lust att motsätta sig det. En sextonåring som hette Malva och som knappt gått ut grundskolan! Förfrågan hade ursprungligen kommit från hans moster Hedvig, som var hennes lärare i skolan. Han hade förhalat det hela, men nu krävde Gloria och Hedvig ett svar. Hedvig var rent rabiat när hon fått något på hjärnan. Flickan hade inget att göra under sommaren och var väldigt ensam. Det retade honom lite att Hedvig inte kommit till honom utan gått via Lilitdyrkarna. Botel hade satt åldersgränsen till sexton år för att få vara med i rollspelet, men han kände sig ändå kluven till det där med flickan när de andra var så mycket äldre. Det fick inte bli något emofjant med svartklädda fjortisar i kanintofflor och rosett i håret. För honom var det allvar. Blodigt allvar, för han var en ädel tzimisce till sin börd och ärkebiskop av Sabbaten. Han gned sitt onda ryggslut. Om smärtan inte gav med sig skulle han behöva uppsöka läkare. Tanken oroade honom, allt som hade med sjukhus att göra var skrämmande. Kunskapen han inte ägde, språket han inte förstod, ett vagt hot om smärta. Men värst var läkarens makt att stämpla sitt offer med diagnos och rätten att uttala en dödsdom.

3

Personalfest i Tallunden. Inbjudna: polisen, brandförsvaret och tillnyktringsenheten. Dans på lövad bana, stod det på den lapp som nålats upp på personalens anslagstavla i fikarummet. Kriminalinspektör Maria Wern hade först inte tänkt gå dit, men Jesper Ek hade lyckats övertala henne med okonventionella metoder. För att få henne att skratta hade han grabbat åt sig den stora fiskekulan i grönt glas som låg i fönstret och hållit den framför sig som en spåkula. Hans ansikte hade skrumpnat ihop och rösten blev gammal och knarrig. Maria såg förvandlingen till spågumma och hade svårt att hålla sig för skratt.

”Jag ser din framtid, unga dam. En mörk man med mustasch blir ditt öde. Han är för stunden förklädd till get, men du ska inte låta dej luras av det. När han bjuder dej sitt adamsäpple ska du stoppa grisen i säcken direkt.”

”Är du precis knäpp!”

”Sanna mina ord, i kväll ska du möta ditt öde”, skrockade Ek.

”Möter man inte sitt öde varje dag?” frågade hon.

”I kväll är månens laseröga extra starkt och magiskt. Energierna flödar i dina ådror som ebb och flod. Du kommer att få en insikt som leder dej rätt. Han med stort H kommer att uppenbara sej för dej, sen uppslukas han av natten om du inte bryter förtrollningen med en kyss. Jag ser det tydligt i kulan. En kyss, ska det vara. Annars är du körd.”

”Åh, jag kan också se kulan”, skrattade Maria och petade Ek i fläskmagen där den mittersta skjortknappen hade gått upp.

”Kommer du med då?” frågade han och såg stött ut.

”Ja.”

Mitt i skrattet hade det varit så lätt att lova. Men när Maria stod framför spegeln och målade läpparna röda kändes det inte lika enkelt. Hon behövde plugga straffrätt. När barnen somnat var tiden dyrbar. Hon måste klara tentan om hon skulle komma vidare i karriären. Det gällde att ha disciplin, att räcka till för barnen, men också att ha tid för utveckling. Hon borde ha tackat nej till festen, men nu var det för sent. Hartmans dotter, Lena, satt redan i vardagsrummet med en stor skål chips i knäet, redo att ta hand om barnen. De hade inte velat gå och lägga sig utan satt på var sin sida om henne och såg på en Disneyfilm.

”Ha så kul”, ropade de från tevesoffan. Maria klev in och kramade sina barn en gång till fast hon redan sagt hej då till dem alldeles nyss.

Det tog inte ens tio minuter att cykla genom staden. Kvällen var varm och vinden mild. Maria tog av sig skorna och gick barfota över gräset bort mot den tillfälliga festplatsen där långborden hade dukats runt dansbanan. Partytält med barer var uppställda. Erika mötte henne med en välkomstdrink och feststämningen började infinna sig. De gick bort till de andra som redan börjat göra laguppställningar inför femkampen. Ek ansåg att han var en självklar kandidat i ölhävningen och fick dra lott med Per Arvidsson som var av en annan åsikt. Annars löste det sig utan konflikter. Bordsplaceringen var skriven direkt på pappersduken och Maria kom att hamna mitt emot en brandman hon inte träffat tidigare, Björn Bergström. Hon läste utan svårighet hans namn uppochner. Han såg oförskämt bra ut, som en filmhjälte i vit skjorta. En man som när som helst skulle kunna ta ett jämfotahopp upp på bordet och fäktas mot någon usling som förolämpat hans dam, hans hund, hans land eller kokkonst, tänkte Maria och dolde ett leende i servetten. En halv centimeter skäggstubb, ett perfekt leende och ett tjockt, vågigt, cendréfärgat hår förstärkte bara den bilden. Han hade solflagat på näsan, kanske gillade han att segla. Maria kunde inte låta bli att se på hans hand när han föreslog en skål. Han bar en slät guldring på vänsterhandens ringfinger. Så klart. Allt annat hade förvånat henne. Han var född på Gotland och hade för nästan ett år sedan återvänt hem efter några år utomlands. Senast hade han jobbat som stuntman i filmbranschen, berättade han. Nu arbetade han som brandförman vid räddningstjänsten i Visby.

"Jag hade faktiskt gissat på filmbranschen", sa hon.

"Varför då?" frågade han uppriktigt förvånad.

"Det finns en självsäkerhet i dina rörelser", svarade hon. "Fast jag hade chansat på skådespelare."

Han log och leendet fick Maria att rodna. Han såg verkligen otroligt bra ut. "Faktum är att jag ägnar mej lite åt rollspel, fast bara som amatör. Du kan kalla mej Gregorius. Jag är flockpräst och lever mitt liv i kyskhet och fattigdom."

Maria hörde någon längre ner vid bordet muttra en kommentar, varpå flera från brandkåren skrattade högt. Det var väl det hon misstänkte. Att han var en kvinnotjusare av värsta sort.

Under femkampen utmärkte han sig och vann till och med över Per Arvidsson i rövkrok. Per hade varit obesegrad mästare de tre senaste åren. När det sedan blev dans bjöd han upp. Han dansade discodans med de mest utmanande bålrullningar Maria sett, någonsin. Vid det laget var hon så berusad av vinet att hon bara skrattade. Han var ett proffs, men man kan inte dansa med någon som har en välrepeterad enmansshow.

"I kyskhet och fattigdom, var det så du sa", skrek hon i hans öra när musiken slog om och blev en tryckare. Han fattade tag och höll om henne. Stod alldeles stilla med henne i famnen fast musiken börjat. Han luktade så gott. Vad väntade han på? Maria kände hur pulsen rusade iväg. Han rörde sig fortfarande inte, men tryckte henne närmare sig. Log retsamt när hon såg upp på honom. Så började han sakta röra sig till musiken och hittade ett ”vi” i rörelsen innan han dansade ut i vågade svängar. Det var så enkelt, så roligt. Hur många danser de dansat kunde hon inte minnas. Sex eller sju kanske. Per Arvidssons ansikte fladdrade förbi i utkanten av synfältet. Sedan dök Erika upp och ville ha sällskap till toaletten. Maria blev klar först och väntade utanför. En bit längre bort hördes en vass kvinnoröst, då och då avbruten av en mörkare mansröst. Ett praktgräl bakom bajamajorna. Maria lutade sig fram för att se. Björn Bergström gick genom parken, bakom honom sprang en kvinna i vit klänning och långt ljust hår. Det syntes på deras gester att de grälade. Hon försökte hänga sig på honom och han sköt henne ifrån sig. Han gick och hon följde efter. Maria insåg att hon iakttog något som var mycket privat. Ändå stod hon där som förstenad när hon såg Björn ta av sig ringen och ge den till kvinnan. Hon slängde den på marken och han tog upp den, stoppade den i sin ficka.

När Björn senare slog sig ner vid bordet igen verkade han frånvarande. Maria lät honom vara kvar i sina funderingar och pratade med de andra. Den vitklädda sökte honom med blicken. Maria såg hur han gjorde sitt bästa för att undvika den. Björn Bergström var en av de första som bröt upp från festen.

4

Lördagsmorgonen var solig. Båten till Lilla Karlsö skulle strax avgå från Djupviks fiskeläge. Maria Wern steg ur bilen och såg sig om efter Jonatan, infektionsläkaren som kommit att bli en mycket god vän. Karlsöturen var hans idé. Det var skönt att komma bort från staden och Medeltidsveckans myller. Jo, där stod Jonatan och lille Malte borta vid informationstavlan. Båda med vinröda ryggsäckar och jeansshorts. Jonatan pekade på fåglarna på tavlan, men Malte hade svårt att koncentrera sig. Han fick syn på en riktig fiskmås. Det var tydligen mera inspirerande. Han hoppade och flaxade med armarna. Jonatan skrattade. Maria hade tagit med sina barn, Emil och Linda. I bästa fall skulle de vuxna hinna växla några ord med varandra under den guidade turen.

När Jonatan ringde och undrade om de kunde hitta på något tillsammans hade Maria fått en bestämd känsla av att det var något särskilt han ville prata om. Att det var brådskande. Hon anade att det handlade om Maltes mamma. Nina var alkoholist. Sist Maria och Jonatan talades vid någon gång i maj var Nina på avgiftning efter att ha orsakat en allvarlig bilolycka. Jonatan hade varit helt knäckt. Själv hade Nina skyllt på regnet, vattenplaning, fast hon till en början inte mindes vart hon skulle eller var hon varit. Faktum var att hon hade kommit ut på kanten och kört på en cyklist bakifrån. Kvinnan blev svårt skadad. Det var ren tur att hon överlevde. Jonatan hade behövt prata mycket när det hände, sedan hade han krupit ihop kring skammen och inte hört av sig på hela sommaren, inte varit anträffbar. Maria hade frågat i telefon hur det var med Nina, om hon kommit tillbaka till ön, men Jonatan hade svarat undvikande. Vi pratar sedan.

Det var ett tjugotal passagerare på Karlsöbåten. Efter många år i polisyrket blir man ofrivilligt en iakttagare, tänkte Maria. Några av dem utmärkte sig. Ett tyskt par som satt lutade över en fågelbok och diskuterade stjärtfjädrar. En barnfamilj med en mamma som såg till att alla hade sina magnetarmband på sig och spypåsarna redo inför båtresan, fast havet låg alldeles spegelblankt och stilla och resan beräknades ta tjugo minuter. I land förde hon också befälet och smorde in hela sin fem personer starka flock med solskyddsfaktor 30 och kontrollerade att alla hade solglasögon och mössa och knutna skor. Men de två personer som mest drog till sig allas blickar var en otroligt söt tonårsflicka och hennes pappa. De var så uppenbart osams. Hon hade det vackraste hår Maria sett, långt, vågigt och kopparbrunt. Perfekt figur och fantastiska ögon. Maria kunde inte låta bli att småle åt Emil som inte heller kunde ta blicken ifrån henne. Han hade alltid varit svag för tjejer. Antagligen skulle det bli mycket, mycket värre med den saken framöver.

Pappan betalade överfarten för sig och sin dotter. De gick ombord tillsammans, men flickan vägrade att sätta sig bredvid honom. Han blev kvar ensam inne i salongen när flickan satte sig i aktern. När han kom ut och försökte sätta sig bredvid henne bytte hon plats. Kroppsspråket var stelt och ryckigt, ögonbrynen hopdragna. Säkert hade de grälat. Maria bävade, snart skulle Emil vara där. Fast det sägs att killar inte är lika jobbiga som tjejer i puberteten. Kanske för att de inte hålls i lika strama tyglar och alltså inte behöver bryta sig loss med samma kraft. Maria hade verkligen försökt uppfostra sina barn lika och rättvist fast de var så olika. Med tiden skulle hon väl få sin dom. Ingen är perfekt.

Solen gassade över ön fast det bara var förmiddag. Efter en kort information påbörjade de den tre timmar långa vandringen i maklig takt upp på öns stora platå. Malte höll sin pappa i handen och ville inte släppa taget. Jonatan försökte övertala honom att hänga med Emil och Linda som tagit täten med guiden. Längst fram gick också den söta flickan så länge hennes pappa höll sig till eftertruppen. Han hade försökt tala med henne flera gånger. När hon tog av sig tröjan i värmen för att gå vidare i bara linne upptäckte pappan att hon hade en tatuering på axeln. En ormgudinna. Maria hade sett samma motiv på en runsten på Fornsalen.

"Malva, vad är det där!" Han ville veta om den var äkta. Tatueringar är något som kan få vilken förälder som helst att gå i taket, tänkte Maria. Han frågade lugnt och behärskat. Men flickan vägrade svara på det. Hon låtsades inte höra. Stängde av honom med sitt kroppsspråk och vände ryggen mot honom och talade växter med guiden: jungfrulin, gullborste och nunneört. De passerade grottor och Gotlands högsta rauk, Stalen. Hela tiden såg Malva till att vara på behörigt avstånd från sin far. Maria tyckte synd om honom.

När de såg sälar som lekte i vattnet nedanför klippkanten ville Malte släppa taget om Jonatans hand och låna Emils kikare. Sälarna pratade högt med varandra med dova, hesa röster. Maria fattade tag om Jonatans arm. "Ville du berätta något? Är det om din fru? Är hon tillbaka från rehabiliteringen?"

"Nina har kommit tillbaka och tänker vara nykter. Hon har fått tag i en tvåa på Jungmansgatan. I går kom hon hem för att träffa Malte och då berättade hon att hon blivit intervjuad av en journalist från lokalpressen. Hon visste inte vilken av tidningarna. Inte vad journalisten hette. Rättegången är nu i veckan och de ville ha hennes kommentar till olyckan. De håller oturligt nog på med en artikelserie om rattonykterhet. Hon sa till journalisten att hon var oskyldig. Att det inte var hon som körde. Någon annan måste ha skadat kvinnan."

"Va?" Maria var inte säker på att hon hört rätt.

"Jag blev så klart vansinnigt arg på henne. För att hon ljög. Det kommer att reta gallfeber på folk, sa jag. Det enda raka är att erkänna. Men då hävdade Nina igen att det inte var hon som körde bilen, och så påminde hon mej om ett blåmärke hon hade när jag hämtade henne hos polisen."

Maria kastade en blick på barnen för att kontrollera att de var utom hörhåll. Malte skrattade högt åt sälarna. "Varför sa hon så?"

"För att det kanske är sant!" Jonatan såg påfallande blek och trött ut när han inte skärpte sig för Maltes skull.

"Hur menar du? Nina satt ju vid ratten. Hon var dyngrak! Det var Ek och Haraldsson som kom först till platsen. Det fanns ingen annan i bilen."

"När hon påminde mej om blåmärket började jag tvivla. Jag försökte minnas hur det var den dagen. Jag hämtade henne hos polisen. Vi var väl båda i chock. Jag hade tusen frågor. Hon teg. Jag försökte vara vänlig och förstående, men hon tolkade varje fråga som en anklagelse. När vi kom hem stod hon vid hallspegeln och såg på sej själv. Hatade sitt ansikte, hatade det hon gjort. Jag ville trösta henne. Jag tog tag om hennes högra axel för att vända henne mot mej och hon skrek till, för det gjorde så ont. Hon tog av sej jumpern. Det hade blivit ett stort blåmärke efter bilbältet. Jag reagerade inte på det då, inte förrän i går när hon sa att hon tänkt på det där med blånaden. Vi ställde oss framför spegeln igen på samma sätt som då. Det blåmärke vi såg för sex månader sen var på fel sida. Fattar du vad jag säger? Märket var på fel sida. Hon måste ha suttit på passagerarsidan vid kollisionen! Jag såg blåmärket då, men nu är det ju borta för länge sen."

"Dokumenterades skadan? Togs det några foton?" Maria märkte att hon blev ivrig och sänkte rösten. "Går det att bevisa?"

"Nej, det är väldigt svårt att bevisa det nu. Jag kommer så klart att vittna. Men frågan är om det räcker. Vem skulle tro mej?"

Maria lät den skrämmande tanken sjunka in. "Och om det inte var Nina, vem var det då? Det var ju er bil! Den blå Fiestan. Det har gått flera månader. Hon borde ha berättat det för någon mer. Visat upp blåmärket."

"Det gjorde hon inte. Det Nina minns av händelsen är väldigt fragmentariskt. Hon var på fest hos Dår-Uffe i Lärbro och tog bilen hem. Hon är väl medveten om att hon körde rattfull. Det nekar hon inte till. Vid Bro kyrka kom hon på att hon körde full och satte sej på passagerarsidan för att sova. Tror hon, men hon är inte säker på att det var så det gick till."

"Pappa jag vill ha en egen säl!" sa Malte och hoppade runt Jonatan på ett ben.

"Var skulle vi ha den då?" frågade Jonatan och visade Maria med en handrörelse att samtalet var avslutat för stunden.

"I badkaret så klart. Han ska heta Orvar och äta upp min fisk när det är fisk till kvällsmat. Jag gillar inte fisk med ben i." Malte var så allvarlig och charmig när han stod framför sin pappa och dividerade att Maria inte kunde låta bli att le åt dem. Han var så lik Emil i den åldern.

"Vet du Malte, jag tror inte Orvar har lust att följa med oss hem när han har ett helt hav att simma i och kompisar att leka med", sa Jonatan och lånade kikaren och kollade på sälarna han med. "Ett badkar är ganska tråkigt egentligen."

"Tänkte inte på det", sa Malte. "Kan jag få en katt i stället? Den kan också heta Orvar. Jag vill ha ett djur som heter Orvar. För då kan jag hitta på en egen sång som rimmar på korvar." Han gav sin pappa ett snabbt ögonkast. "Bajskorvar!" Och så fnittrade han så att han höll på att storkna.

"Fin pojke ni har", sa Malvas pappa.

Maria och Jonatan såg på varandra. Maria skakade på huvudet. "Vi är inte ... Det är Jonatans pojke. Mina barn är där framme vid guiden." Hon pekade ut dem. "Bredvid din dotter. Otroligt söt flicka du har. Fast det säger väl alla."

"Min fru brukade säga: mitt fula, mitt fulaste barn." Malvas far fick något vemodigt i blicken.

”Varför sa hon så?” Maria tyckte att det var ganska knäppt.

”För att inte gudarna skulle bli avundsjuka på hennes skönhet och bestraffa henne”, svarade han.

”Människor som är riktigt fula och riktigt vackra väcker uppmärksamhet och starka känslor. Vi andra halvfulingar får vara mer ifred. Mer ifred än vi vill”, sa Jonatan kryptiskt och höjde på ögonbrynen.

När de till Maltes förtjusning hälsat på en flock får med horn som stora kringlor, klättrade de ner mot havet igen. Guiden sa att de skulle bli tvungna att vada en bit i vattnet. Det fanns såphala stenar och det var bäst att hålla sig stadigt i klippkanten. Det var som att kliva in i en saga med sjögräsgrönt vatten och märkliga stenformationer. Maria tyckte att hon upptäckte världen för första gången varje gång de rundade ett hörn och en ny vy öppnade sig. Sälarna skrattade åt dem ute i vattnet. De såg antagligen ganska komiska ut när de fäktade med armarna för att inte förlora balansen.

Uppstigningen till platån skedde via en stege som gick rakt upp för bergssidan. När Maria kom fram hade Malva ännu inte klättrat upp. Hon var rädd, men vägrade ta hjälp av sin pappa. Fräste åt honom att försvinna när han tänkte vänta på henne och gav guiden en sur blick när hon tog pappans parti. När han försvunnit upp för stegen började flickan gråta. Alla andra väntade där uppe. ”Jag törs inte, det går inte.”

”Om jag går tätt bakom dej”, sa Maria. ”Då går det. Jag låter dej inte ramla. Inte en chans. Du klarar det.”

Malva började klättra. Benen skakade. Hon vände sig och såg nedåt, svajade till. ”Jag svimmar!”

Maria la sin hand på hennes rygg. ”Du fixar det.” Hon kände att flickungen var alldeles kallsvettig. ”Se bara rakt framför dej. Blicken i bergväggen. Tänk bara ett steg i taget. Du fixar det. Jag vet det!”

En liten stund senare låg de tryggt uppe i gröngräset på platån.

Malvas vresighet slog långsamt om till trevligt småprat. Hon berättade att hon skulle börja gymnasiet till hösten, att hon inte fått något sommarjobb.

Och Maria berättade att hon var polis, gillade att måla akvarell och att hon ägnat sommaren åt att renovera huset.

Efteråt – som händelserna sedan utvecklade sig – ångrade Maria att hon inte frågat mer. Men hon kunde ju inte veta … Ingen av dem kunde veta hur illa det sedan skulle bli.

5

Atsur svepte natten i sin mantel och gick upp för den branta trappan som löpte inuti i själva muren på Sankt Clemens ruin. Från sin upphöjda position skulle han då kunna se de andra komma. Han ville inte råka ut för några överraskningar, inte som den gången Viola utan lov släpat med sig en utomstående. En fåne i svart slängkappa, backslick och löständer i plast. En jöns som inte fattade vad det handlade om. Spelets regler sa att endast den högste beslutar om vilka som får genomgå blodsritualen och bli nya vampyrer. Den gången hade han lagt in sitt veto. Helst ville han inte ha med några nya medlemmar alls. Han hade också med kraft hävdat åldersgränsen vid flera tillfällen. Att göra ett barn till vampyr är ett brott.

Enligt krönikan hade de något viktigt att uppnå: Målet var att utrota de äldsta vampyrerna och därigenom förhindra att världen går under i ett brinnande Gehenna. Medlet är utveckling, att nå sin fulla potential. Ett sätt var att dricka en annan vampyrs blod, dricka det till botten och därefter dricka den andres själ. Genom detta diableri vann man erfarenhet. Men det fanns också faror. Den andres själ kunde i oväntade lägen ta över och driva en till vansinne.

Månljuset lyste upp ruinen. Enar, den kortbente muskulöse slagskämpen, och gråbrodern Gregorius kom först in genom grinden. Varje gång Atsur såg Gregorius kände han ett styng av avund. Gregorius hade alla de egenskaper han själv ville äga. En kvinnornas gunstling med ståtlig längd, styrka, snabbhet och ett leende som fick de flesta att smälta. Och det värsta av allt. Han verkade inte ens vara medveten om det. Gregorius och Enar sålde läderarbeten på medeltidsmarknaden och hade säkert tagit ett par öl innan de tog vägen genom Botaniska trädgården. Atsur tyckte inte om det. Enar blev så högljudd. De måste vara tysta som skuggor för att inte dra till sig onödig uppmärksamhet. Viola och Cecilia var desto mer försiktiga. Insvepta i sina grå mantlar öppnade de ljudlöst grinden och smög barfota in i ruinens svala dunkel. Benedikt, Dominikus, Guttorm, Laurentius, Ester och Kristina kom nästan samtidigt. Sedan kom Gloria. Det röda håret var i oordning som efter ett hett kärleksmöte, tänkte han. Kinderna blossade och ett leende lekte på hennes röda läppar. Med sig hade hon nykomlingen. Ett flickebarn. En blick och han var fånge på livstid. Han kunde inte ta ögonen ifrån den unga jungfrun. Efter niohundra år borde man inte ha några hormoner kvar i kroppen, ändå sög det till i Atsurs underliv när han såg henne. En fulländad varelse med hög byst och timglasmidja. Det tjocka brunglänsande håret dansade på ryggen när hon rak och smidig gick över golvet. Hennes dräkt var av ofärgat linne, manteln hopfäst med två enkla trånålar. Det var som om själva enkelheten i klädnaden fick hennes skönhet att framträda i hela sin prakt. Då såg han tecknet i hennes hand. En röd ros. Var hon medveten om att det var Doroteas attribut? Kunde hon vara kvinnan som vilade vid hans sida i dubbelgraven? Sannolikt visste hon ingenting om sitt ursprung. Han blev medveten om att han stirrade.

Atsur tog sig ner för den ojämna trappan och gick fram till de andra som samlats i vapenhuset. Nästan alla hade kommit. Atsur intog sin plats på tronen. Hans blickar drogs med obönhörlig kraft mot nykomlingen och plötsligt kände han sig förlägen, rent av underlägsen. Hennes hy lyste så vit och ren i månljuset. Han tog upp handen för att skyla sin egen ärrade kind när han talade till henne.

”Känner du reglerna? Den som inte kan reglerna förblir tjänare tills rådet bestämmer annorlunda.”

”Jag kan reglerna.” Hon såg honom oblygt rakt i ögonen. ”Jag är bara en enkel tjänare, en revenant. Men min själ har funnits sen modergudinnans tid. Jag önskar bli upptagen efter min själs ålder och rang.”

Atsur gav Gloria en ljungande blick. Var detta vad hon intalat flickebarnet, att hon skulle sikta på en maktposition direkt? Det var en ren provokation.

”Du är inte ens vampyr, bara en halvmänniska.”

”Jag vill tillhöra din klan, bli en tzimisce som du. Jordbunden.”

”Och hur såg ditt tidigare jordeliv ut?” frågade han. ”Vem var du?”

”Jag vet inte. Jag kan inte minnas.” Flickan såg bedjande på Gloria. Hon tog upp rosen och doftade på den för att vinna tid medan hon tänkte.

Den blodröda färgen mot hennes vita hy fick honom att dra efter andan. Atsur förde en inre kamp med sig själv. Hennes älsklighet gjorde honom mjuk och oförsiktig. Han ville ha hennes gunst, han ville äga henne, beskydda henne mot allt ont.

”Då ska jag berätta det för dej.” Han räckte ut sin hand och hon fattade den med värdighet. Tillsammans skred de ut till ruinens centrum. Han pekade ut dubbelgraven och berättade för henne om Atsur och Dorotea.

”Är vi släkt?” frågade hon och han såg ett retsamt leende spela på hennes läppar. Det kunde också vara skiftningen mellan skuggor och ljus från månskenet och gatlyktorna utanför. Han var inte säker.

”Jag vet inte. Det vilar en förbannelse över graven som hindrar oss från att nå våra minnen. Tillsammans kanske vi kan bryta den, nu när du kommit hit.” Han visade med ett tecken att de skulle återförenas med de andra. ”Kände du att jag kallade på dej, Dorotea? Att jag önskade din närvaro?”

”Du kanske var min far?” sa hon och leendet fanns kvar som ett farligt glitter i ögonen.

”Eller din make”, sa han och försökte tyda henne och se om talet skrämde henne.

Hon skrattade mjukt och slängde det långa håret bakåt med en huvudknyck. ”Eller också var du min tjänare.”

Han skrattade torrt för att visa hur befängd tanken var. Och ändå kändes det som att få en skopa kallt vatten över sig. För det var precis det han funderat över när han såg gravarnas inbördes placering på ritningen innan han gav sig ut i natten. Båda kropparna var lagda i öst-västlig riktning, som kristna gravar. Det märkliga var att kvinnograven låg i söder, vilket var den förnämsta positionen, medan hans egen låg i norr. På norrsidan av kyrkogårdarna fick självmördare och sämre folk ligga. Fint folk låg i söder. En kunskap han inte tänkte dela med sig av.

Atsur vände sig till sin flock: ”Vi har en nykomling.” Han log mot Dorotea. ”I natt får ingen skada dej, för du står under mitt beskydd. Nästa gång får du klara dej själv. Jag vill nu be Gregorius att läsa vår skapelseberättelse enligt myten.”

Gregorius hade nästan slumrat till med huvudet mot stenväggen. Han hade varit uppe sedan gryningen och arbetat på marknaden. Flockprästen ruskade ruset av sig och ställde sig upp med viss möda. Hans röst var djup och myndig.

”Kain dräpte sin bror Abel. Det var historiens första mord och Kain förvisades till Nod. Efter en tid sände Gud en ängel till Kain för att säga att han var förlåten. De talade länge med varandra. Men Kain kunde inte förlåta sej själv. Därför fick han enligt Nods bok leva för evigt, äta damm dricka blod och aldrig se solen. Som Kains ättlingar är vi skapade av Gud och inte av Satan som Lilits avkomma. Vår uppgift är att strida för den fria viljan och det är vår plikt att skrämma människorna så att de håller sej till den rätta vägen.”

”Det är inte hela sanningen.” Ålderkvinnan Adelas röst var stark och fyllig efter många års träning i kaotiska klassrum. Hon nickade åt Gloria och Gloria tog över. Det här hade de förberett, de intriganta styckena, det var Atsur säker på.

Gloria reste sig upp för att ytterligare stärka sin position och satte händerna i sidorna. ”25 000 år före vår tideräkning fanns modergudinnan. På öar som Kreta, Malta och Gotland levde kulturen med starka kvinnliga gudar kvar längst. Den manliga krigarkulturen kom långt senare och är förhoppningsvis bara en parentes i världshistorien. Hittills har våldet fått 5 000 år, det borde räcka."

Gregorius tänkte säga något, men Gloria lät sig inte avbrytas fast han gjorde tecknet som borde ha hejdat henne. Hon var stark nog att stå emot.

"I den tidiga hebreiska myten var mannen och kvinnan jämlikar. Vår plikt är att återställa den gamla världsordningen med rättvisa och harmoni mellan man och kvinna. I den gamla myten, som Gregorius återgav för oss, talade man om den fria viljan som vampyrernas rättesnöre. På den punkten håller jag helt och hållet med. Var och en äger sin fria vilja."

"Är du klar?" frågade Atsur och kände en plötslig yrsel. Under skoltiden hade han varit utanför och stundtals mobbad. Det var samma rädsla som kom över honom nu. Den som är ledare och äger makten har en given plats i gruppen, den som förlorar kontrollen kan bli utanför. Han måste försvara sin position. Det var inte rätt läge att ta strid om skapelsemyten. Som tur var dök Mjunfjärds bruna huckle upp bakom järngrinden och med det hade Atsur fått sista ordet. Med sig hade Mjunfjärd sin slavinna, Ödgerd, också hon en halvmänniska som blivit fyrahundra år gammal genom att dricka vampyrblod. Atsur hade glömt att han lovat den trollpackan att få vara med. Hon var lika ful som oanständig och inte alls så undergiven som en träl borde vara. Dessutom hade hon satt sin långa hemstickade mössa bakom öronen så att de stod ut. Hon var bara för mycket.

"Du är sen!" sa Enar på sitt barska sätt.

"Jag var tvungen att få nytt blod", log Mjunfjärd mot dem med sina karminröda läppar. Den vita särken var fläckad på ärmarna och bröstet. "Blod av bästa sort och jag har tagit med mej ett stop av det till dej, min dyre Atsur. Tjänster och gentjänster. Det är färskt, riktigt färskt från en sovande yngling!"

Atsur tog emot gåvan med en lätt bugning. "Och ni andra, hur har ni klarat natten som var?" Gregorius fick en uppmanande blick.

"Man måste ju vara försiktig", svarade han. "Vi är ovanligt många vampyrer i Visby när Medeltidsveckan pågår. Det är inte lätt att hitta ett byte. Egentligen mår jag inte bra. Jag slog åder på en uteliggare som sov ruset av sej under en buske i Öster Gravar. Sjukt blod som smakade bakfylla. Det är inget jag är stolt över. Jag var tvungen."

"Hur har det gått för dej, Enar?" frågade Atsur.

"Inget vidare för mej heller. Det fanns inga människor jag vågade mej på. Inga ensamma, omtöcknade. Det blev djurblod. En av Torneamentums quarterhästar som vilade efter riddarspelen. Bara en liten skvätt, jag fick hungerfrenzy, förlorade kontrollen helt. Jag blev så illamående. Tog mej knappt hit. Förlåt mej, Atsur. Det ska inte upprepas."

"Det gör min gåva mera värd", sa Gloria inställsamt. "Det är blodet av en polis."

"Är du alldeles från vettet!" röt Enar, men blev nedtystad av Atsur.

"Hur gick det till?"

Mjunfjärds tjänarinna förekom Gloria fast hon inte fått tillåtelse att tala inför rådet. Ett störande etikettsbrott.

"Hon förförde honom. Just nu sover han som en gris i Botaniska trädgårdens sköna gräs." Ödgerd skrattade hest och skrattet övergick i en hostattack. "Själv var jag tvungen att få tag på en nikotinist. Jag var så satans röksugen!"

"Tig slav, tills du blir tilltalad", väste Atsur. "Tig eller vi låter skära av din tunga och kastar den åt ålkråkorna." I samma stund såg han Doroteas ansikte. Hon såg livrädd ut. På ett ögonblick var han sig själv igen. Botel ville flickan så väl. "Det är inte på riktigt. Allt händer här inne på scenen, det som sker utanför hittar vi bara på. Vi biter inte någon i halsen på riktigt."

"Gör vi inte?" log Gloria och höjde elegant på ett ögonbryn.

"Lyssna inte på henne, Malva", sa Adela.

6

Lajvet var slut. Gryningen var nära. Atsur gick hem genom folktomma gator och tänkte på Doroteas vita hals. Den svaga doften av hennes parfym dröjde sig kvar i hans näsborrar. Ros och något mer, en intim doft av söta bär och kvinna. Linneklänningen hade glidit ner över ena axeln när hon lutade huvudet åt sidan. Hon erbjöd honom sitt blod direkt från källan. Men han hade tvekat. Det fanns en konflikt. På axelns sidenmjuka hud fanns en tatuering som föreställde ormgudinnan sittande på huk med en orm i varje hand. Dorotea var redan korrumperad av Glorias gäng. Han hade inte druckit av hennes blod fast hon föreslagit honom det. Med en övermänsklig viljeansträngning hade han låtit bli att utföra riten. Njutningen låg i att dra ut på det. Vid nästa möte skulle han dricka hennes blod till botten, begrava henne och låta henne uppstå som en ny varelse.

Han hade knappt hunnit hem och låst om sig innan han hängav sig åt förbjudna fantasier. Hon var hans domina och han hennes slav knappt värdig att kyssa hennes perfekta vrister. Med sitt liv skulle han beskydda henne mot andevärldens alla faror och i tacksamhet skulle hon öppna sin blommas kronblad när tiden var mogen.

Han ställde sig framför spegeln och bilden framträdde när han återtagit sin roll som människa. Han hatade det ärrade ansiktet, det glesa skägget och de rödsprängda ögonen. Dorotea skulle aldrig bli hans drottning, inte i verkligheten. I verkligheten hette hon Malva och hade just slutat grundskolan.

Botel böjde sig fram över tangentbordet. Skrev en mening och raderade den medan han undrade varför i helvete han valt att skriva om skeletten i Sankt Clemens ruin. Det fanns inget nytt att säga som inte tidigare sagts på ett bättre sätt. Att byta ämne nu var omöjligt och att fortsätta var också omöjligt.

Sankt Clemens kyrka i norr och Sankt Per ovanför hamnen var de tidigaste kyrkorna i Visby och mellan dem byggdes staden upp. Helgonet Sankt Clemens var sjöfararnas beskyddare och avbildades oftast med ett ankare om halsen. Han drunknade, det var så han dog martyrdöden. Själv hade Botel också lust att dränka sig. Särskilt sedan han läst resten av helgonlegenden. Den gick bara inte att redovisa på ett seriöst sätt. Enligt berättelsen fick Clemens magiska krafter och vindsurfade in i hamn på sitt ankare. Opponenterna skulle håna honom. Det var bara för pinsamt.

Botel ögnade igenom sina anteckningar. Den medeltida kyrkogården runt Sankt Clemens, som nu fanns under den omkringliggande bebyggelsen, var väldokumenterad. Man hade nogsamt grävt ut den och funnit 83 lik i två lager. Inget dramatiskt, inte ens en pestkyrkogård. Bara vanlig enkel hädangång utan anmärkningsvärda gravgåvor. Botel skrev några rader om det och om kyrkobyggnaden som ett kinderägg. Där den första kyrkan byggdes på 1150-talet och de följande två byggdes ovanpå, vartefter modet i byggnadskonsten ändrades. Tre önskningar i en. Han önskade det åt helvete och raderade skiten. I Visby hade man på 1100-talet omåttligt gott om pengar att bygga kyrkor för, skrev han sedan. Totalt blev det nästan en halv sida text. Han raderade den också och sparkade till papperskorgen så att den flög över rummet.

Det enda som kunde rädda uppsatsen nu var om han lyckades lösa mordet. Eller åtminstone ta reda på vilka det var som låg i dubbelgraven. Om han bara kunde få skeletten från Tumba snart. Han skulle vilja göra DNA-analyser för att få veta om paret var släkt, eller ännu hellre strontiumanalyser där man kunde få fram var en person vuxit upp och levt sitt liv. På något sätt måste han skaffa pengar. Något som på legal väg tycktes honom helt omöjligt. Att starta en insamling eller söka stipendier skulle ta alldeles för lång tid. Det fanns ingen att låna pengar av. Det enda raka var att göra något kriminellt, spånade han vidare. Han skulle kunna råna en affär. Ett väpnat rån i vetenskapens tjänst borde vara en förmildrande omständighet om han åkte dit. Han såg sig själv i bild: Mannen som gav brutalarkeologin ett ansikte. Ett leende i fyrfärgstryck på Fornvännens framsida, kanske i lokalpressen och i bästa fall i kvällstidningarna.

Han lät fantasin skena iväg.

Ett annat alternativ var att handla med droger. På det området var Ödgerd en riktig häxa – ett och annat hade han snappat upp när hon snackade fosterfördrivande droger med de andra kvinnorna. Gloria hade protesterat och blivit rekommenderad att använda en citronskiva som pessar. Ödgerd förstod inte alls varför vi importerar narkotiska växter utifrån när vi har en så rik inhemsk flora. Om han slog sig ihop med Ödgerd och löste världsproblemen skulle de nog kunna hitta lukrativa sätt att omsätta hennes botaniska kunskaper i reda pengar. Pengar till arkeologisk forskning. Men nej tack, Ödgerd. Det skulle vara som att ha delad vårdnad med Medusa själv. Det gick bort. Han återvände till verkligheten och uppsatsen.

”Du har fanimej en skruv lös”, sa Gregorius när de möttes en timme senare nere på medeltidsmarknaden. Det handlade inte om Botels behov av pengar utan om maktfördelningen i teatergruppen. ”Sätter du hårt mot hårt gaddar de ihop sej ännu mer och du förlorar makten. Du måste vara smartare än så. Hitta en blotta. Det finns många historiskt funktionella modeller för det. Få dem att bli osams. Söndra och härska.”

”Vad skulle kunna få dem att ryka ihop då?” Botel kände att han gled in i Atsurs roll. Han fick rakare hållning, blicken blev klar och stadig. Han lyssnade eftertänksamt på sin rådgivare.

"Stärk Doroteas roll. Ge henne större förmågor. Gör dem avundsjuka. Viola borde känna sej hotad, hon sitter i rådet. En bidrottning släpper inte makt till andra kvinnor. Gloria håller på Dorotea. Runa håller på Viola när det kommer till kritan. Adela tar Glorias parti. De kommer att skaffa sej fler allierade på ömse håll. Det blir en konflikt. Du samarbetar med båda parter. Det minst hotande för alla är att du är kvar vid makten."

Atsur funderade. Det lät klokt. "Ska jag göra henne till biskop?"

"Det kanske är smart. Först måste hon bli vampyr."

"Hon får inte bli för stark, Gregorius. Hon får inte ha andra lojaliteter om hon ska vara min förtrogna. Vi måste låta Svarta Handen gripa Gloria för förräderi. Då har Dorotea inget stöd, utom möjligen av Adela, men det är inte säkert. Vi måste oskadliggöra Gloria. Hitta på något. Vad som helst, ni har mitt fulla mandat."

"Ska bli mej ett nöje." Gregorius log med hela ansiktet. "Gloria har blivit riktigt odräglig. Gör Dorotea till din närmast förtrogna, stärk era band. Annars står du inför ett nytt maktspel. Det är inte bara du som kastar lystna blickar på henne, dyre Atsur. Efter hundratals år som vampyr kan vem som helst börja tvivla på sin sexuella identitet och för somliga har lågan slocknat helt, men hon väcker de björnar som sover. Enar fick nästan kåtslag. Benedikt snackar inte om något annat än den unga möns fantastiska bröst. Och själv skulle jag inte ha något emot att …"

"Tack det räcker! Ditt förslag är alltså att jag med bestämdhet hävdar att hon är min maka trots den stora åldersskillnaden."

"Ja, där fick du ju till det snyggt med dubbelsängen. Jävligt fyndigt", sa Gregorius och dunkade honom godmodigt i ryggen.

"Dubbelgraven är på riktigt! Jag hittar inte på. De blev mördade. En ung kvinna på arton år och en man i femtioårsåldern. Det finns fragment kvar av deras kläder. De enkla dräkterna stämmer inte alls med den förnäma fyndplatsen."

”Hur menar du?” Gregorius såg måttligt intresserad ut. Han spottade ut snuset i en imponerande stråle som landade mitt framför en korsriddare på väg till tornerspelen. Riddaren var huvudet kortare än Gregorius och avstod från att försvara sin heder.

”De begravdes på den finaste platsen i kyrkan. Graven är praktfull. Men deras kläder anspråkslösa. Kvinnans dräkt var hopfäst med enkla men fint snidade träpinnar, inget silver eller guld. Inte ens brons. Enkla linnetyger. Visst är det märkligt?”

”Grubbla inte för mycket på det där du. Förresten, hur går det med din uppsats. Inget vidare, va?”

”Så sant, så sant.” Botel lutade sig mot muren och såg på baderskorna som under glada skratt tvingade ner en mager karl i bykkaret och gav honom en ordentlig omgång med riset. En bonde kom gående med en gris under armen. Tyghandlaren ropade ut sina varor. I den stunden tyckte han sig se en skymt av Dorotea. Hon var på väg in i Botaniska trädgården. Ljuset från gatlyktan fångade glansen i hennes hår. Han kunde inte släppa henne med blicken. ”Måste vidare.”

Han följde henne på avstånd genom trädgården. Hon rörde sig så vackert, otvunget, med ryggen rak och styrka och mjukhet i stegen. Grönskan ramade in henne. Helgonet Dorotea var trädgårdsmästarnas, floristernas och brudarnas helgon. I bästa fall skulle han kunna ta reda på var hon bodde. Se vilka hon träffade. Det slog honom just då att hon faktiskt kunde ha en pojkvän. Tanken fick honom att tappa fotfästet en stund. Det var ju fullt möjligt.

7

Måndagsmorgonen var svalare. Maria hade sovit gott och tyckte att det gick förbluffande lätt att komma ur sängen. Hon hade drömt om Björn. Kinderna blossade fortfarande och värre blev det ju mer hon mindes av drömmen. Mycket hud – och lite huvud. Bara för att man är svältfödd på närhet måste man inte bli huvudlöst förälskad i förste bäste brandman, eller hur? sa hon till sig själv i spegeln och gjorde en sträng min. Så lättmanipulerad du är, Maria. Hormonerna bara luras. Han kan få vem han vill. Det finns minst en annan kvinna i hans liv. Var realistisk!

Inga barn att skicka iväg till fritids, Emil och Linda sov över hos kompisar båda två. En vecka kvar på sommarlovet. Onsdag till fredag skulle Maria på seminarier på fastlandet, men då hade Hartmans dotter, Lena, lovat att bo hos dem. Den som har goda vänner är alltid rik, brukade mormor Vendela säga.

Maria satte på kaffe och gick ut med koppen i handen för att hämta tidningen. Tänkte på Björns otroligt skiftande minspel – och motade bort tanken. Hon koncentrerade sig på nuet. Det var dagg i gräset och på blommorna i rabatten, små fina droppar glänste på de röda klängrosorna vid trappan. Björns leende bara fanns där på näthinnan. Hon var besatt, det var helt sjukt. Skärp dig, Maria. När rosorna blommade i sådant överflöd kunde man plocka dem och ha dem i en skål med vatten på vardagsrumsbordet och på köksbordet. Minnet av Björns blick när han ställde en fråga fick henne att sjunka ner på den grönmålade bänken med en suck. Hon gav upp och tillät sig själv att repetera varje replik i samtalet de haft. Förbättrade lite här och lite där, la till och drog ifrån. Hon mötte hans blick, speglade sig i hans leende. Det här var värre än hon hade trott. Helvetes karl!

Maria fiskade upp morgontidningen i brevlådan utanför det gula planket och hajade till av rubriken på första sidan: *Rattfull nekar till olyckan i Bro. I februari i år blev en cyklist svårt skadad när hon blev påkörd bakifrån. Bilen framfördes av en berusad kvinna. Nu nekar den anklagade till händelsen…*

Maria gick tillbaka in i trädgården och stängde porten bakom sig. Hon ville inte tala med någon av grannarna. I stället blev hon sittande på trappan medan hon ögnade igenom artikeln. Nina Eriksson fanns med på bild och med namn. Hon hade valt att framträda själv, stod det. Den ursprungliga idén med reportaget hade säkert varit att ge en bild av en ångerfull syndare. Frågorna var ställda på det sättet, men svaren passade inte in. Maria tänkte på Jonatan. Borde hon ringa honom? Hon såg på klockan. Skulle hon ringa upp honom måste hon ha tid att prata och ta emot hans reaktion. Det fick bli senare, efter jobbet. Hon nappade åt sig väskan med träningskläder och ett par äpplen och låste ytterdörren.

Jesper Ek var den förste hon stötte på vid kaffeautomaten i fikarummet på polisstationen, och de slog sig ner. Han såg ovanligt glad ut. Det smittade av sig.

”Du ser ut att ha haft en trevlig helg”, skrattade Maria.

Ek såg för ögonblicket förvirrad ut. ”Va?”

”Det ser ut att ha gått vilt till.” Maria såg hur han förde handen till halsen i ett försök att dölja det blåröda märket.

”Jaså, sugmärket. Jaa, man är oemotståndlig.”

”Var hon rödhårig?”

”Oemotståndligt rödhårig, om än lite underligt klädd. Men det är de flesta under Medeltidsveckan. Det var i lördags. Hon raggade upp mej på Bistra Haren, bara så där. Satte sej vid mitt bord. Lite vin och tända ljus kan göra underverk. Man är ung igen.”

”Grattis! En del har tur. Ska ni ses igen?” Maria kunde inte hålla tillbaka sin nyfikenhet. Ek fick väl säga stopp om han ville ha sitt privatliv för sig själv.

”Jag kanske behöver en sval hand på min heta … panna.”

”En sjuksköterska?” Eks kvinnor brukade vara vårdmänniskor. Maria mindes särskilt en rödluva som hållit på med rökavvänjning. Det var väl något hos Jesper som vädjade till deras vårdinstinkt.

”Kanske det. Hon pratade vårdspråk, använde inte nagellack och satt bredbent. Sen byxor blev klädkod i vården sitter kvinnorna bredbent, säger Arvidsson. Hon är hemlig, kanske gift, kanske galen. Vad vet jag? Vi promenerade i Botan och … jag fattar inte att det hände. Sen bara slocknade jag.”

”Sov du i Botaniska trädgården?” Maria funderade på om han drev med henne.

”Ja”, svarade han enkelt. ”Förresten, har du sett tidningen i dag? Nina Eriksson, kvinnan vi tog för rattfylla, har gått ut med att hon är oskyldig. My ass, att hon är! Hon var så full att hon inte ens klarade av att blåsa. Vi tog med henne till station. Hon hade 3,14 i blodet. Som pi, därför kommer jag ihåg det. Hon fick stanna på tillnyktring. Maken kom och hämtade henne. Jag förstår att hon ingenting minns. Men oskyldig är hon inte.”

Maria förklarade vad Jonatan berättat om märket efter bältet på fel axel. Nu ett halvår senare gick det förstås inte att bevisa.

”Tror du på det där?” Eks kaffe hade hunnit kallna. Han tog en klunk och ställde ifrån sig muggen. ”Det är klart han försvarar henne. Men det retar folk till vansinne.”

”Vet du, jag känner Jonatan och jag tror ärligt sagt inte att han ljuger. Jag vet att han tycker att den här publiciteten är väldigt obehaglig. Det är verkligen inget han önskar.”

”Och hur väl känner du Jonatan?” Ek nålade fast Maria med blicken.

”Han är en god vän. Riktiga tjejer kan ha manliga vänner. Jag tycker inte det är komplicerat.”

”Varför rodnar du då?” sa Ek och nöp henne i kinden.

”För att du är så dum så jag blir arg. Tänk om Nina Eriksson är oskyldig. Om det inte var hon som satt vid ratten. Hon har erkänt att hon var full och att hon körde bil. Men inte att hon orsakade olyckan.”

”Hon satt vid ratten när vi kom dit. Ärligt sagt Maria, så låter det som en efterhandskonstruktion. Blenda Pihlgren blev allvarligt skadad. Det vete fan hur det är med henne nu. Det är ohyggligt att leva med en sån sak på sitt samvete. Det förstår alla som tänker efter. Det är inte konstigt om man letar efter ett sätt att slippa skulden, att förklara bort det. Eller hur?”

”Morrn!” Tomas Hartman kom emot dem. Han hade flyttat i helgen. Efter hjärtinfarkten orkade han inte med den stora trädgården i Klintehamn. Han och Marianne hade i stället köpt ett hus på Tranhusgatan nära Sankt Clemens ruin. Maria hade erbjudit sig att hjälpa till med flytten, men Arvidsson och Ek hade hunnit före och Hartmans döttrar Lena och Sofi skulle också hjälpa till.

”Börjar ni komma i ordning?” frågade Maria och makade sig längre in så att Hartman fick plats.

”Det är väl en del småplock kvar. Men när det är så fint väder vill man inte vara inne. Marianne kunde förstås inte låta bli trädgården. Den är mycket mindre och måste därför pyntas optimalt, tycker hon. Jag har inga såna problem. Jag låg i hammocken och gungade i rofylld halvslummer när hon grävde upp ett lik – på min fritid! I min trädgård!”

”Du skojar?” Maria skrattade.

”Nej! Hon stod där med ett kranium i handen som den värsta Hamlet: Att vara eller inte vara…” Hartman fattade tag om Eks haka för att animera sin berättelse.

”Nej du!” Maria letade efter leendet som brukade avslöja honom. Men Hartman såg allvarlig ut.

”Man brukar tala om lik i garderoben, men det här var alltså utomhus?” sa Ek och skakade loss Hartmans näve.

”Javisst. Marianne skulle gräva upp en buske och plantera ett pelaräppelträd.” Hartman såg först nu ut att fundera över hur konstigt det egentligen lät. ”Även om man är polis blir man ganska ställd. Vad gör man med ett lik i sin trädgård?”

”Vad gjorde du då?” Ek fyllde på sin kaffemugg och satte sig ner vid bordet.

”Jag fick tag i Erika Lund. Kraniet måste ju åldersbestämmas. När det kommer till det basala ser vi likadana ut som våra föregångare.”

”Men du vet inte...?” Maria grep tag om Hartmans näve som vilade på bordet. Klämde åt för att få honom att ge sig och berätta sanningen. Hon var fortfarande osäker på om han skojade med dem.

”Jag vet inte. Du kan kolla med Erika, om du inte tror mej. Det tråkiga är att min hammock just nu står på avspärrat område tills vi vet om det är en samtida person eller någon som dött på medeltiden.”

”Det kan ju ha varit ett mord för det”, sa Ek. ”Jag menar, även om det hände på medeltiden. Han kanske blev nedklubbad av någon som ville åt hans mat eller hustru eller gris.”

”Om det hände på medeltiden lär vi inte kunna gripa någon gärningsman. Då är det inte ett prioriterat fall”, kontrade Hartman och drog på mun. ”Erika sa att det var en kvinna. Skelettet, alltså, och att det inte var säkert att det var ett brott. Konstigt är det. Och naturligtvis har du rätt. Om den här kvinnan dog på stenåldern, eller på medeltiden eller på 1700-talet var det lika dramatiskt då som det skulle vara för oss om hon dog nu. På ett märkligt sätt orkar man inte ta in hela perspektivet. Hjärnan klarar inte det. Därför bestämmer vi att ett mord är mindre otäckt ju längre bort i tiden det begicks.” Hartman såg på klockan och reste sig upp. ”Och du skulle på kurs på onsdag, Maria? Har jag godkänt det?”

”Pennan slant väl bara över pappret”, flinade Ek. ”Får hon bo på hotell eller vandrarhem? Om hon får sygrejor och skoputs och tops och små chokladbitar är det en löneförmån och då vill jag bli kompenserad. Jag tillhör de eftersatta grupperna.”

”Jag ska prata med städerskan.” Maria skrattade motvilligt åt Eks min.

8

”Hänger du med och tar en öl?”, frågade Erika. Maria var just på väg att säga ja när hon kom på att hon inte hade någon barnvakt. Lena Hartman skulle komma först i morgon bitti.

”Inte i kväll. Jag ska till fastlandet i morgon, behöver fixa en del.”

”Vi har ju inte hunnit prata om festen i lördags. Jag vill ha alla detaljer.” Erika log rävaktigt. ”Jag såg nog vad jag såg. Vilka blickar du fick!”

”Nu förstår jag ingenting”, sa Maria. ”Ingenting.” Hon kände att hon rodnade ända ner på halsen. Så vansinnigt förargligt.

”Om Björn just har blivit singel måste du slå till nu, fattar du väl. Medan han är någorlunda fräsch. Män som han bara sunkar till sej om de får leva ungkarlsliv för länge.”

”Som om det skulle vara en risk.” Maria kände att hon blev alltmer irriterad. Kunde hon inte bara få vara ifred? Det var så ömtåligt. ”Hur vet du att han är singel?” Hon kunde inte låta bli att fråga fast hon helst ville slippa Erikas granskande blickar och kommentarer.

”Men du såg väl själv, han dumpade henne rakt av. Det var kvällens snackis. Vännerna hade väntat på det länge. De har krisat i månader sen hon var otrogen första gången och nu hade det hänt igen, tydligen.”

”Det behöver inte betyda att han är färdig att kasta sej in i ett nytt förhållande, eller hur?”

”Om du inte ska ha honom, frågar jag om han vill flytta hem till mej. Bara på prov, så jag får se hur pass händig han är.” Erika gav upp ett gapflabb. ”Maria, vet du, jag tror att han är helt rätt för dej. Han åt dej med blicken och du, du…”

”Sluta nu, jag orkar inte med dej.” Maria bet sig i underläppen.

”Förlåt, jag visste inte att det var så allvarligt. Jag ska inte säga det till någon. Det hände ju ingenting. Jag såg ingenting.”

”Precis, det hände faktiskt ingenting.”

Eller också hände allting, på en gång, tänkte Maria när hon släntrade igenom Öster Centrum på väg hem. Jag känner honom ju inte ens. Jag vet inte om han ska ha över- eller underfralla. Om han gillar technomusik eller jazz. Om han är modersberoende eller har höjdskräck. Ingenting vet jag. Det är hormonerna som lever sitt eget liv, en feromonchock. Han luktade antagligen rätt. Och så skapade min fantasi en hjälte. Men vad hjälper det om resten är fel, vilket det antagligen är, tänkte hon för att dämpa sin entusiasm. Gregorius, en gråbroder som lever i kyskhet och fattigdom. Maria skrattade högt och fick ett undrande ögonkast av en förbipasserande tonåring, som sedan himlade sig mot sin kompis. Vuxna är inte riktigt kloka. Det fick Maria att känna sig ännu mera full i skratt. I samma stund ringde Jonatan.

”Jag vet bara inte om jag kan be dej om det här. Men ingenting funkar här hemma. Jag skulle inte be dej om det fanns en annan utväg.”

”Kläm fram med det!” Marias röst var fortfarande färgad av skrattet. Hon försökte anamma Jonatans allvar.

”Jag har en kompis som behöver tak över huvudet, bara i natt. Han har ingen annanstans att ta vägen. Som du förstår kan han inte vara här. Nina behöver min uppmärksamhet varje minut. Hon håller på att gå i bitar av ångest. Så jag undrar bara, kan min kompis få bo i ditt gästhus? Bara i natt? Från och med i morgon får han tillträde till en lägenhet. Kan du?”

”Inga problem.” Vad kunde hon annat säga? ”När kommer han?” frågade hon medan hon låste upp ytterdörren.

”Jag trodde att du skulle säga ja, så han är nog hos dej när som helst nu. Förlåt, men jag visste inte vad jag skulle göra. Han har blivit utslängd av sin tjej. Hon ägde lägenheten. Han ska hämta sina saker där i morgon. Han var beredd att sova under bar himmel, men det är inte riskfritt. Det vet du.”

”Vad heter han?” frågade Maria fast hon anade svaret.

”Björn Bergström. Jag tror inte du har träffat honom. Han har bott ihop med sin tjej och nu har det tagit slut. Björn och jag bodde grannar när vi var barn. Vi har känt varandra i över trettio år. Han har bott i Indien och Kina och varit stuntman i USA, klättrat i berg, köpt ett hotell i Grekland och nu arbetar han som brandman.”

Maria avslutade samtalet och skyndade in på toaletten för att se hur hon såg ut. Varför hade hon inte tvättat håret? Hon sniffade sig i armhålan och bättrade på med deodoranten. Skulle hon hinna sminka sig, och gäststugan – hur såg det ut där egentligen? Hon kände sig svettig och yr och nervös och svimfärdig. Blir man aldrig klokare, måste man må som en tonåring? Hon petade in lite tandkräm i munnen. Mer hann hon inte innan det ringde på dörren.

”Jag tog med en hink svenska kräftor.” Björn promenerade in i köket som om han aldrig hade bott någon annanstans. ”Det blir godast om man kokar en ny lag.” Han såg undrande på Maria. ”Jonatan sa att det var okej, att jag kunde övernatta i ditt gästhus. Har han inte ringt?”

”Javisst, välkommen!” Det kändes som om hon hade botox i hela ansiktet. Munnen lydde inte riktigt. Tungan kändes som en främmande kropp i munnen. Varför blev hon så inihelvete nervös och skakig? Det varade bara ett ögonblick, men kändes som en evighet. ”Jag har färskpotatis hemma”, sa hon och tyckte själv att hon lät helt normal på rösten. I samma stund kom Emil och Linda farande. Emil som häst med Lindas hopprep om armarna och Linda på släp. ”Ska vi ha kräftskiva?” ropade Emil i farten. ”Jag vet var vi har papperslyktorna. Fast den stora gula har Linda haft sönder för den såg elak ut."

De satt ute under päronträdet tills kylan kröp under kläderna och barnen behövde sova. En trevlig kväll med småprat om allt möjligt. Inte med en stavelse berörde Björn sitt uppbrott eller festen. Samtalet var hela tiden på barnens nivå och villkor. "Ska han bo här?" frågade Linda.

"Bara i natt", svarade Björn innan Maria hann förekomma honom. "Jag är kompis till Jonatan. Vi byggde kojor ihop när vi var barn och cyklade i kapp. Jag hade satt en bit papp i mitt hjul så det skulle knattra som på en riktig moped."

"Vad gjorde ni mer?" frågade Linda nyfiket.

"Fångade ödlor, letade sniglar och hade race med dem. Ödlorna vann alltid när de sprang åt rätt håll."

Björn reste sig och tackade för trevligt sällskap. Han förstod att barnen måste sova och att Maria skulle upp tidigt nästa morgon. Hon hämtade lakan. Strök över dem med handen och tänkte att de snart skulle röra vid hans bara hud. Kudde och filt fanns i gästhuset och frukost kunde han ta sig själv i köket när han vaknade. Maria hade förvarnat Lena om det.

"Tack för att jag får bo här i natt. Det är lite jobbigt just nu. Jonatan har säkert berättat." Han gav henne en kamratlig kram och en kyss på kinden när barnen gått in. Hans blick vilade i hennes en stund för länge utan att han sa något mer. Maria ville dröja sig kvar, men Linda ropade. Han blinkade åt henne. "Gå du, vi ses igen."

"Jag hoppas det", sa hon och gav honom ett alltför brett leende.

När barnen somnat smög Maria fram till fönstret och kikade ut mot gästhuset. Ett svagt ljus trängde ut genom rullgardinen. Björn var vaken. Maria undrade vad han tänkte. Var han så här trevlig mot alla, eller betydde hon något lite mer för honom? Situationen var knäpp. Björn och Jonatan var kompisar. Eller hade varit det när de var barn. Björn pratade bara om när de var barn. Inte om vad han gjort efter grundskolan. Inget om sitt arbete som brandman. Själv var hon bara kompis med Jonatan, men ibland hade det funnits något mer. En sorts äganderätt, en flirt. Det var inte enkelt.

Länge låg Maria och vred sig i sin säng. Hon tillät sig att fantisera om hur det skulle bli om hon smög ut till gäststugan med en filt och frågade om han frös.

9

Onsdagsmorgonen var sval och solig. Ett litet stråk av höst fanns i luften. Björn hade inte kommit in för att äta frukost med henne som hon hade hoppats. Hon visste inte ens om han gett sig av eller om han fortfarande låg och sov när hon lämnade hemmet. Hamnområdet i Visby var fyllt av bilar som skulle med snabbfärjan till Nynäshamn. När Maria bokade biljett hade det funnits tre passagerarplatser kvar och ingen bilplats.

Hon steg ombord på båten och sökte sig mot aktern för att hitta sitt platsnummer, en fönsterplats hoppades hon. Där satt redan en man på dubbelsätet. Hon kände genast igen honom, pappan från Karlsö, han som var osams med sin dotter. Malva hette hon.

”Jag tog den här platsen, visste inte om det skulle komma någon mer. Jag har platsen ytterst”, sa han och började samla ihop sina saker.

”Det är okej, sitt kvar du.” Maria tryckte in sin väska under sätet framför och satte sig ner. ”Det är fullbokat på turerna den här veckan.”

Han la ner sin tidning och hälsade. ”Mikael Pihlgren. Vad tyckte du om Lilla Karlsö?”

”Det var en fantastisk naturupplevelse. Kargt, men vackert. En upplevelse för barnen att få se sälar i frihet. Fast Emil var mest fascinerad av grottorna.”

”Jag hade hoppats att det skulle bli en fin utflykt. Ja, du märkte ju själv. Så är det att ha tonåringar. De är vuxna ibland och barn ibland ... När man tvingas resa bort i jobbet vet man inte om det är ett barn eller en ansvarstagande vuxen man lämnar kvar där hemma. Det känns alltid oroligt. Men jag är tvungen."

"Men Malva är väl sams med dej nu?" Maria log uppmuntrande. "Barn blir osams och sams hela tiden. Vuxna människor är mycket sämre på att hitta tillbaka när de grälat."

"Det är väl det som är jobbigt. Att det inte känns bra, nu när jag reser. Jag ska vara borta en hel vecka." Han tystnade.

"Var det något särskilt ni bråkade om?" Maria ville inte verka påflugen, men ibland kan det vara skönt att prata med någon utomstående.

Han skakade på huvudet och tog upp tidningen igen. Maria iakttog honom. Hon fick en oroande känsla av att han var nära gråten. Han lät blicken glida upp i taket och gned sig sedan i ögonen. Snörvlade försiktigt ett par gånger och låtsades läsa fast han egentligen stirrade rakt fram i ingenting. Han ville behålla kontrollen. Maria drog fram sin väska och plockade fram en roman som Jonatan hade rekommenderat. Hon hade börjat läsa den flera gånger men aldrig hunnit komma in i den riktigt. Den var i grabbigaste laget. Handlade mer om maktkamp och strategier än om människorna bakom gärningarna. Maria kunde inte låta bli att snegla på Mikael. Han såg bra ut i sitt tvärklippta mörka hår, tillräckligt maskulin för att ha det halvlångt. Hon kände den diskreta doften av hans rakvatten, en dyr sort. Hon undrade för sig själv vad han jobbade med. Han hade vit skjorta och kavaj, märkesjeans och en väska lagom stor för en laptop. Antagligen reste han med bil. Vänster hand med vigselringen vilade över tidningssidan när han läste. Var fanns Malva? När han beskrev situationen lät det som att hon skulle vara ensam hemma. Var fanns mamman?

Maria tänkte på sina egna barn. Hur hon som en hönsmamma hade styrt och ställt med Lena Hartman som skulle ta hand om dem de tre dagar hon skulle vara borta. Lindas sovritualer, vilken kapitelbok de läste och Emils morgontrötthet hade hon redovisat så att det skulle gå så smidigt som möjligt. Hon hade packat badkläder och lagat mat som bara var att ta fram ur kylen och köpt ett par nya filmer att mysa med. Och om något hände skulle Lena direkt kunna få hjälp av sina föräldrar som var vana att ta hand om barnen. Fast Maria var sams med sina barn var det svårt att släppa kontrollen och lämna dem.

Hon såg i synfältets yttre kant hur Mikael vände blad i tidningen. Hans tillbakalutade kroppshållning rätades upp. Han stelnade till. Andades så häftigt att Maria inte kunde låta bli att se efter hur han mådde. Hon såg att han läste om den kommande rättegången mot Nina Eriksson i artikelserien om rattfylleri. Näven låg knuten i knäet. Plötsligt rev han ur tidningssidan och knölade ihop den till en boll. Knogen på den knutna näven vitnade. Maria såg frågande på honom, men hon sa ingenting.

”Ursäkta!” Han gjorde en ansats att resa sig upp.

Maria flyttade sig och släppte förbi honom. Om hon bara hade kunnat hjälpa honom på något sätt. Hon vände sig om och såg efter honom när han försvann bland människorna på restaurangtorget. Maria tog upp boken igen och försökte läsa, men hon hade svårt att koncentrera sig. Det dröjde, men han kom inte tillbaka.

Maria hade ingen ro att sitta kvar på sin plats. Hon ville veta hur det var med honom. Hon trängde sig igenom kön till restaurangen, gick upp för trapporna och ut på däck. Där stod han vid relingen. Vinden slet i hans hår och kläder. Han såg så förtvivlat ledsen ut att Maria inte kunde låta bli att gå fram till honom.

”Hur är det?” Hon vågade inte röra vid honom, fast modersinstinkten ville att hon tog honom i famn.

Han vände sig om. Torkade sig besvärad i ögonen. ”Bra. Jag behövde lite frisk luft bara.” Han kämpade sig till ett leende. ”Har du sett så fint husen ligger efter strandkanten. En sån där villa skulle man ha, med brygga och båthus. Jag skulle värdera den till sju miljoner. Vi får se om huspriserna stiger nu när man måste amortera och inte längre kan låna hela beloppet. Femton procent i handpenning är mycket pengar om man inga har. Det blir tufft för ungdomarna att skaffa en första bostad."

Maria blev förbluffad över vändningen.

Han fortsatte. "Jag spår att huspriserna på Gotland kommer att rasa. Då blir det mera jobb för mindre pengar."

"Är du i branschen?" frågade hon och ställde sig bredvid honom och såg ut över havet, landremsan och de små kobbarna som sakta gled förbi.

"Jag är mäklare. Vi har huvudkontoret i Stockholm. Ska alla få semester får man vara beredd att täcka upp för varandra. Det är inga svårigheter att få folk till Gotland, men tvärtom är inte så enkelt på sommaren. Hur bor du själv? Man kan inte få fresta med en liten sommarstuga i Tofta eller Gnisvärd?"

"Jag är fel målgrupp", log Maria. "En ensamstående mamma kan inte ta ut svängarna så mycket."

"Hur bor du då?" frågade han nyfiket.

"Jag har ett hus på Klinten. Ja, jag vet att det låter flott. Jag har ärvt det. Det är inget jag skulle ha haft råd med annars."

"Om du säljer det skulle du kunna få en villa utanför murarna och ett sommarhus vid havet."

"Och du skulle få tio procent", skrattade Maria. "Vet du, tant Vega som gav mej huset gjorde det för att hon ville att jag skulle bo där. Huset har en själ."

Han fick ett skojigt ansiktsuttryck och nickade. "Huset har en själ, hm. Får jag använda det som säljargument? Vad jobbar du med då?"

"Jag är polis. Kriminalinspektör."

"Polis?" Han såg ut som att han inte hade förväntat sig det. I folkmedvetandet är poliser fortfarande män i uniform.

Han var tyst en stund. Överlade med sig själv, sedan frågade han: "Min dotter. Om det skulle hända Malva något. Vi känner inte så många här på Gotland. Jag undrar… om hon skulle kunna få kontakta dej. I yttersta nödfall alltså? Du kommer ju vara tillbaka på ön före mej."

"Du ber om mitt telefonnummer?" Maria hörde hur insinuant det lät precis när hon sa det och slätade över. "Det går bra. Jag vet hur det känns när man reser iväg. Den som inte är rädd saknar bara fantasi." Maria tog fram en lapp, skrev sitt telefonnummer och gav honom det.

"Fint. Jag sms:ar henne på en gång, medan det fortfarande finns täckning." Han vände sig mot Maria. "Hon vill inte prata med mej", sa han och hon såg förtvivlan blottad i hans ansikte. "Jag har sagt att jag älskar henne. Att hon ska vara rädd om sej, att jag finns på telefon om hon behöver mej. Men hon svarar inte."

"Var finns hennes mamma?" Maria såg direkt att frågan var ovälkommen. Han var inte beredd. Det var minerat område. "Förlåt, om det blev för påfluget. Jag menar bara väl."

Han slöt ögonen och drog efter andan. "Det är så svårt."

"Det kanske känns bättre om du berättar."

"Du har säkert läst i tidningen om olyckan där ett rattfyllo körde på en kvinna. Blenda överlevde, men blev mycket svårt skadad. Nu nekar den som tog allt ifrån oss till brott. Du som är polis, kan du berätta för mej varför det ska ta ett halvår innan det blir rättegång? Varför sitter inte brottslingen i fängelse? Nina Eriksson kan gå vart hon vill, men min fru ligger som ett kolli på ett sjukhem."

10

Emil Wern låg i sin säng och stirrade på skuggorna i taket. De rörde sig när det blåste i päronträdet och när det kom en bil på gatan. Fast det fanns naturliga förklaringar var det ändå kusligt, för skuggorna bildade mönster som liknade saker han inte ville tänka på. Han kunde inte sova. Hans mamma hade rest till fastlandet och Lena Hartman hade flyttat in till dem under tiden. Lena var glad och rolig och busig, men hon var inte mamma. Saknaden kändes inte så mycket på dagen, men när det blev mörkt fanns den där som en ond aning i magen. När mamma var borta kunde det hända henne något hemskt. Tänk om hon inte kom tillbaka? Det fanns en tjej i parallellklassen, hennes mamma hade dött utomlands. Hon kom tillbaka i en vit kista. Emil visste inte riktigt hur olyckan hade gått till och det var ännu mera skrämmande. Väck mej om det är något, hade Lena sagt när hon kramade dem god natt. Men det kunde han inte göra, han var ingen småunge längre. När man ska fylla tolv år är man nästan vuxen.

Egentligen var det ingenting. Ingenting alls hade ju hänt. Han var bara vaken och klockan var tre på natten. Emil var nästan säker på att han vaknat av ett ljud. Som när någon kastar sten på fönstret. Ett skarpt, knäppande ljud, eller också var det något han hade drömt. Han steg upp och gick fram till fönstret och kikade bakom rullgardinen. Där ute stod redskapsboden där han brukade leka detektiv. Mitt i trädgården växte gråpäronträdet med de knotiga grenarna fulla av nästan mogna kart och under trädet fanns trädgårdsmöblerna han varit med och målat gröna. I det svaga ljuset från gatlyktan såg han att någon satt uppkrupen i soffan med armarna runt knäna. En flicka med stort glänsande hår. Hon såg genomskinlig ut och nästan inte alls verklig. Ansiktet var blekt, men mycket vackert. Ögonen stora och mörka. Han tyckte att han kände igen henne.

Emil skyndade sig att dra på kläderna. Tyst, så att ingen vaknade smög han förbi rummet där Lena Hartman och Linda sov, och ner för trappan. Han kikade ut genom köksfönstret. Flickan satt kvar. Nu var han säker på vem det var … Malva. Han hade träffat henne på Lilla Karlsö. De hade inte pratat med varandra. Ändå tyckte han att han kände henne, kanske för att han tänkt så mycket på henne sedan dess. Vad gjorde hon här? Mitt i natten. Det såg ut som att hon frös. Nu satt hon hopkrupen till en boll, med det långa håret som en mantel över kroppen. Hon hade en lång särk på sig. Inte som ett nattlinne utan en riktig klänning i grovt tyg. Han öppnade ytterdörren försiktigt och steg ut på trappan. Malva fick syn på honom och reste sig snabbt upp, redo till flykt.

”Jag är inte farlig”, sa han. ”Det är bara jag, Emil.” Han log mot henne, ville inte att hon skulle försvinna. ”Du får gärna sitta här i vår trädgård om du vill. Det är okej.” Han kunde inte riktigt formulera de frågor som dök upp i honom, men hoppades på en förklaring.

”Är din mamma hemma?” frågade hon och såg på honom med sina stora ängsliga ögon. Det såg ut som om hon hade gråtit, nyss. Hon var lite röd om nästippen, kanske var det kylan.

”Hon är på fastlandet. Kan jag hjälpa dej med något?”

Då började hon gråta så uppgivet att Emil inte visste vad han skulle göra. Ansiktet rynkades ihop, ögonen svämmade över och blev till glittrande rännilar över kinden och ner mot hakan. Han vågade inte röra vid henne. Knappt andas. När lillasyster Linda grät kunde man ge henne en robust kram. Men Malva var inte en lillasyster, han var inte ens helt säker på att hon var mänsklig.

Malva drog in snor och torkade sig i ögonen. ”När kommer din mamma hem?”

”Sent på fredag kväll, vid midnatt. Varför vill du ha tag på henne?”

Malva såg på Emil, bedömde honom med blicken. ”Jag behöver någonstans att ta vägen. Jag måste få hjälp att gömma mej.” Hon kastade en hastig blick mot porten i planket. ”Jag låste den.”

”Jag kan gömma dej”, sa Emil snabbt.

”Inomhus? Jag fryser jättemycket. Det regnade förut. Klänningen är genomvåt och iskall.”

Emil tänkte febrilt. Han skulle kanske kunna gömma henne på sovloftet i gästhuset. Utmed väggarna där uppe gick det två långa loftsgarderober med små fönster i vardera änden. Även om någon gick in i gästhuset skulle hon vara skyddad där inne bakom tant Vegas kappor och klänningar. ”Jag vet ett ställe.” Han gick före henne mot gästhuset. Björn hade bara sovit där en natt, så nu stod det tomt.

När de kom innanför dörren grep Malva tag i Emils arm. ”Du får inte berätta för någon att jag är här. Inte för någon! Inte ens om de frågar efter mej. När din mamma kommer hem tar du med henne hit utan att någon annan ser det. Hon får inte heller tala om det för någon. Jag är rädd.”

Emil lovade. ”Men undrar inte dina föräldrar var du är?”

”Nej.” Malva tog ner en av Vegas klänningar från galgen och höll den framför sig i det svaga ljuset som föll in från gatlyktan genom vindsfönstret. En lång röd klänning som såg alldeles för stor ut. ”Kan jag ta den här?”

”Visst.” Emil var full av frågor. Vad var hon rädd för och varför brydde sig inte hennes föräldrar om var hon fanns? Samtidigt tyckte han om rollen som den vackra flickans beskyddare. Han kände sig vuxen och behövd. Det var spännande.

De bäddade på golvet med Vegas yllekappor, några plädar och en sidenmorgonrock som lakan. Det blev en bra säng åt Malva.

”Tänd inte lampan. Om du tänder kan någon se att du finns här”, sa han.

”Jag tänder aldrig lyset. Jag är vampyr.” Malva skrattade och just i den stunden var hon så vacker att Emil blev alldeles yr i huvudet. ”Jag sover på dagen och jagar på natten.”

”Dricker du bara blod eller vill du att jag fixar något åt dej att äta?” Emil drogs med i skrattet. ”Vatten att dricka finns i köket och en toalett finns också där nere, men ingen mat. Det är inte säkert att jag kan komma hit på hela dagen, inte när min lillasyster och barnvakten är vakna. Jag kan fixa ett par mackor om du vill?”

”Tack, snälla!” Hon gav honom en klapp på kinden och log mot honom och han kände att han blev alldeles varm i hela kroppen.

När han kom tillbaka med fyra dubbelmackor, äpplen och en bit choklad hade hon tagit på sig Vegas långa röda klänning. Hon såg ut som en medeltida jungfru i den. Så vacker att han knappt kunde andas. Emil hade trott att den skulle vara alldeles för stor, men den passade perfekt med det guldskärp hon hittat i en papplåda.

”Vad är du rädd för?” frågade han när hon krupit ner och sagt att hon ville sova. Han ville inte lämna henne, han ville vara nära henne varenda minut. Helst hade han velat krypa ner hos henne, men han vågade inte fråga.

Hon satte sig upp. Tvekade. ”Jag kan inte berätta det för dej, det är för hemskt. Men jag är väldigt tacksam att jag får vara här.”

”Men din pappa …” Emil kunde inte låta bli att säga det, ”… undrar inte din pappa var du är?”

”Min pappa bryr sej inte ett dugg. Han har rest till fastlandet. Jag fyller år i morgon. Sexton”, sa hon och svalde en klump i halsen. ”Men han tänker inte fira mej, han har glömt bort det.”

”Han kanske ger dej en present när han kommer hem?” föreslog Emil. ”Din mamma då?” Han såg förändringen i hennes ansikte. Rädslan som slog till med ny kraft. Hon skakade till i kroppen. Emil satte sig bredvid henne, fick mod att lägga armen om henne. ”Berätta om din mamma.”

Malva böjde ner huvudet mot knäna och dolde ansiktet. Han strök henne mjukt över håret. Efter något som tycktes Emil som en evighet såg hon upp. Hennes ansiktsuttryck skrämde honom.

”Min mamma. Jag vet inte ens om hon känner igen mej. Jag går dit varje dag och pratar med henne. Till Katarinagården. Men hon svarar inte. Hon kan bara göra ljud. Jag vet inte om hon förstår det jag säger. Hon är helt förlamad, kan bara röra huvudet lite grann. En maskin andas åt henne. Hon får mat genom en slang. Annars skulle hon svälta ihjäl.”

Emil visste inte vad han skulle säga. Det var för hemskt. Han var så ledsen för Malvas skull. Han kramade om hennes axlar, tänkte att han ville hjälpa henne så att hon skulle orka berätta fortsättningen.

”Det stod i tidningen … det står om det varje dag nu. Min mamma blev påkörd av ett rattfyllo. Idioten heter Nina Eriksson. Hennes namn stod i tidningen. Hon var på bild. Det är så orättvist. Hon borde få byta plats med min mamma och ligga på sjukhemmet med slangar överallt och blöjor. Jag hatar henne, hatar henne så jag kan dö, för nu säger det rödvinsaset att hon är oskyldig, att hon inte körde. Polisen tog henne ju.”

”Jag vet vem hon är”, sa Emil dämpat. ”Mamma känner hennes man.” Emil hade inte träffat Jonatans fru, men han hade hört de vuxna prata om det när de trodde att han inte lyssnade. Han hade sett hur orolig och förtvivlad Jonatan blev när han pratade om Nina. Men först nu gick vidden av händelsen upp för honom. ”Du sa att någon var efter dej, att du är rädd? Vem är du rädd för?”

”Jag mår så illa.” Malva såg verkligen ut som om hon skulle kräkas. Hon ulkade. Emil såg sig hastigt om efter något hon kunde kräkas i och fick tag på en hattask och tömde den precis innan plasket kom. Malva skakade i hela kroppen. Ulkade och grät om vart annat. ”Det är så äckligt, så jävla äckligt. Jag vill inte att hon ska vara på det där hemmet. Jag vill att hon ska bo hemma hos oss. Jag hatar min pappa för att han inte tar hem henne. Hatar honom!"

Långsamt ljusnade det ute i trädgården. Genom fönstret kunde Emil se Lena nere i köket. "Jag måste gå nu. Har du en mobil så kan vi sms:a varandra."

Malva skakade på huvudet. "Jag tappade den. När jag sprang från Katarinagården ramlade den ur fickan. Jag hann inte stanna och ta upp den. Tack för att du är så snäll."

Emil ville säga något vänligt, något som skulle göra henne lite gladare, men kom inte på något. I stället gav han henne en kram och en puss på pannan. "Jag kommer när jag kan. Lova att du stannar kvar. Jag ska ta hand om dej."

"Jag lovar", sa hon och kliade sig på ena axeln så att den röda klänningen föll ner och blottade tatueringen.

"Är den äkta?" frågade han nyfiket och studerade ormgudinnan.

"Nej, det är bara hennafärg. Viola fixade den åt mej. Hon är tatuerare."

Emil tog med sig dagens tidning in för att kunna visa Lena vad han haft för ärende utomhus. Han låste porten efter sig igen. På väg in i huset tittade han i tidningen. Rättegången mot Nina Eriksson var uppskjuten. Hon fanns med på bild. Emil tänkte på lille Malte. Han funderade på om de andra barnen skulle vara dumma mot honom nu, kanske mobba honom för att hans morsa var ett rattfyllo.

11

Det var torsdag. På förmiddagen hade Botel Hellsten köpt nya solglasögon och sedan varit på vårdcentralen och fått sin dom. Ryggbesvären var sannolikt en begynnande Morbus Bechterew. En inflammatorisk sjukdom som inte skulle gå över, men som möjligen kunde hållas i schack över tid. Inflammationen i ögats regnbågshinna var en del av samma process och blodvärdet var lågt. Kanske var det därför han om natten förvandlade sig själv till en blodtörstig vampyr, tänkte han ironiskt. Men det var ingen fundering han delat med läkaren. En störande snygg kvinnlig läkare. Han hade fått stå där i bara kallingarna medan hon granskade honom. Hon hade klämt och känt och han hade varit kallsvettig av nervositet när hon bad honom andas in och ut med handen på hans bröstkorg. Det var så intimt. Hon bad honom böja sig framåt, hennes hand gled över ryggraden. Han tänkte på ruttnande sopor, dammråttor under soffan och logaritmer för att inte få ståfräs. Hon ställde frågor och han svarade som en idiot. Trots beskedet var det en lättnad att komma därifrån.

På eftermiddagen skulle han mot sin vilja träffa en kommissarie Hartman i Länsmuseets kafeteria. I väntan på att polisen skulle dyka upp slog Botel sig ner med en latte och ögnade igenom sina uppsatsanteckningar. *Att använda sin tid väl är att visa sig själv respekt*, var drottning Kristinas devis. Där hade hon förbaskat rätt. I Medeltidsveckans regi hade Botel arbetat tillfälligt som guide, en tur utmed Visby ringmur. I stället för att läsa in sig på ämnet när tiden var knapp hade han tagit den enkla vägen och följt med på en tur som leddes av den gemytlige munken Carolus. Han var en lysande berättare, det kunde man se av de stora flockar han lyckades hålla kvar tills guidningen var slut. Botel hade antecknat flitigt och sedan var det bara att som en papegoja upprepa det han hört. Till och med det lätt nasala tonläget, det avspända tempot och skämten övade han in och kallade sig sedan ”svartbrodern Botellus” i programbladet. Något han ångrat under eftermiddagen då en lomhörd man kallat honom Buteljus och blivit korrigerad av ålderkvinnan Adela som så riktigt påpekat att botellus på latin betyder liten korv. Han slog upp det när han kom hem och hon hade dessvärre rätt. Hon borde inte ha följt med på guidningen överhuvudtaget. Det ska vara vattentäta skott mellan lajv och verklighet.

Botel hade bestämt sig för att ta alla extrajobb han kunde komma över för att få ihop pengar till utforskningen av dubbelgraven. Kunde han inte skriva på sin D-uppsats, kunde han lika gärna jobba. Det inkluderade trappstädning och reklamutdelning i gryningen efter lajvet och telefonförsäljning av damunderkläder på kvällstid. Vilken satans affärsidé! Man fick inte vara blyg.

Botel tog en klunk av latten och funderade över vad kommissarien ville veta egentligen. Tomas Hartman hade ringt museet. Botel hade bara råkat vara vid informationsdisken just då och Inga-Lisa hade sagt: ”Du kan väl ta det, du som studerar osteologi. Det handlar om några benknotor.”

Det retade Botel att han inte hade kommit på någon ursäkt för att slippa. Han hade verkligen inte tid. Hade polisen hittat en döing var det antingen de själva som skulle utreda saken eller Riksantikvarieämbetet. Det var inte hans bord. Absolut inte.

”Botel Hellsten?” En äldre man med kaffebricka i händerna närmade sig sävligt. Han hade verkligen inte sett ut som en polis när han kom civilklädd på damcykel. Ingen man la märke till. Han hade kakishorts, sandaler med strumpor och kulmage. Är inte poliser vältränade? Botel kollade klockan, la undan anteckningarna och gjorde en gest åt honom att sätta sig ner. Kommissarien var fyra minuter försenad och han bad inte ens om ursäkt.

"Jag tror inte jag är rätt person att hjälpa dej", försökte Botel.

Tomas Hartman tog ett girigt bett på sin kanelbulle, tuggade långsamt ur munnen och la därefter fram sitt ärende. "Någonstans måste man börja eller hur? Vem ska man fråga? Jag har hittat ett skelett i min trädgård. Våra tekniker på polisen har tittat på det. Det är från medeltiden." Hartman tystnade och väntade på en kommentar från Botel för att höra att han var med i resonemanget.

"Jaha."

"Problemet är att jag tänkte anlägga en liten pool i trädgården och jag vill inte att det flyter upp flera lik." Hartman gjorde en min av ogillande. Bilden av lik i bassängen blev mer påträngande än han tänkt. "Jag bor på Tranhusgatan", tillade han.

Botels ansikte sprack upp i ett leende. "Jag befarar att det kommer att göra det om du bor nära Sankt Clemens ruin. Husen är byggda ovanpå en medeltida kyrkogård. Den är nogsamt utgrävd, men jag tror ändå inte att man ska störa de döda i onödan. Det kan straffa sej." Han kände en plötslig irritation, men kom ändå med ett förslag. "Kan du inte skaffa en sån där vedeldad badtunna i stället, då behöver du inte gräva?"

"Det vore förstås en lösning." Polisen såg tankfull ut och Botel tyckte att han gjort dagens goda gärning när han säkrat griftefriden för några av dem som levat för länge sedan.

"Det kanske man kunde göra", fortsatte Hartman.

"Jag tycker du borde kontakta Riksantikvarieämbetet för att få veta mer exakt vad som gäller", sa Botel. Förutseende hade han skrivit ner kontaktuppgifterna på en lapp. Snart skulle han vara av med problemet.

"Vilken service! Tack, det var hyggligt du. Skulle jag kunna ta ditt telefonnummer också? Det är alltid lättare när man talats vid", sa

Hartman och grävde fram en penna ur fickan på sin skjorta.

Botel tvekade. "Jag sover till klockan två på dagarna och sen jobbar jag. Det kan vara lite svårt att nå mej."

"Nattjobbare?" Hartman log förstående.

"På sätt och vis." Botel ställde sig upp för att få ett avslut på samtalet. Hartman reste sig också, tog i hand och tackade än en gång för tipset med badtunnan och satte sig ner igen. Han verkade inte alls ha bråttom. Botel hatade de tidslösa som tog för sig av andra människors liv, konsumerade det i sin brist på punktlighet och saklighet. Av ren artighet och utan att släppa Botels hand ställde Hartman några frågor till om studierna och om hur sommaren varit.

Slumpgeneratorn ringde på måfå upp lämpliga damer för försäljning av höstens kollektion av underkläder. Hans egen del av jobbet var att sälja.

"Trosor? Du är fan helt sjuk i huvudet, ju!" sa den första kunden han fick på tråden. Men sedan nappade hon i alla fall på gratiserbjudandet.

"Bajskorv, bajskorv!" sa en barnröst vid nästa uppringning. Tilltalet var väl sanktionerat från föräldrahåll. Botel kunde höra mamman skratta i bakgrunden och uppmuntra ungen. Nästa person undrade om han bara sålde underkläder eller om det fanns något mer att köpa; sexleksaker, uppblåsbara damer eller filmer. Han sa bara näpp och då sa det klick. En sexhungrande singel som utförligt beskrev hur stringtrosorna skar in i baken var svårare att bli av med. Att hon var singel visste han egentligen inte, hon kanske bara hade tråkigt.

Efter tre timmar var det debriefing, precis som de hade på brandkåren efter svårare olyckshändelser. Då fick de vädra sina upplevelser. Alla var rörande eniga om att ensamma pensionärer var värst. De kunde tala hur länge som helst om vad doktor den och den hade sagt utan att köpa något. De stal dyrbar säljtid och förstörde ackordet. De som bara slängde på luren var lindrigare på det sättet. Sedan fanns de försmädliga, de som inte verkade ha fattat att arbetsmarknadens kärva klimat tvingar folk att ta de jobb som finns, och därför strödde salt i öppna sår. Inte fan skulle Botel ha ringt upp främmande kvinnor för att sälja underkläder om det hade funnits bidrag. Höj skatten, betala ut det i bidrag till ofrivilliga telefonförsäljare och slipp dem. En särskild hemfridsskatt, tänkte han.

Efter det sista telefonsamtalet cyklade Botel till gymmet fast han inget hellre ville än att få gå och lägga sig en stund. Kains väg kräver en atletisk kropp. Styrka och kondition är färskvaror. Därför måste han varje dag tvinga sin motspänstiga kropp att underkasta sig övningarna. Bänkpress, löpband och sit-ups – inomhus, så att inte kvällssolen skulle fördärva hans naturligt bleka hy och skära ögonen i strimlor. Med förakt såg Atsur de ovärdiga pressa i solarierna. Han aktade sig för strålarna som sipprade ut bakom skärmarna medan han klädde sig. Raka svarta jeans, svart skjorta av egyptisk bomull och skinnjacka med blanka men ändå diskreta nitar, boots av bästa kvalitet var vad rollen krävde när han i kväll skulle omfamna Dorotea och sälla henne till de odödligas skara.

Atsur funderade över Förbannelsen, Guds förbannelse över Kain för att han inte kunde förlåta sig själv. Han funderade vidare över hela mänsklighetens förbannelse; att inte kunna släppa taget om oförrätter i det förgångna och gå vidare. Bara genom självinsikt kan man bli ett redskap för freden, genom att acceptera vilddjuret i sin natur kan man styra det.

Söndra och härska, hade hans vän Gregorius rått honom. Skulle han gå till väga på det sättet eller skulle han i stället ta hjälp av Svarta Handens hemliga styrkor för att avslöja kättare och förrädare? I bästa fall skulle det räcka att gripa Gloria för att sätta skräck i de andra.

Dorotea var redskapet. Genom att göra henne till biskop överställd flockprästerna skulle han ta udden av Lilitdyrkarnas strävan efter jämlikhet. Men det skulle också väcka avund och splittra dem. Viola, kodens väktare, skulle komma att hata henne. Var det rätt att utsätta en ung kvinna för de krafterna? Ja, om hennes själ var uråldrig och stark. Viola var också stark i blodet och hennes mentala styrka kunde väl mäta sig med hans egen. Dorotea hade inga förmågor alls, inte ännu. Skulle hans fysiska styrka och andliga skicklighet räcka för att försvara henne? Var det moraliskt rätt? Nej, nu tänkte han som en människa med en människas svaghet. Bort med det. Som härskare hade han inte råd att vara rädd. Rädslan tillhör de ovärdigas flock.

Under tiden Atsur funderade hade han kommit fram till sin egen port. Han gick upp för de tre trapporna, låste upp dörren och steg in i den sura stanken av svettiga träningskläder och ruttnande sopor. Han borde ha tagit ut påsarna. På köksbordet stod en dunk rödvin. Han tog ett glas från diskbänken och sköljde ur det. Man ska aldrig kombinera rollspel med alkohol. Det är en regel som gäller för nybörjare, de som inte kan skilja verklighet från drama. Den här kvällen skulle kräva mycket av honom, därför var han tvungen att stärka sitt blod. Va fan, det handlade inte om att snorta råttgift med Ödgerd, bara om ett par glas rött för att lugna nerverna. Han skulle just tappa upp ett glas åt sig när moster Jullan ringde från Spanien. Rösten var hög och skrikig. Moster Jullan brukade tappa hörseln och skräna som en kaja när hon tömt en flaska vin. Han ångrade att han hade svarat.

”Jag ringer så du kan gratulera mej!” gapade hon. I bakgrunden hördes skrål och högljudd musik. Det fick henne att skrika ännu högre. ”Carlos har friat till lilla mej! Carlos är en sån fin människa och du är en fin pojke. En sån fin och ordentlig pojke. Gullan ska vara stolt som har en så fin son. Förstår du det. Fiiina människor är så… fina.” Med denna sentens av oändlig visdom bröts samtalet innan han hann med att gratulera. Botel kollade på vindunken och bestämde sig för att avstå.

12

Augustikvällen var sval. Det hade börjat smådugga. I ljuset från gatlyktan utanför fönstret syntes det fallande regnet tydligast. Emil Wern stirrade ut genom fönstret och sedan på sina spelkort: två knektar, en dam och resten skräpkort. De spelade Plump och han hade svårt att koncentrera sig.

”Det är din tur Emil. Lägg ett bud. Vad säger du?” Lena viftade med handen framför hans frånvarande blick.

Emil tänkte på Malva. Skulle den här kvällen aldrig ta slut så att han fick träffa henne? Hela dagen hade han tänkt på henne och det hon berättat. ”Jag säger noll.”

”Och vad säger Linda?” Lenas pigga bruna ögon lyste av leklust. Hon tyckte inte att de behövde gå och lägga sig. Det var ju sommarlov fortfarande. På det sättet var hon en konstig barnvakt.

”Jag säger också noll.”

”Okej, då får inte jag säga sju. Vi har alltså sju överstick.” Lena såg förvånat på dem. ”Har ni inte bättre kort än så säger jag sex.”

”När kommer mamma hem?” Linda drog upp t-shirten till munnen och sög på den på det där sättet hon brukade när hon var orolig. ”Jag längtar efter min mamma.”

”Det förstår jag att du gör.” Lena log mot henne. ”Hon kommer snart. Sent i morgon kväll kommer hon. Fast då sover ni nog, men när ni vaknar på lördagsmorgonen så ligger hon i sin säng. Hur är det Emil?”

”Jag är trött bara.”

”Får jag känna om du har feber? Du ser lite blank ut på ögonen – och känns varm. Du håller väl inte på att bli sjuk? Det kanske är bäst att jag sover hos dej. Jag kan flytta madrassen och ligga på golvet bredvid … eller om du vill flytta in till oss så jag kan titta till dej?”

”Absolut inte!” Emil fick något jagat i blicken. Lena fick inte förstöra alltihop när han längtat hela dagen efter att få träffa Malva. En hemsk stund hade Lena varit inne i gästhuset för att Linda ville visa henne hur det såg ut. Linda tyckte att hon kunde bo där jämt och betala hyran i sagor. Hundra sagor i månaden. När Lena öppnat dörren till loftsgarderoben hade Emil fått kramp i magen. Så nära att Malva blivit upptäckt. Han som visste att hon fanns där inne såg hennes skor ligga på golvet och en flik av hennes klänning som hängde på en galge. Det var nästan så att han kunde höra hennes skrämda andetag.

”Jag går upp och lägger mej nu och jag vill vara ifred”, sa han och såg Lena stint i ögonen när de spelat färdigt omgången. ”Det handlar om respekt”, sa han sedan. Det brukade mamma säga och det var alltid ett tungt vägande argument.

Linda gapflabbade och Lena hade också svårt att hålla sig för skratt.

”Jag låser dörren”, sa Emil och blängde på dem.

”Om du låter bli att låsa så lovar jag att inte störa”, sa Lena hastigt.

Timmarna sniglade sig fram. Linda gick och la sig men Lena stökade runt hur länge som helst. När hon hade teven på och stereon och datorn var det omöjligt att veta i vilket rum hon befann sig. Emil hörde henne tala i telefon på övervåningen.

”Maria är inte hemma. Kan jag hälsa henne något? Är det du, Jonatan! Har hon inte mobilen på? Nehej. Borta. Det är din fru som … Nej, Maria har inte arbetat på polisen i dag. Hon är på fastlandet. Du kan kolla med min pappa, Tomas Hartman. Vänta ska du få hans mobilnummer.”

Nina var borta. Så mycket förstod Emil av samtalet. Antagligen var hon full igen. Det måste vara hemskt för Jonatan och för Malte att inte veta var hon var. Emils pappa var i Dubai. Han ville inte bo med dem. Mamma hade visat honom var det låg på jordgloben i vardagsrummet. Det kunde lika gärna vara på månen. På det viset hade han och Malte det likadant.

När klockan var halv tolv kunde Emil inte vänta längre. Han plockade fram ryggsäcken där han förvarade den mat han samlat ihop åt Malva under dagen. En bit falukorv, en flaska saft, en påse med russin och mandel sedan jul och fyra dubbelmackor med ägg, och dagens tidning. Han hade också varit och köpt fin choklad åt henne för sina egna pengar. En födelsedagspresent. Choklad i en plåtask formad som ett rött hjärta. Han hoppades att hon skulle bli glad, för den var dyr.

Emil öppnade sovrumsfönstret och firade ner det rep han tidigare surrat fast vid elementet och kröp ut. Med fötterna mot husfasaden stegade han sig ner bit för bit. Det var mörkt i köksfönstret. Bra, då var Lena på övervåningen utan möjlighet att upptäcka att han smög över gårdsplanen. Emil kände sig trött och frös förfärligt. Kanske höll han på att bli sjuk i alla fall.

Han knackade tre korta knackningar i tre omgångar på ytterdörren, som de kommit överens om.

”Emil!” Hennes röst hördes svagt från övervåningen och han skyndade sig upp för trappan och tvärstannade. Malva såg så konstig ut. Alldeles blek med blodröda läppar och det kopparbruna håret uppsatt i ett torn med vilda stripor hängande framför ögonen.

”Lille Emil, skrämde jag dej?” skrattade hon.

”Nej då”, sa han med ostadig röst. ”Varför ser du ut så där?”

”Du kan kalla mej Dorotea, dotter av Lilit och nattens drottning.”

”Vadå för Lilit?” Emil funderade på om Malva menade sin mamma, hon som var förlamad.

”Lilit finns i en gammal myt. Som en saga. Lilit ville ha rättvisa och hon ville bestämma över sitt eget liv därför blev hon bestraffad.

Därför sa man hemska saker om henne."

"Vadå för saker?" frågade han nyfiket.

"Att hon dödade pojkar. Hon behövde bara titta på dem så slutade de andas." Hon kupade sina händer runt hans ansikte och tryckte sig närmare honom tills det blev alldeles svart. Sedan släppte hon taget och skrattade. "Därför lät man håret växa på små pojkar, för att Lilit skulle tro att de var flickor och inte bry sej om att döda dem. Men allt sånt prat är osanning, för att folk inte ska lyssna på det viktiga hon ville berätta. Lilit var inte ond. Hon ville inte skada någon. Hon ville bara få bestämma över sitt eget liv, precis som jag."

"Jag fattar ingenting. Är det någon sorts maskerad eller varför har du klätt ut dej?" Emil tyckte att det var obehagligt. Han tyckte bättre om henne när hon var ledsen än när hon var konstig.

"Det är blodigt allvar. Har du med dej något till mej", sa hon och såg förväntansfullt på ryggsäcken i Emils hand. Han öppnade den och visade upp innehållet. I det svaga ljuset från gatlyktan uppfattade han hennes fantastiska leende när hon såg allt han tagit med. Det räckte som tack för chokladen. Hon bläddrade snabbt i tidningen han tagit med och läste det som stod om rättegången. Hennes ögon blixtrade av vrede, men hon sa ingenting.

"Varför har du klätt ut dej?" frågade han igen.

"För att det ibland är enklare att vara någon annan. Man måste inte vara den folk tror att man är. Man kan välja att vara på ett annat sätt. Förstår du hur jag menar? I teatern kan man ändra på allt som är fel."

Emil såg på henne. Medan hon pratade hittade han den riktiga Malvas ansikte bakom den vita masken av smink. "Vad vill du ändra på då?"

"Allting. Jag är trött på mitt ansikte och vill vara som alla andra. Jag kom ny till klassen mitt i höstterminen i nian. Tjejerna i min klass var taskiga. De sa att jag fick bättre betyg i matte för att magistern … du fattar va? De sa väldigt elaka saker. Så jag förfulade mej.

Gömde håret i en stor hemstickad mössa och började gå fult."

"Funkade det?" Emil hade svårt att hålla sig för skratt när hon visade hur fult hon gick.

"Nej. De blev bara ännu taskigare, sa att jag var en lorthora. Jag har inte haft någon att vara med. Det är så skämmigt så man kan nästan inte säga det."

"Till mej kan du säga det." Han såg på hennes min att hon tyckte att han var en småunge. Det gjorde honom lite ledsen.

"Ja, till dej. På rasterna var det hemskt, då kunde alla se att jag var ensam om jag inte gömde mej på toa, men då retade de mej för att jag var rutten i magen. Hemma kunde jag låtsas att jag varit med andra kompisar och sen snackade jag i skolan om kul saker vi gjort. Jag ville inte att de skulle veta att jag var ensam där med. Jag ljög och det var dumt, för de kom på mej. Sen blev det ännu värre. Jag fick så ont i magen. Min röst försvann och blev torr och hes och hördes inte alls. Och när vi skulle ha gympa kräktes jag på toaletten för att jag var så rädd. De var så vidriga i omklädningsrummet när ingen lärare var med. De höll fast mej och gjorde saker. Äckliga saker."

"Fanns det ingen som var schysst, som ville hjälpa dej? Vad sa dina lärare? Berättade du för din fröken?"

"Ja, det var hon som frågade om jag ville vara med och spela teater nu på sommaren. Men hon gjorde inget åt tjejerna som mobbade. Jag tror inte hon vågade det. De mobbade henne också i smyg. Hedda gammelgädda. De skrattade bakom ryggen på henne. De elaka skratten fanns kvar i deras ansikten. Jag är säker på att hon såg det och blev rädd. Hon tycker inte om att vara lärare. Jag tror inte hon tycker mer om barn än en städerska tycker om lort. Ärligt! Hon vill bara därifrån och hoppas på ett jobb som politiker." Malva tittade på klockan. "Jag måste gå nu. Men du, säg *absolut* ingenting till din mamma om att jag är här."

"Va? Jag trodde du gömde dej här för att någon jagade dej, någon du är rädd för. Är du inte rädd längre?"

”Jo. Jag måste bara göra en grej. Jag kommer tillbaka.”

”Lovar du?” frågade Emil när hon kommit halvvägs ner för trappan.

”Jag lovar. På hedersord.” Hon tryckte sina handflator mot hans och såg honom länge i ögonen. ”Jag skulle vilja ha en bror, en bror som du.”

13

En tjock dimma hade rullat ut över havet när färjan nådde Visby hamn och orsakat en viss försening. Promenaden från hamnen till Klinten hade tagit tjugofem minuter. Maria såg på klockan samtidigt som hon öppnade porten till Norra Murgatan 14. 23.30 visade uret. Äntligen hemma efter tre dagar av seminarier och intressanta samtal. Distanskursen i straffrätt var precis den stimulans hon behövde. Nya tankar, intellektuella utmaningar och en möjlighet att utvecklas i yrket. Det var den officiella versionen. Sedan fanns det förstås andra motiv. Att stärka sin position gentemot Patrik Hedlund som alltmer kommit att dominera gruppen. Under Tomas Hartmans sjukskrivning hade han varit tillförordnad chef, fast Arvidsson hade längre tid i tjänsten och hon själv hade lika goda meriter. När Maria gick på polishögskolan hade Patrik och hon varit ett par. En evighet sedan. Nu utnyttjade Patrik det strategiskt genom att slå an en familjär ton som fick henne att krympa. Han gjorde det medvetet, gjorde henne osäker för att visa sin makt. Han använde det på ett sätt Maria aldrig skulle nedlåta sig till; den kärlek de en gång känt borde få vila i respektfull glömska. Hans anspelningar gjorde det vackra fult. De andra i gruppen tycktes inte märka något. Men för Maria var det tydligt. Fast Tomas Hartman var tillbaka, fortsatte Patrik agera chef. Tomas borde se upp.

Maria låste upp ytterdörren och kände hur mycket hon längtade efter barnen. Den lilla lampan i köksfönstret lyste och ett blått skimmer trängde ut genom gardinen i vardagsrummet. Lena mötte henne i hallen. Hon måste ha hört när porten slog igen.

”Varför var porten låst?” Maria hade blivit förvånad. Hon lät den alltid vara öppen. De bodde på lugna gatan.

”Emil vill att den ska vara det. Jag sparade lite linsgryta åt dej”, sa Lena och gav Maria en kram och gnuggade sig i ögonen. ”Gör det något om jag sover kvar? Jag orkar inte gå hem.”

”Självklart. Jag kan sova på soffan, så slipper vi bädda om mitt i natten. Sover de?”

”Ja. Emil somnade tidigt. Han har feber och ont i halsen, 38,7. Jag försökte ringa dej men det verkade inte vara någon täckning när du var ute på havet. Han har inte mått bra sen i onsdags kväll egentligen, drar sej undan och vill vara för sej själv. Jag känner inte alls igen honom. Om du vill stannar jag kvar en stund i morgon. Jag har inget att göra i alla fall.”

”Jättehyggligt, tack!” Tur att det var helg. Ännu en dag borta från jobbet på grund av sjuka barn skulle vara en nackdel i den interna kampen. En ensamstående mor bland oförstående män får ta sina strider. Nej, nu var hon orättvis. Tomas Hartman förstod, och Arvidsson som själv hade småbarn borde förstå. Fast i familjen Arvidsson var de två om att dela på frånvarodagarna, så det märktes inte lika tydligt. I morgon bitti skulle Maria bli hämtad av Per och Patrik för att delta i distriktsmästerskapen i pistolskytte på Holmhällar. Klockan åtta, visst var det åtta? Där hade hon goda chanser att placera sig. En prestigemässigt viktig tävling och en chans att träffa vänner.

Det luktade glöggkryddor i köket. ”Menar du att de åt linsgryta?” sa Maria och öppnade locket till kastrullen: Hon kände vitlöksdoften och anade ingefära och nejlika. Det var inte bara den ovana lukten, utan också den grötiga konsistensen som fick henne att förundras.

”Linda tyckte att det var supergott och ville ha mer. Emil åt också, fast kanske inte med samma aptit.”

”Fantastiskt!” Konstigt att barn helt kan bryta sina inrotade vanor när de är med andra människor. Ibland blir man förbluffad.

Maria kollade sin mobil igen innan hon tog trappan till övervåningen. Björn hade inte ringt fast han fått hennes telefonnummer av Jonatan. Varför ringde han inte? Ville han inte att de skulle ses? Linda sov på rygg med armarna över huvudet, precis som hon alltid gjort. Täcket låg på golvet. Maria stoppade om henne och gick in i Emils rum. Han låg hopkurad till en boll. Sängkläderna var blöta av svett. Hon hjälpte honom att byta lakan. Hans panna var sval, så febern måste ha gått ner. Hon fick en sömnig kram. Det kändes tydligt på lukten att han hade en halsinfektion. I bästa fall skulle han hinna bli frisk tills skolan började igen nästa vecka.

Maria kände med ens hur trött hon var. Hon letade fram rena lakan åt sig själv och gick ner för att bädda i vardagsrumssoffan. Under tiden sökte sig tankarna tillbaka till mötet med Mikael på färjan till Nynäshamn. Han var i praktiken också ensamstående med barn. Kanske ännu mer ensam. Hans fru var svårt hjärnskadad och förlamad efter olyckan. Det hade gått ett halvår. De akuta insatsernas tid var över och Blenda hade flyttats till ett sjukhem. Säkert hade hon rätt till personlig assistans, rätt att bo hemma om de bedömt att hon hade haft någon glädje av det. Antagligen var hon för svårt skadad. Maria kunde bara gissa att det förhöll sig så. Mikaels förtvivlan hade verkligen gripit tag i henne. Hade han någon att prata med eller var den tiden också förbi när tragedin blivit vardag?

Maria kröp ner i bäddsoffan och släckte lampan på bordet. Hon låg en stund och lyssnade till kylskåpets entoniga brummande. Tankarna på Mikael och Malva ville inte släppa. De verkade inte ha någon umgängeskrets alls. Hade det funnits någon annan att lita på hade han inte bett om Marias telefonnummer. Just då slog det henne att hon inte fått numret till Malva, inte till honom själv heller. Hon hade varit helt upptagen av tanken på att Mikaels fru var den kvinna Nina Eriksson kört på. Maria hade fastnat där i sina dubbla lojaliteter. I korthet hade hon nämnt för Mikael att hon kände Jonatan. Hon sa det precis innan de skildes åt. Kanske av feghet. Det fanns ingen tid för honom att kommentera det.

Maria vände på kudden. Det var varmt i rummet. Om Mikael skulle vara borta en hel vecka måste det bli väldigt ensamt för flickan. Och oroligt för honom. Maria kanske skulle kunna bjuda hem Malva, bara hon kom på vad de hette i efternamn och kunde hitta ett telefonnummer. Pihlgren, så var det. Längre kom hon inte i sina funderingar innan mobilen plötsligt började vibrera på soffbordet.

Jonatans röst. ”Är du hemma?”

Hon hörde direkt att något hänt, så väl kände hon honom. ”Ja.”

”Jag förstår att jag väckte dej, förlåt. Har du möjlighet att ta hand om Malte? Jag måste ut och leta efter Nina. Går det?”

”Kom med honom, du. Det går bra. Vad är det som händer?” Maria satte sig upp.

”Jag förklarar sen.”

Jonatan bar den sovande Malte i famnen. Maria öppnade porten och släppte in dem. Svetten blänkte i Jonatans panna. Det ljusa håret låg i stripor och skjortan såg ut som om han sovit i den.

”Jag är så ledsen att jag besvärar dej med det här. Men jag vet inte vad jag ska ta mej till.”

”Det är lugnt. Det är det man har vänner till.” Maria tog emot det sovande barnet. ”Är Nina …?”

”… full igen. Ja. Hon skulle ta hand om Malte den här veckan. Hon ville så gärna ha honom och visa att hon kunde vara en bra mamma. Hon har inte druckit på ett halvår. Jag trodde att hon skulle klara det. Jag ville tro på henne. Men skriverierna i tidningarna och människors hat fick det att brista. Jag bad henne att inte läsa. Jag visste att det skulle ta knäcken på henne.”

”Men hon läste det ändå?” Maria kunde livligt föreställa sig hur obehagligt det måste kännas. En del anonyma insändare borde aldrig ha publicerats.

”Ja, det måste hon ha gjort. Jag hade det på känn och tittade förbi. Ytterdörren var inte låst. Jag såg den tomma vinboxen i soffan. Hittade dagstidningarna uppslagna. Kände cigarettröken och förstod att polarna varit där. Jag hittade Malte sovande i sin säng. Ensam. Och jag blev så förbannad på mej själv för att jag gick med på att hon skulle få ha honom. Samtidigt är jag orolig för henne. För vad hon tar sej till. Förstår du?”

”Jag vet att du bryr dej om henne, men du kan inte täcka upp för henne varje gång.” Maria ville knappt erkänna det för sig själv, men hon började känna irritation över hans oändliga lojalitet. Vad krävdes för att Nina skulle förbruka den? Skulle Malte behöva komma till skada först?

”Jag vet inte om jag älskar henne”, sa han dämpat. ”... vet inte vem hon är för mej längre. Men hon är Maltes mamma. Därför måste jag hjälpa henne.”

Maria la ner det sovande barnet i sin bädd på soffan. ”Jag åker hemifrån klockan åtta. Han kan sova här i natt. Det blir lugnast om du hämtar honom i god tid i morgon bitti.”

”Jag älskar dej för det!” Jonatan gav henne en klapp på kinden, försvann ut i mörkret och lämnade Maria med frågorna surrande i huvudet. Var Nina oskyldig till olyckan? Eller var det ännu en lögn i mängden av de osanningar hon höll som sköld mot anklagelserna? Kanske måste Nina ljuga och försvara sig för att inte gå sönder? Fanns det ingen väg ut?

Maria kröp ner, drog täcket omkring barnet och rullade in sig själv i en pläd. Om Malte vaknade innan Jonatan kom tillbaka och blev ledsen skulle det inte bli många timmars sömn. Hon lyssnade till hans tysta snusningar. Borde hon ha följt med Jonatan ut för att och leta efter Nina? Skulle hon ha väckt Lena?

Maria försökte slappna av, men tankarna återvände till förra helgen när de var på Lilla Karlsö. Jonatan hade stått precis vid klippkanten och sett ner i det grönskimrande vattnet. Solen föll genom Malvas glänsande hår. Maria hade förundrad noterat Emils ohöljda beundran. Mikael Pihlgren hade pratat med Jonatan utan att veta att han var Ninas man. Maria undrade vad som skulle ha hänt om han fått veta det, just där vid stupet?

14

En grå gryning letade sig in genom vardagsrummets fönster. Maria låg vaken. Klockan var några minuter över sex, så hon måste ändå ha slumrat en stund. Hon hörde ljudet av en bil som stannade utanför på gatan. Hon drog på sig morgonrocken och gick fram till fönstret. Jonatans hållning förebådade olycka. Hon mötte honom ute på trappan. I det kalla gryningsljuset var hans ansikte askgrått och ögonen som svarta hålor. Maria kunde inte ta blicken från blodet på hans händer.

”Vad har hänt Jonatan? Varför säger du inget?”

Med ett halvkvävt skrik trängde han sig förbi henne, in i vardagsrummet där han lyfte upp den sovande Malte i famnen. Han dolde sitt ansikte mot barnets kropp. Hans axlar skakade.

”Hittade du henne? Var hon hos sina gamla polare?” Maria viskade för att inte väcka Malte.

Jonatan svarade inte. Han bara stod där med barnet i famnen och blundade, som för att stänga allt annat ute.

”Vad har du gjort, Jonatan?” Maria blev rädd på allvar. ”Blodet?”

Jonatan såg upp. Mötte hennes blick. Såg på sina händer, en i taget, som om han såg dem för första gången. ”Nina är död”, viskade han knappt hörbart.

”Död?” Maria lirkade Malte ur hans famn, tillbaka ner i bädden, och pekade mot köket. Omtöcknad lät Jonatan sig fösas med. Kroppen skakade okontrollerat. Stegen var osäkra. Han tog tag i dörrposten. Ett tag trodde Maria att han skulle falla framåt. Hon höll om honom, hjälpte honom till en stol. Han verkade snarast förvirrad. Hans tonlösa röst skrämde henne.

”Skallen är krossad mot en sten, höger sida, tinningbenet och underkäken... Det som rann ur näsan är säkert inte snor, det är hjärnsubstans. Hon stirrade på mej. Nina stirrade rakt igenom mej.”

”Har du ringt polisen?” Maria visste inte vad hon skulle tro. Hade Jonatan dräpt sin fru? Hon handlade på rutin när hon tog hand om honom, det personliga fick komma senare.

”Jag var tvungen att se Malte, att hålla om honom. Förstår du? Nina är död! Det finns inget mer att göra. Malte är allt jag har.” Orden kom hackigt. Händernas grepp om bordskanten hårdnade. Han skakade förskräckligt. Maria gick efter en filt. Svepte den om honom och fattade tag om hans axlar, tvingade honom att möta hennes blick.

”Jonatan, jag måste få veta. Har du ringt polisen?”

”Polisen?” Han blinkade häftigt. ”Jag borde ha ringt polisen. Men då skulle de ha haft hela mediedrevet i släptåg.” Han böjde sig fram med huvudet mellan knäna. ”Jag skulle inte ha lämnat henne där. Det kan komma fåglar eller hundar. Men jag var tvungen att se Malte. Förstår du? Jag kunde inte vara kvar!”

Jonatan var i chock. Så mycket förstod Maria. Han kunde inte tänka klart och hon måste ta kommandot. ”Vi måste ringa!” Beslutsamt tog hon fram mobilen. ”Var hittade du henne?”

”På stranden, bland stenarna. Det var så mycket blod.” Han rätade upp sig med en ansträngning. Fastnade med sin blick i hennes. ”Tror du att det var jag som gjorde det? Det var inte jag.” Han andades tungt. ”Det var inte jag. Hon var redan död.”

Maria slog 112 och väntade på att få kontakt. ”Exakt var är hon?”

”På stenstranden. Närmare Kallbadhuset än Kruttornet. Hon måste ha ramlat ner. Det är ett fall på några meter från kanten. Finns inget räcke. Hon var full. Det var mörkt och gatlyktan var trasig. Det var halt efter regnet. Hon måste ha halkat”, sa Jonatan och reste sig upp och stapplade iväg mot badrummet. Han var sjukligt blek i ansiktet.

”Du får inte tvätta bort blodet från händerna!” Maria var inte säker på om han hört henne, men i samma stund kom hon fram till larmcentralen och upprepade Jonatans berättelse. När hon lagt ner telefonen kände hon oron välla in. Det såg illa ut för Jonatan. Han borde ha stått kvar. Han borde ha ringt polisen. Om han var oskyldig. Han sa att han inte gjort det. Men hur kunde hon veta? Den senaste veckans skriverier, det öppna hatet hade satt press på honom. Vem vet vad Nina hade sagt till honom om de träffades efter hennes återfall. Hade de bråkat? Kunde han ha råkat knuffa henne av misstag? Maria satte på te och räckte Jonatan en kopp när han kom tillbaka från badrummet. Han darrade fortfarande och hade svårt att hålla muggen stadigt.

”Berätta igen. Vad var det som hände?” Tystnaden i huset slog lock för öronen. Inte ens kylskåpet surrade längre. ”Se på mej, Jonatan. Det är viktigt att du samlar dej.”

”Jag förstår att jag har burit mej åt som en idiot. Du måste tro mej, Maria. Jag dödade henne inte.”

”Blodet, Jonatan?”

Han visade upp sina händer. Knogarna var brunröda av intorkat blod. ”Jag blev så arg. Så fruktansvärt arg så jag drämde nävarna i betongmuren. Så besviken. Efter allt vi gått igenom. Alla år jag valt att stanna hos henne. Som vi kämpat! Hon hade lovat Malte att vi skulle flytta ihop och bli en riktig familj igen. Jag hade börjat hoppas. Och så gick det åt helvete. Äcklet hon stack med förra vändan kom säkert tillbaka för att fira hemkomsten. Nina skulle aldrig ha köpt Santa Anna på dunk. Vilket rödvin som helst men inte det. Vi brukade skämta om det, att det finns en skamgräns.” Hans röst bröts. ”Jag rörde aldrig vid hennes kropp. Jag lovar. Blodet kommer från mina händer.”

”Det luktade cigarettrök, sa du.”

”Nina rökte inte, inte ens när hon drack. Så jag tänkte att det måste ha varit någon annan där. En annan sak. Nycklarna till lägenheten låg på köksbordet. Nina var väldigt vidskeplig. Hon skulle aldrig ha lagt dem där. Inte ens om hon var full."

"Vad gjorde du sen? Hur hittade du henne?"

"Jag letade. Först bar jag in Malte i bilen. Han sov. Hon hade lämnat honom ensam. Sen åkte jag hem till Dår-Uffe, som hon polade med förut, i Lärbro. Men hon var inte där. Inte heller hos några av de andra han kunde tipsa om. Uffe sa att han hade varit hemma hos henne, med vindunken. Hon hade kastat ut honom, men dunken blev kvar. Då var den oöppnad, när jag kom var den tom. Vart skulle hon gå mitt i natten på fyllan? Då kom jag att tänka på att hon tyckte om att gå längs Strandpromenaden. När hon inte kunde sova brukade hon gå ut och ta promenaden längs havet."

"Har hon någonsin tidigare lämnat Malte ensam?"

"Nej, så illa har det aldrig varit. Hon har alltid skaffat barnvakt. Jag skulle inte ha låtit henne ha honom över natten." Jonatan lutade huvudet i händerna igen. "Det första Nina ville göra när hon kom hem från torken var att gå längs Strandpromenaden. Hon tycker att det är så vackert, det gör själen lättare att bära. Hör du, jag pratar om henne som om hon fortfarande levde. Jag fattar det inte, jag fattar det bara inte."

"Och där var hon?"

"Ja, där var hon." Jonatan riste till i hela kroppen. Hakan darrade. "Jag fryser så fruktansvärt." Maria såg kallsvetten pärla i hans ansikte.

Maria tänkte på vad mormor Vendela skulle ha gjort. Gammal klokskap. Värme, vila, varsamhet. "Du får låna en ny skjorta. Kristers kläder, de som blivit för små, finns i en låda i klädkammaren. Emil spar dem tills han växer i dem, säger han."

Maria fortsatte ner i köket och ringde upp sin chef när hon hämtat skjortan. För Jonatans skull, men också för sin egen, behövde hon diskutera situationen med Tomas Hartman.

”Jag kommer förbi”, sa Hartman när Maria slutat tala. ”Finns det risk att han avviker?”

”Nej, nej det tror jag inte. Han har bilen utanför, men jag kan inte tänka mej att han ger sej av. Han är chockad. Han kunde inte tänka klart när han lämnade Ninas döda kropp på stranden utan att ringa. Jag känner honom, Tomas.”

”Är Lena kvar?” frågade Hartman med ny intensitet. Maria förstod att Tomas var rädd om sin dotter.

”Hon är här. Hon erbjöd sej att vara kvar. Emil är sjuk.”

Hartmans röst blev skrovlig. Han klarade strupen. ”Har du din tävlingspistol hemma, Maria? Jag bara ställer frågan. Det kanske kan vara klokt att ha den redo om…”

”I vapenskåpet. Men jag tror inte, nej, Jonatan skulle aldrig…”

Pistolen! Distriktsmästerskapet! Maria kastade en blick på klockan. Hon såg sig om efter Jonatan. Hörde hon ljudet av strilande vatten? Neej! Hon for upp för trappan och bankade på badrumsdörren. Jonatan öppnade insvept i en handduk.

”Vad har du gjort?” Hon borde ha hållit bättre koll på honom. Hon trodde att han hade förstått att de måste ta prov på blodet för att kunna utesluta att det var Ninas. Han såg oförstående på henne och gick sedan in till Malte.

Dörrklockan hördes nere i hallen. Hon drog åt skärpet på morgonrocken och gick ner för att öppna i tron att det var Tomas. Från trappan såg hon att Jonatan redan hade öppnat dörren, endast iförd handduken om höfterna. I hallen stod Patrik och Per Arvidsson. Vad tidiga de var, de skulle väl inte komma nu? Hade de sagt halv åtta? Maria kände en växande förvirring.

”Det var som faan!” sa Patrik och studerade Jonatan uppifrån och ner. ”Titta vad katten har släpat in!”

”Jag vet vad ni tror, men det är inte så”, sa Maria snabbt.

”Vi är bara vänner”, fick Jonatan fram innan hans röst dränktes i Patriks asgarv.

15

Helgen var över och måndagen kom med solsken och friska vindar. Maria hade inte följt med på skyttetävlingen. Jonatan hade behövt hennes stöd mellan förhören innan han släpptes igen.

Hon passerade polishusets reception och svepte förbi kafeterian för att få en mugg kaffe. På väg till sitt rum fick hon syn på Patrik. De hade talats vid per telefon, men samtalet var långt ifrån avslutat.

”Jag vet att jag inte får utreda Nina Erikssons dödsfall. Men du kan väl lyssna på mej i alla fall.” Maria förföljde Patrik i korridoren. Hans kalla attityd var alltför bekant.

”Nej!” Han vände sig inte ens om. Den vältränade kroppen tycktes henne plötsligt irriterande perfekt. Han visste vilket intryck han gjorde och hon hade god lust att ge honom ett kraftigt nyp i häcken för att han skulle tappa masken.

”Är Jonatan misstänkt för något eller hör ni honom bara upplysningsvis? Det Jonatan berättade för mej kan vara avgörande. Jag är rädd att han glömmer säga allt. Det är inte säkert att han förstår vad som är viktigt. Han är inte sej själv.”

”Håll dej undan från den här utredningen. Du är jävig.”

”Jag vet vad du tror, men vi är bara vänner.”

Patrik stannade upp och vände sig hastigt om. Fattade om hennes axlar. ”När jag såg er hemma hos dej fick jag ett helt annat intryck.” Han log försmädligt.

Maria skakade sig loss från Patriks händer. Det var inte roligt. Det här var allvar. ”Jag tycker att du är förbannat okänslig. Fattar du vilket helvete Jonatan har haft de här åren med Nina? Han stannade kvar hos henne trots olyckan. Han hjälpte henne att leva vidare när hon bara ville dö. Han såg till så hon fick en rehabiliteringsplats."

"Ja, och så hade hon mage att gå ut i pressen och säga att hon var oskyldig! Vilket jävla månsnack!"

"Jonatan tror inte heller att det var hon som körde." Maria måste få honom att lyssna. "Du kan fråga honom om det! Nina hade märken efter bilbältet på fel sida. Hon satt på passagerarplats vid kollisionen!"

Patrik visade in Maria på sitt rum så att de kunde prata ostört.

"Jonatan är din vän. Du tror honom bara om gott. Därför tänker du inte klart. För oss andra var Nina skyldig till grov rattfylla, grov vårdslöshet i trafik och vållande till kroppsskada – i praktiken vållande till annans död, med tanke på vad som hände med kvinnan hon körde på. Rättegången skulle ha blivit en ren formalitet. Det är skandal att det dragit ut sex månader på tiden."

"De fick Jönsson som advokat. Han är rutten!" Maria kände spänningshuvudvärken komma. "Om Nina hade begärts häktad direkt, skulle det ha blivit en snabb rättegång och hon skulle sannolikt ha blivit dömd till rehabilitering och skadestånd. Men advokaten rådde henne att ta den rehabiliteringsplats som Jonatan lyckats ordna fram. Och eftersom hon fick rehabilitering var det inte längre ett brådskande ärende. Nu när väl rättegången skulle ha blivit av kunde hon inte bli dömd till rehabilitering eftersom hon redan fått den. I stället skulle utfallet ha blivit fängelse, fem till åtta månader om hon hade levat." Maria såg på Patrik och krävde hans fulla uppmärksamhet. "Som advokat borde Jönsson ha vetat hur utfallet skulle bli, eller hur?"

"Han kanske tyckte att straffet skulle bli för milt. Det är en riktig rävgubbe. Nu är det som det är."

"Det kanske var Nina som ville skjuta på rättegången?" Maria kunde bara tänka sig en förklaring till det i så fall. "För att hon inte var säker på om hon satt vid ratten eller inte. Jag skulle vilja att du pratar med rävgubben."

"Maria, jag tror att du har fel. Du ser saker du vill se. Nina är död, det kan vi inte göra något åt. Det troligaste är att hon själv insåg att det dravel hon gick ut med i media inte skulle hålla i en rättssal. Hon pallade inte trycket. Söp sej full, ramlade från betongplattan ner på stenstranden och slog ihjäl sej. Eller också hjälpte Jonatan henne på traven. Det är tragiskt vilket som. Vår skyldighet är att ta reda på sanningen och sen gå vidare."

"Varför vill du så gärna tro att Jonatan är skyldig?" Maria hade själv funderat i de banorna och valt att tränga undan det värsta scenariot. Han fick inte vara skyldig. Det skulle inte vara rättvist.

"Jag har inte sagt att han är skyldig, men han kan vara det. Pengar är ett motiv. Skadeståndet Nina skulle ha betalat hade nog blivit något att bita i – i synnerhet om hon inte hade någon egen inkomst. De är fortfarande gifta på pappret. Skulle Jonatan ha råd att bo kvar i huset? Troligen inte. Ett annat motiv är vreden när hon svek honom, igen. Skam är ett annat motiv. Skammen som faktiskt spiller över på honom och på hans son. Tror du att Jonatan skulle vilja flytta om Nina blev förföljd och hans egen trovärdighet som läkare ifrågasattes? Han är uppvuxen här. Han har ett jobb. Vänner han badar med?"

"Lägg av. Varför vill du vara elak?" Maria försökte resa sig upp, men han höll henne tillbaka.

"För att jag bryr mej om dej och önskar att du valde dina 'vänner' med bättre omsorg." Hans blick av plötslig ömhet fick henne att rygga tillbaka.

"Om du har den typen av känslor för mej, någon sorts retroaktiv äganderätt, är du också jävig. Du är jävig om du ser Jonatan som en rival om min vänskap eller värre än så! Jag tror inte att du är rätt person att hålla i utredningen av Nina Erikssons död. Och det är din förbaskade plikt att ta det med Hartman. Om du inte gör det, så gör jag det! Mitt privatliv angår er inte och i mitt eget hem går jag klädd hur jag vill." Maria reste sig och gick ut ur rummet.

Hon gick in på sitt rum och stängde dörren om sig. Tryckte på den röda upptaget-lampan. Patriks ord hängde kvar och lämnade henne ingen ro. Fanns det en möjlighet att det var mord, att Jonatan var skyldig till Ninas död? Maria såg scenen framför sig när han kom hem till Nina. Anta att hon inte hade lämnat huset ännu. Att hon satt där och var full fast hon skulle ta hand om Malte. De grälade. Hon kanske slog till honom... Skulle Jonatan slå tillbaka? Han var mycket större och starkare. Nina var späd. Nej, han älskade henne. Han ville henne inget ont. Skulle han ha följt efter henne till Strandpromenaden om Malte var ensam i huset? Nej, Jonatan skulle aldrig ha lämnat Malte ensam. Det var inte heller troligt att han skulle ha tagit med dem båda två i bilen och kört till Strandpromenaden för att ha ihjäl henne. Inte med Malte i bilen. Men sedan... Maria försökte stoppa de paranoida tankarna, men de kom. Tänk om han var så kallblodig att han först lämnade in Malte på Norra Murgatan hos henne för att "leta efter Nina" och sedan dräpte sin fru. Han hade inte ringt polisen. Hade inte bett om hjälp att leta efter henne. Jonatan ringde inte ens när han fann henne död. Kunde han ha planerat det?

Maria gick fram till fönstret och såg bort mot Öster Gravar, ringmuren och Sankta Marias svarta kyrktorn. Mörka moln hopade sig på himlen. När som helst kunde ovädret braka loss. Tankarna fortsatte att spinna. Om Jonatan var oskyldig, om Ninas död var en olyckshändelse, var det ändå anmärkningsvärt att hon hittades med krossat huvud två dagar före rättegången. Vem kunde vinna på det mer än Jonatan?

Dörren till Marias arbetsrum öppnades, trots den röda lampan, och Tomas Hartman steg in.

"Jag tar över utredningen. Det är sanktionerat uppifrån."

Maria kände en stor lättnad. Jonatan skulle bli behandlad med respekt. Ansvaret var inte längre hennes. Hartman var erfaren och klok. ”Tack! Det betyder mycket för mej.”

”Jag skulle vilja höra din berättelse igen, i detalj. Tider när Jonatan kom och gick. Vad han sa. Vad du fick för tankar. Det har framkommit nya fakta. Det finns något jag vill att du ska veta innan vi går ut till medierna.”

Maria väntade och såg forskande på hans ansikte. Hade han bevis mot Jonatan?

Tomas slog sig ner. Vägde orden. ”Jag tror inte att Ninas död var en olyckshändelse. Jag tror inte att hon var full.”

”Men dunken med vin?”

”Vinet var uthällt i toaletten. Erika har varit där och undersökt platsen. Det var vin i vattenlåset. Som tur var hade ingen spolat. Nina var sannolikt nykter. Det känns inte längre så troligt att hon snubblat och ramlat ner för kanten, eller hur? Krossåret i tinningen stämmer inte med de stenar kroppen låg på. Det kunde till och med jag se. Ingen var tillräckligt vass. Däremot låg det en vass sten en dryg meter bort. En sten som kan ha använts för att krossa hennes huvud. Det fanns spår av blod på den. Hon har troligen blivit dräpt. Den preliminära obduktionsrapporten kommer snart att visa om jag har rätt i mitt antagande.”

”Och Jonatan? Vad händer med Jonatan och Malte?”

”Nya förhör. Han får inte lämna stan. Hans mamma tar hand om pojken. Tills vidare.”

16

Gunnel Persson ville inte bli vittne till den motbjudande händelsen. Hon ville inte ha med människor att göra överhuvudtaget. Inte på nära håll. Genom sin kikare kunde hon studera dem. Hon brukade fantisera ihop livshistorier åt dem som vandrade förbi, som om de var dockor i ett dockskåp. Särskilt åt de personer som återkom regelbundet; Torsten med taxen, Slitna mamman med sina fyra vilda barn, Den drömska vandrerskan och Bibliotekarien av den sorgliga skepnaden. En teater på betryggande avstånd där hon kunde luta sig fram för att se eller luta sig bakåt och blunda som det föll henne in. Hon behövde inte delta i livet utanför. Fördelen med att vara ekonomiskt oberoende var att hon kunde välja sitt sällskap och minimera det obehag som uppstod när människor ville henne något. Pengarna garanterade ett vänligt bemötande. En ny och njutbar erfarenhet när man blivit hunsad och ignorerad i hela sitt liv.

Härom natten när hon suttit vid fönstret på Almedalshotellet och låtit blicken vila över havet, hade det hänt. Försjunken i kontrasten mellan det svarta djupet och månljusets reflexer i vattnet hade hon blivit störd. Sagan hon skapade av glittervattnet med silvervingade varelser, hade rivits sönder. Hon hade inte hunnit vända bort huvudet. Stillheten gick förlorad och hon hade blivit påtvingad en brutal verklighet, sannolikt ett mord. Skulle hon anmäla det? Var hon tvungen? Efter fyrtiofem år inom demens- och åldringsvården frågade hon sig om hon hade några förpliktelser kvar gentemot samhället. Hon hade gjort sitt och väl det. Tacken för alla år av slit blev en pension som det knappt gick att leva på, kronisk värk i axlar och nacke och en Bismarcklänk i halvtid som hon pantade in för att ha råd att laga tänderna. Varje vecka hade hon lämnat in sin V75-rad till tobaksaffärens ATG-ombud. Samma rad i ur och skur: 7–5–3–1–6–4–2. Och så plötsligt händer det.

64 miljoner gjorde henne inte lycklig, lyckan sitter i generna och har mycket lite med yttre omständigheter att göra. Det var mera som en lättnad. Den största lättnaden för henne hade varit att separera från sin man, göra slut med sin osannolikt tråkiga väninna och lägga ett helt hav mellan sig själv och sin grälsjuka dotter. Lycka var för henne tystnad och kravlöshet.

De 64 miljonerna innebar en skillnad, det skulle ha varit förmätet att påstå något annat. Andra kanske skulle ha valt att resa, eller att dela med sig till nära och kära eller kanske skulle de ha idkat välgörenhet. Gunnels val hade blivit anonymitet med full service. Att bo på hotell. En försynt knackning på dörren och frukosten fanns att hämta på bordet utanför. Likadant vid lunch- och middagstid. Hon behövde inte handla, inte se någon, inte tala med någon. Tvätten lämnade hon i en påse på onsdag morgon och fick tillbaka den ren och struken på eftermiddagen. Hon betalade för sig och hade inget att tacka för.

Det var den drömska vandrerskan som råkat illa ut. Gunnel hade inte kunnat värja sig. Sinnesfriden var förstörd. Hon kunde inte låta bli att tänka på det som hänt. I sin ensamhet hade hon ingen att dela den med. Det var upprörande. Gunnel satte en vilsen grå hårtest bakom örat och letade i handväskan. Det fanns tabletter att ta mot upprördhet och nedstämdhet och sömnbesvär. När man är sin läkares arbetsgivare väljer man fritt från smörgåsbordet. Vill man ha sin ålderdom tryggad kan det vara klokt att bli delägare i en vårdcentral. Det hade hon tänkt ut själv.

Den drömska vandrerskan hade inte synts till på ett tag när hon plötsligt hade kommit släntrande på sitt oefterhärmliga sätt längs

Strandpromenaden bort mot kallbadhuset. Gunnel hade sett henne tillräckligt många gånger för att fantisera ihop ett liv åt henne. Därför störde den brutala händelsen ännu mer än om vandrerskan bara hade varit en av dem som passerar utan att man lägger märke till det. Händelsen ingick inte i det livsmanus Gunnel hade skapat åt henne. Ett bitterljuvt drama där den drömska spanade ut över havet och längtade efter sin älskade, en gift man hon hade ett förhållande med men aldrig kunde få. Att en stor sorg tyngde henne var tydligt för vem som helst. Den drömska hade, precis som hon själv, valt ensamheten. Ofta vandrade hon på natten, antagligen kunde hon inte heller sova. Med kikaren rätt inställd kunde man ibland se att hon hade gråtit.

Gunnel tog en tablett och sköljde ner den med en skvätt avslagen champagne som blivit kvar sedan frukosten. I detsamma ringde telefonen. Först tänkte hon inte svara. Det brukade vara telefonförsäljare om någon ringde. De ansåg sig ha rätt att göra det om hon handlat av dem tidigare. Till dem sa hon alltid att hon var döende i cancer. Det brukade bli så beklämmande tyst då. En njutbar tystnad. Det är svårt att hitta säljargument till någon utan framtid. En lögn? Kanske, kanske inte. Rent statistiskt var det möjligt att hon hade cancer utan att ens veta om det. En ofrivillig sanning i lögnens tjänst. Försäljarna hade ingen rätt att störa den ro hon betalade så dyrt för. Sist hade det varit en idiot som ville sälja underkläder. Hon skulle till och med få ett par välkomsttrosor gratis om hon ville vara så vänlig att uppge sin storlek. Hon hade bett den unge mannen trycka upp mobiltelefonen i brunvägarna. Han hade kontrat med att erbjuda ett par gratistrosor i valfri modell om hon ville vara hel och ren på begravningen. En liten gnutta humor hade han ändå den fräcke slyngeln.

Gunnel lät ytterligare sju signaler gå fram utan att svara. Vem var så angelägen? Hon lyfte på luren och hörde sin dotter pliktskyldigast fråga: ”Hur står det till mamma?”

”Ringer du?” Det var oväntat. Eva-Lotta hade ju ringt så sent som i förra veckan, då brukade det dröja en månad tills nästa gång. Samtalen från Eva-Lotta kom lika punktligt som pensionen och följde alltid samma mall. Innan hon själv hunnit svara på frågan om sitt hälsotillstånd blev hon översköljd av dotterns klagomål. Makens tillkortakommanden, de bortskämda barnens olater, arbetsgivarens inkompetens. Allt detta i skarp kontrast till dotterns egen förträfflighet.

”Jag har vilt och våldsamt sex med en tjugoårig älskare på köksgolvet. Har inte tid med dej just nu.” Gunnel sa det faktiskt i samma tonläge som ja- och nej-suckarna som förväntades. Det spelade ingen roll vad hon sa eftersom Eva-Lotta bara lyssnade på sin egen röst. Det var aldrig tal om någon dialog. Därför tog sig Gunnel friheten att inte lyssna hon heller. Hon la luren på soffan medan hon hällde upp mer champagne, kammade håret och letade efter ett par rena strumpor medan Eva-Lotta pratade på om sitt. Gunnel kände sig redan lätt dåsig. När dotterns röst lät som den gick in för landning lyfte hon luren igen.

”Vad säger du, om det? Jag läste i tidningen om mordet. Det måste ju ha hänt precis utanför ditt fönster. Såg du något, mamma?” Det gick inte att ta miste på lystnaden i rösten. Det skulle bli en finfin kaka för dottern att servera till fikat på jobbet.

”Vadå för ett mord?” Gunnel ville inte veta av det, ville hålla det hemska borta. Hon orkade inte med det.

”Men det står ju i varenda kvällstidning om kvinnan som körde rattfull och nu är hon mördad. Nina Eriksson hette hon. Antagligen är det maken som har gjort det. Han är läkare. I de vitaste rockarna går de svartaste syndarna.”

”Jaha. Var det något mer du ville?” Gunnel kände obehaget komma som en dov smärta i mellangärdet. Helvete, fanns det ingenstans att ta vägen där man fick vara ifred för världens ondska. Gunnel köpte inga tidningar, såg inte på teve och ägde ingen dator och ändå sipprade ondskan in genom nyckelhålet. Hon avslutade samtalet.

I dag var det soligt och svalt. Gunnel stängde fönstret mot havssidan och blev stående halvt dold bakom gardinen. Polisen höll fortfarande på där nere vid strandkanten. De blåvita banden spärrade av promenadvägen. Hon hade sett när de lyfte upp den vinröda liksäcken. Var det årets färg? Fick man välja i samråd med sin färganalytiker eller hade rättsläkaren tröttnat på svart och försökt att skoja till det lite? Hon tänkte inte hjälpa dem. De fick klara sig själva. Om hon ringde polisen skulle hon få sitta i förhör, kanske till och med tvingas vara med på en rättegång. Hennes ord skulle skrivas ner stötas och blötas. Hon kanske skulle tvingas sitta öga mot öga med mördaren som visste att det var hennes ord som avgjorde domen.

Gunnel tog en tablett till och satte champagneflaskan direkt till munnen. Mördaren fanns där ute någonstans och plötsligt var det inte så enkelt att gömma sig längre. Hon var redan inblandad. Om Eva-Lotta trodde att hon kunde ha blivit vittne till mordet, skulle mördaren också kunna räkna ut det. Gunnel kände sig inte längre säker i den isolering hon skapat runt sin person. Nästa gång hon beställde in en bricka med mat kunde mördaren stå där. Maten kunde vara förgiftad i syfte att röja henne ur vägen innan hon ens hade hunnit tala med polisen. Hon kunde inte köpa sig fri. Gunnel greppade hårt om telefonluren. Det tog tjugo minuter innan polisen var på plats.

Kriminalinspektör Per Arvidsson slog sig ner i hotellsvitens blommiga fåtölj och visade fotografiet av Nina Eriksson för Gunnel Persson. Jesper Ek blev stående vid fönstret med ett öga på kollegorna som undersökte mordplatsen. Erika Lunds svartlockiga huvud stack upp över kanten när hon var på väg upp för stegen. Hon gav signal om att den tekniska undersökningen på plats var klar. Avspärrningen bröts. Ek vände sin uppmärksamhet inåt rummet.

Arvidsson tog de nödvändiga uppgifterna: namn, födelsedata och adress. ”Kan du berätta igen vad det var du såg?”

Gunnel kände rodnaden koka i kinderna. Så blev det alltid när hon skulle tala med myndighetspersoner. Hon ville inte bli granskad och ifrågasatt.

”Jag kunde inte sova. Klockan var halv tolv på natten. Jag satt vid fönstret där borta. Inga lampor var tända. Jag satt i mörker för att kunna se bättre.” Hon pekade mot den plats där Ek stod. ”Då såg jag henne komma, Nina Eriksson. Hon var ganska liten, späd i kroppen. Det ser man inte på fotot.”

”Det är ett rätt långt avstånd.” Ek kunde med svårighet se Erika Lunds ansikte när hon kom upp. ”Hur kan du vara säker på att det var Nina Eriksson?”

”Jag hade kikare”, sa Gunnel och tittade ner på sina slitna tofflor. Det var så otroligt förargligt och privat alltihop.

Per nickade. Han såg att den låg kvar på fönsterbrädan. ”Jag är också fågelskådare. Spanar du efter pilgrimsfalk?”

Gunnel tog tacksamt emot passningen. ”Ja. Det är sällan man ser dem. Jag råkade titta ut och då såg jag henne komma. Hon hade ett speciellt sätt att gå. Lite planlöst, slängigt och ostrukturerat till skillnad från andra som vill komma fram till ett särskilt mål. Hon drog ut på själva promenaden. Stannade flera gånger och såg ut över havet. Andades djupt. I skenet av gatlyktan såg jag hennes ansikte. Hon grät.”

”Gick hon stadigt eller raglade hon?” frågade Ek.

”Hon gick stadigt.” Gunnel tvingade sig själv att fortsätta. ”Plötsligt var hon inte ensam. Det hände så fort. En mörkklädd person med luvjacka, huvudet högre än Nina, knuffar till henne och hon faller handlöst utför kanten ner mot stenarna. Den som knuffade henne tar sej ner till stranden. Jag kan inte se dem fast jag reser mej upp med kikaren. Jag måste veta. Måste se vad som händer henne. Så jag skyndar mej ut för att se hur det har gått. Smyger tyst. Jag borde inte ha gjort det, jag borde ha stannat inne. Gömd bakom en bil ser jag över kanten ner mot stranden. Den andra personen slungar stenen och krossar hennes huvud. Och jag blev så rädd…”

Gunnel tystnade. Hon kände sig som om hon ville gråta, skrika högt. Den lugnande tabletten räckte inte alls till. Bara de lämnat rummet skulle hon ta fram burken igen. Den välbekanta yrseln fick golvet att snurra. Hon borde ha varit mera rädd om sig själv och inte berättat för någon. Nu skulle det här gnaga sönder henne, mala ner hennes lugn.

”Hur är det?” Per Arvidsson såg på henne med vänliga ögon.

”Det är okej.” Gunnel svalde och svalde. Saliven var slut och tungan skrapade mot tänderna.

”Varför ringde du inte 112 direkt?” frågade Ek.

”Det gick inte. Jag orkade inte… blev som förlamad. Jag kunde inte tänka klart. Det var för hemskt. Jag blev så rädd.”

”Vet du vad klockan var när det hände?” fortsatte han metodiskt.

”Kvart i tolv. Jag såg på klockradion när jag kom tillbaka. Jag låste. Jag ställde en stol under dörrhandtaget.”

”La du märke till om han höll stenen i höger eller vänster hand?”

Hon tvekade. ”I höger och jag tror inte det var en han.”

”Var det en kvinna?” Ek kom närmare och satte sig bredvid Gunnel i soffan.

”Hon hade i alla fall kvinnliga former, bröst. Men det var ögonen jag la märke till. Hon påminde om någon jag känner.”

17

På tekniska avdelningen rådde febril aktivitet. Erika Lund såg upp från sitt arbete vid mikroskopet när Jesper Ek kom in. Han resumerade sitt samtal med vittnet, Gunnel Persson. Hon ville inte samarbeta med en tecknare för att få fram en fantombild. Det var första gången han träffat ett vittne som nekat att hjälpa till. Hon ville bara vara ifred och han tyckte att hon var helt fucking hopplös. ”Skulle mördaren kunna vara en kvinna?” frågade han Erika.

”Män får bröst om de går på anabola steroider eller lägger på sej för mycket fett i bukregionen och halten av östrogen stiger. Manboobs. Hur säker var vittnet på att det var en kvinna?” frågade hon torrt.

”Säker.” Jesper Ek ville inte fördjupa sig i ämnet. Det kändes närgånget även om det inte bara gällde honom själv utan hela kollektivet av män i medelåldern med för högt näringsintag. Arvidsson hade hotat att virka en bh i storlek 105C åt honom om han inte slutade äta skräpmat. ”Du blir smällfet och undernärd på samma gång!” 105C hade blivit något av en kod när det gällde livsstilsdiskussioner dem emellan. Arvidsson styrketränade som en galning och åt näringsriktig och smal mat med en skrämmande beslutsamhet. Ek skulle nästan vilja säga: vrede. Vad gör man inte för att hålla livsångesten i schack när man lever i en tråkig relation?

”Vi har ett preliminärt obduktionsprotokoll. Nina Eriksson mördades någonstans mellan 23.00 och 01.00. Det stämmer väl med vittnets iakttagelse och med Maria Werns berättelse. Nina var inte alkoholpåverkad, det finns inte heller några spår av andra droger." Erika drog ner läsglasögonen på nästippen för att se bättre på håll. "Vad är det för ett märke du har på halsen? Men Jesper, ett sugmärke! Vid din ålder?"

Det röda märket hade antagit en blålila färg. På sätt och vis var han lite stolt över det. Det bevisade att han fortfarande var en man med attraktionskraft utan att han behövde anstränga sig och skaffa muskler. "Kanske det."

"Är det allvarligt?" frågade hon och tog av sig plasthandskarna.

"Ur infektionssynpunkt, menar du? Vad kan man få? Rabies?"

"Stafylokocker, streptokocker, sorkfeber, digerdöden..."

"Det är det värt!" Ek log när han tänkte på Gloria. Är det inte alla mäns våtaste dröm att bli uppraggad av en främmande kvinna som vet vad hon vill ha? Han hade blivit upphånglad av ett skogsrå och förförd i det mjuka gräset under en buske i botaniska trädgården. Det händer en gång i livet – för de flesta händer det aldrig.

"Ska ni ses igen?" Erika var verkligen nyfiken. Det fanns inte så mycket att skvallra om på tekniska avdelningen.

"Kanske det", svarade han igen och kände ilningarna nedåt skrevet. Gloria hade valt en ny tid och en ny plats. Han kunde knappt bärga sig tills i natt.

"Vad tror du om vittnet då? Verkade hon tillförlitlig?" Erika snurrade ett halvt varv på sin stol och mötte Eks blick.

"Trovärdig? Ja. Jag uppfattade Gunnel som ett nervknippe, fast klar och redig. Hon knaprar nog en del tabletter, Stesolid och Sobril. Askarna låg framme. Pimplar champagne, men annars så... verkade hon redig."

"Om det var en kvinna som gjorde det går Jonatan Eriksson fri."

"Då blir Wern lättad." Ek hade sett Marias oro. Den kunde inte ha undgått någon. Nu var det hans egen tur att få lite skvaller, eller att hänge sig åt social omvärldsorientering som Hartman brukade säga. Män skvallrar inte, de håller sig orienterade. ”Är det något mellan dem? Vet du något?”

Erika tvekade en stund och vägde orden innan hon svarade. Ek förstod att hon inte ville svika Marias förtroende. ”Jonatan är infektionsläkare, han räddade Emils liv. Det räcker nog för att man ska kunna älska någon för evigt.”

”Ja, fast inte på *det* sättet.” Ek kunde inte låta bli att skratta högt när han tänkte på vilka löneförmåner in natura det resonemanget skulle innebära för läkarkåren.

”Nej, de är vänner. Hon känner en stor tacksamhet, förstås. Tillräckligt för att inte kunna jobba med utredningen.” Erika vek undan med blicken.

”Jag fick en känsla av att det var något mer?” Ek hade hört lösryckta meningar när Patrik och Per Arvidsson pratade om morgonen de skulle ha hämtat Maria till tävlingen i pistolskytte.

”Det hettade väl till lite för några år sen, men hon valde att inte trassla till det med en gift man. Inte då och inte nu, det kan du hälsa Per om det är han som har skickat dej att fråga. Eller är det Patrik?”

”Nej då. Per tiger och lider.” Ek tänkte på dem. Per och Maria – det var en sorglig kärlekshistoria som slutade med att Arvidsson stannade kvar hos sin fru. Maria blev bränd. Nej, Erika hade säkert rätt. Maria aktade sig nog för gifta män i fortsättningen, kanske för män överhuvudtaget, tänkte han och kände ett stråk av vemod. Han ville Maria så väl, hon var en toppentjej värd att få den bäste. Dessvärre hade han själv händerna fulla med den rödhåriga fantastiska Gloria. Erika såg uppfordrande på honom. Hon väntade sig att han skulle säga något mer. Som tekniker kände hon sig ibland utanför gemenskapen.

”Om jag förstår det rätt var Jonatan fortfarande gift med Nina när hon dog”, sa han. ”De låg i skilsmässa, men den hade inte gått igenom eftersom de har ett minderårigt barn.”

Erika trodde det med. ”Jonatan drog tillbaka skilsmässoansökan när Nina valde behandling, det sa Maria. Han kanske älskade sin fru ändå och hoppades på en förändring."

Ek förstod att det var den version av sanningen Maria berättat för Erika. Fast de var väninnor var det inte säkert att Maria berättade allt för henne. "Och ändå kommer vi inte ifrån att Jonatan är den som har mest att tjäna på hennes död. Eller hur?"

"Såvida det inte handlar om hämnd", sa Erika. "Någon som vill bestraffa galningar i trafiken. Det kanske är en grupp. Ett medborgargarde som tycker att lagstiftningen är för slapp och dödar dem som orsakar olyckor på fyllan."

Ek satte sig vid datorn och skrev protokoll på vittnesförhöret med Gunnel Persson. Ingen av hotellets övriga gäster hade lagt märke till något särskilt den natten. Det fanns inga fler vittnen överhuvudtaget. En enda människas ord riktade bort strålkastarljuset från Jonatan. Ville man tänka intriganta tankar skulle Gunnel i den sämsta av världar kunna vara en tacksam patient till Jonatan. En beroendesituation. Läkemedel mot tystnad. Det borde kollas upp om Jonatan skrivit ut de lugnande medicinerna åt henne. Nej, tänkte Ek, man ser för mycket på dåliga kriminalserier på teve.

Gunnel hade sagt att det var en kvinna. Det är ovanligt att kvinnor begår mord, mycket ovanligt. Kunde det handla om ett rån för att få pengar till narkotika? Erika trodde inte det. Nina hade haft sin plånbok kvar i jackfickan. Inte mycket pengar i den, bara några tjugolappar och en hundralapp. Inga kreditkort. Nina ville inte ha kreditkort, hade Jonatan sagt i det första förhöret. Så, vad var motivet?

"Ska du med och spela innebandy?" Arvidssons röst bakom ryggen fick Ek att återvända till nuet.

"Innebandy? Bland svettiga gubbar som slåss med klubbor? För primitivt. En sport för primater. Nutidsmänniskan vet att man kan bränna lika många kalorier på sex. Trehundra kalorier i timmen, lätt.

Jag skulle ändå bara få sitta på avbytarbänken. Jag vill vara stjärna i min egen show."

"Sex förbränner tvåhundra kalorier i timmen och du orkar inte en hel timme i alla fall. Rent krasst tar det max en kvart. Trettio minuters kringkring och övertalning, femton minuters aktivitet – max – och femton minuter av postcoital nedstämdhet. Det är femtio kalorier. Räcker inte ens till en knäckebrödsmacka utan smör. En tiondel av den snuskigt feta pajen du åt i dag."

"Är det så livet känns, Arvidsson. Som en knäckemacka utan smör? Om det är för tråkigt hemma kan du inte fortsätta att plåga dej på jobbet. Jag läste i en psykologitidning om självtröstande system. När ingen annan tröstar dej för att du har blivit vuxen får du försöka trösta dej själv. Det är inget fel på att tröstäta så länge det faktiskt hjälper. En paj är ändå en paj. En stund av njutning man inte bör förakta."

"Jag ska framföra det till min fru."

"Är det så illa?" Ek hade förstått att Arvidsson hade problem hemma. Det muttrades då och då ett ord även om Per aldrig sagt det rent ut som han gjorde nu.

"Så illa är det." Han såg med ens så hjälplös ut.

"Hartman brukar säga att livet – det riktiga livet – är alla de stunder man vet att man är på rätt plats och inte önskar att man var någon annanstans." Ek tänkte på natten med Gloria. Hur vanvettigt det än var önskade han sig just då inget annat.

"I så fall är jag död", mumlade Per och reste sig för att gå hem.

18

Gloria bestämde sig för att inte tänka mer på polisen hon förfört i Botaniska trädgården. Hon drog ihop det röda håret till en stram knut och skulle just påbörja den sista kvällsrundan bland patienterna innan hon rapporterade över till nattpersonalen.

Gloria tog sitt arbete på Katarinagården på största allvar och hade klart högre ambitionsnivå än sina kollegor. Patienterna skulle inte bli lidande trots de neddragningar som gjorts, även om hon kände sig utnyttjad och förbannad efter senaste löneavtalet. ”Vill du bli vårdad av en argsint sköterska eller betala högre skatt?” skulle kunna bli slogan för nästa avtalsrörelse, tänkte hon. Här snackar vi *management by perkele*! Besvikelsen fanns där och missnöjet jäste i gruppen. Det uttalades aldrig högt så att patienterna hörde det, men det satt kvar i kroppsspråket och blev till en snäsigare ton och uppgivna suckar när de gick ut från fikarummet. Klinikchefen, Bodil Wranne, brydde sig inte om vilken ton de hade mot patienterna, bara de inte gjorde något tekniskt fel som kunde leda till anmälan. Bodil kunde själv vara väldigt plump och oengagerad. Det påverkade inte hennes lön, men hennes arbetsbörda minskade om hon inte besvärades med patienter som behövde tröst och stöd. De tjugo procent av arbetstiden hon hade för patienter vill säga, resten gick åt till kurser och sammanträden – när hon inte arbetade hemifrån med golfklubban i sving. Det var bara Gloria som vågade ifrågasätta henne. Och det gjorde hon kraftfullt. Bodil hade respekt för henne, det hade alla.

Gloria var hennes namn. Inte Gloria med å, utan Gloria med o som i ett helgons ljuskrans. Hon hade hört dem prata på andra sidan skåpen i omklädningsrummet. Präktiga Gloria. Aldrig direkt till henne, det vågade ingen göra. Den allmänna meningen var att hon gjorde för mycket. La ribban för högt och att det var osolidariskt mot dem som inte orkade lika mycket. Hon hade ju bara sig själv att sköta. Ingen familj. Andra tyckte att det var bra att hon jobbade hårt eftersom de själva kunde ta det lugnare. Jörgen lämnade alltid kvar arbete han inte "hunnit med". Han försov sig ofta och gick hem för tidigt utan att flexa ut när han arbetade dag. Men han var i alla fall trevlig mot patienterna, därför lät hon honom vara. Det viskades att han hade alkoholproblem. Han var väl lika ensam som hon själv, lätt gjort att döva ångesten med vin.

Gloria granskade schemat på väggen när hon gick förbi expeditionen. Jörgen skulle ta natten. Han jobbade extrapass ibland, alltmer på senare tid. Det blev väl för ensamt att vara hemma. På datorn kunde hon se vilka sidor han varit inne på när han jobbade natt. Inte så att hon spionerade på honom... Landstinget hade inte lyckats blockera alla sajter. Säkert var hon lika påpassad själv. Präktiga Gloria, vad visste de om hennes privatliv egentligen?

På sin fyrtioårsdag hade hon lovat sig själv att varje dag göra något nytt. Något hon aldrig tidigare prövat. Något vilt och farligt om så krävdes för att livet skulle bli mer levande. Allt hade stagnerat efter separationen för nästan tio år sedan. Det enda förhållande hon hade vågat tro på höll i två år. Den förlamande känslan av meningslöshet hade fått henne att fly in i jobbet. Hon hade tagit ett heltidsschema med natt och kvällsturer. Hon trivdes med att jobba självständigt, utan en läkare att hänga i rocken, men arbetstiderna hindrade ett socialt liv. Hon ville inte leva ensam, men inte heller tillsammans med någon till vilket pris som helst. I en kvinnodominerad vårdvärld är det svårt att träffa den rätte. Det är svårt att bryta mönster överhuvudtaget. Därför hade hon anmält sig till vampyrlajvet Wisby by night i Sankt Clemens ruin där hon kallade sig själv Gloria av Brandenburg. Hon hade också färgat sitt lockiga råttfärgade hår rött och förfört en polis i Botaniska trädgården – för att se om det överhuvudtaget var möjligt. Provat en hennatatuering på axeln, köpt en motorcykel och lovat samme polis en ny träff med nakenbad i månsken när turisterna flytt Tofta bad. Bara sex, inget personligt. Det var ett trendbrott som fick henne att känna sig mindre sårbar.

Gloria gick in på sal 14, kopplade bort sondvällingen på Blenda Pihlgren och spolade igenom slangen innan hon sondade ner nattmedicinen. Hon kontrollerade att blöjan var torr och att kateterpåsen var bytt och att syrgasen stod på 2 liter som den skulle. Blendas öde gav onekligen perspektiv på livet. De var i nästan samma ålder. Kvinnan var fortfarande mycket vacker även om spasmerna i ansiktet ibland förvred dragen. Blenda hade haft allt och förlorat det i ett enda ögonblick vid trafikolyckan. På fotot vid sängen var de fortfarande en leende familj, Malva, Mikael och Blenda någonstans vid Medelhavet med paraplydrinkar mot en bakgrund av palmer och ett azurblått hav.

Det hade stått i tidningen om rattfyllot, Nina Eriksson, som nekade till att ha orsakat olyckan. Gloria hade läst intervjun och känt vreden. Hon hade till och med skrivit en insändare, anonymt förstås fast tidningen ville att hon skulle komma ut i strålkastarljuset. Det vädrades riksnyhet. Men som landstingsanställd håller man klaffen när det gäller patienternas tillstånd. Hon hade hållit på tystnadsplikten, men ändå lyckats få till en kraftfull råsopa. Det borde ingå i rehabiliteringen för rattonyktra att träffa sitt offer, tänkte hon. Att träffa Blendas dotter och svara på frågan: Varför gjorde du det? Nina Eriksson hade förverkat sin rätt att leva när hon inte ens tog på sig ansvaret för det fruktansvärda hon gjort. Gloria kunde inte se det på något annat sätt.

Sjuksköterskan strök undan en svettig hårslinga ur Blendas ansikte. Hjälpte henne att ändra läge. Öppnade fönstret lite på glänt. I samma stund fick hon syn på Evert som tassat upp i sin alldeles för korta nattskjorta. Hans rygg var krum och stel. Han höll sig i dörrposten och såg på dem. Gloria hade ofta kommit på honom med att stå just där och titta på Blenda. Han hade tagit av sig blöjan och höll den i handen.

”Förlåt, förlåt. Jag menade inte att störa. Jag skulle bara ut till toaletten.” Han öppnade skjortan och blottade på ett förvirrat sätt sitt kön för att visa vad han menade.

”Det är äckligt!” väste Signe i rummet på andra sidan korridoren. Hon satt kapprak i sin säng och såg på teve. ”Äckligt! Varför lyssnar ingen på mej?” Löständerna satt inte i. Hon stirrade på dem och knep ihop hela ansiktet till ett streck med två arga ögon. Minen var obetalbar. ”Jag tycker att han ska spärras in!”

”Du har en toalett på ditt rum.” Gloria tog Evert under armen och ledde honom i rätt riktning. Det förvånade henne att han alls lyckats ta sig ur sängen. Cancern var spridd och han hade svåra smärtor. Han hade precis blivit insatt på morfin på schema var fjärde timme. Han borde vara däckad. Eller också hade han blivit rörligare när han inte längre hade så ont. Det var kiss på golvet. Gloria höll på att halka i det. Hon hjälpte honom ut på toaletten, väntade tills han var färdig, satte på honom en ny blöja och sa god natt när hon följt honom till sängen.

”Tror syster på ett evigt liv?” Han släppte inte taget om hennes hand, naglarna gröpte sig in i huden. ”Den eviga fördömelsen …?”

”Nej”, hon kände sig plötsligt så oändligt trött. Trött på lidandet omkring sig. Men hon stannade till och lät honom prata fast klockan var mycket. Jörgen hade kommit. Hon hörde honom vissla vasst och falskt inne på expeditionen medan han loggade in på datorn.

”Men du vet inte”, sa Evert. ”Du kan inte lova att jag bara får somna in och aldrig mera vakna. Jag vill inte dö! Jag vågar inte vara död! Jag vill inte uppstå och leva i evigheters evighet. Jag orkar inte.”

”Du ska inte behöva ha ont och vi finns här för att hjälpa dej med din oro.” Vad skulle hon säga för att lugna och trösta?

”Jag vet det”, sa han otåligt. ”Men det är inte det jag frågar om. Du lyssnar inte. Jag är rädd för det som kommer efter döden, den eviga förbannelsen.”

”Vill du att jag ber sjukhusprästen komma hit?” Gloria kände att det vore en lättnad om någon annan tog tag i det här. Frågorna väckte en olust inom henne själv. Tankar på det existentiella kan göra vem som helst galen.

”Absolut inte. Han är ju religiös.”

Hon kunde inte låta bli att småle. ”Vad har du gjort för hemska saker som du skulle bli dömd för? Du har väl levt ditt liv så gott du kan, precis som vi andra? Har inte du kört skolskjuts och taxi och betalat din skatt?”

Till Glorias förvåning började Evert gråta. Han grät högt och böjde huvudet över hennes arm så den blev alldeles våt. Hon stålsatte sig för att inte dra undan den när han började smeka henne på överarmen och råkade snudda vid hennes ena bröst. ”Jag kan inte berätta det. Inte när du inte har tid att lyssna. Jag vet att du ska hem nu. Jag kan inte begära att du stannar.”

Gloria kände sig som en svikare. Hon gav honom ett beklagande leende, strök honom över den knotiga ryggen och gick. Tiden för samtal fanns inte. Evert hade helt rätt i det. Det var bara förnedrande för honom att öppna sig och berätta sina innersta tankar och sedan bli avbruten.

”Nästa gång jag jobbar natt pratar vi”, försäkrade hon.

”Nästa gång du jobbar natt”, sa Evert. ”Lova det!”

Gloria var försenad. De väntade otåligt i personalrummet. Men rapporten borde inte ta lång tid. Jörgen hade jobbat dagen innan och kunde patienterna, Gunilla också. Gloria rabblade namn, personnummer och diagnoser i ett rasande tempo och la till en och annan kommentar. Sommarvikarien såg ut som ett frågetecken, men Jörgen fick väl förklara för henne sedan.

”Evert kanske behöver något mer att sova på. Han känner sej orolig, grubblar mycket.”

”Det skulle jag också gjort om jag var han”, sa Gunilla och vägde bakåt på stolen. Hon gjorde en grimas.

”Hur menar du?” frågade Gloria.

”Han är pedofil. Har suttit inne för det, visste du inte det? Nej, du är ju inte från Gotland. Han höll till i Tallunden när vi var små. Jag hade alltid min hund med mej, så mej rörde han inte. Men det fanns andra som råkade illa ut.”

Gloria kände att hon frös till. Skjortärmen var vätt av Everts tårar, kylan mot huden fick henne att rysa.

19

Augustimåne över sammetslent vatten. Förväntan. Det var varmare i vattnet än Gloria trott. Varmare än i luften. Den nakna vita huden lyste under vattenytan, reflekterade månljuset. Skrattet i hans ögon. Jesper Ek strök henne över den hala sammetslena ryggen och lät handen vila på den runda baken.

”Du är galen och alldeles underbar! Finns du på riktigt?” frågade han.

Hon vände sig om och låtsades fundera medan hon slingrade de vita benen om hans solbrända kropp och lutade sig bakåt så håret flöt ut som en mörkröd gloria. Hennes vita hud utgjorde en eggande kontrast till hans bruna. Estetiken var en viktig del i förförelsen.

”Jag är en köttätande havsanemon, med särskild smak för uniformerade män.”

”Hur vet du att jag har uniform?” frågade han förvånat.

”Mina vibbar säger mej att du är polis. Sch… mer vill jag inte veta.” Hon behövde ju inte berätta att hon lagt märke till honom för flera månader sedan, att hon sett honom kliva in i en polisbil och sätta sig vid ratten. Hon ville inte vara i verkligheten, i den grå vardagen som kräver kompromisser och försakelser tills kärleken och erotiken självdör. Inga löften. Ta mig som jag är, här och nu, eller avstå.

Han lyfte upp henne i sin famn så att brösten vilade mjukt mot hans svartlockiga bröstkorg. De grå ögonen mötte hans i ett utmanande leende. Han kysste hennes hals och öra. Hon kastade huvudet bakåt. Brösten kupade i hans hand. Han kysste dem varsamt och sedan allt djärvare. Hon lyfte sig upp, så lätt buren av vattnet, och mötte hans erigerade lem.

"Långsamt..." Havet slöt tätt om deras kroppar och fortplantade den minimala rörelsen som ringar på vattnet. Hon andades ut i skakande andetag. Så nära, så nära gränsen... "Sakta."

Stranden var öde. Sandgropen, som en jättes kupade varma händer tog emot dem när de huttrande rusade upp ur vattnet och rullade ihop sig i filten. Vilda flämtande andetag, djupa kyssar. Ett stilla sus genom strandgräset.

"Igen", viskade hon i hans öra. Tiden försvann. Det blev kyligare.

"Vad heter du på riktigt, Frau Brandenburg?" frågade han och makade sig tillrätta så att hon kunde vila på hans arm när ruset lagt sig.

Hon skakade på huvudet.

"Varför vill du inte säga det? Jag vill träffa dej igen. Jag vill kunna ringa dej. Jag vill veta allt om dej."

"Lugna dej", smålog hon. "Jag vill också att vi ses igen. Säg en tid och en plats och vi ses."

"Du bara leker med mej", sa han och reste sig upp på armbågen för att kunna se hennes ansikte.

"Det verkar vara en lek som passar oss båda. Förstör den inte med frågor, jag tänker inte svara. Föreslå en tid och en plats och jag kommer."

"Hemma hos mej eller hemma hos dej? Jag har inte städat så det får bli hos dej. Nej, visst nej, du finns ju inte i verkligheten. Jag föreslår Lojsta slott i morgon i solnedgången."

"För långt bort. Vid midnatt förvandlas jag till stjärnstoft. Dessutom kan det vara scouter som övernattar där."

"Varför måste du försvinna vid midnatt? Är du gift?"

"Nej, jag förvandlas till vampyr." Hon reste sig upp och började klä på sig. "Jag arbetar i morgon natt, men i övermorgon samma tid. Strandpromenaden. Vin och kyckling i Botaniska trädgårdens lusthus."

"Jag fixar picknickkorg." Jesper skyndade sig att klä sig, ville följa henne till bilen.

"Stanna här, jag går först." Hon ville inte att han skulle se bilen och notera registreringsnumret. Det fick inte bli förstört. Det var allt för fantastiskt.

När Gloria kom till Sankt Clemens ruin hade de andra redan samlats. Håret var ännu fuktigt efter badet, kinderna blossade. Hon kände sig rent av lycklig. Ett leende hon inte riktigt hade kontroll över lekte i mungiporna. Hon gick fram till vapenhuset och satte sig. Ingen sa något. Tystnaden skrämde henne.

"Vad är det?" Hon såg från den ena till den andra. Deras ansikten var hotfulla. De stirrade på henne. Nykomlingen Dorotea och Adela stod för sig själva och höll om varandra i förskräckelse. Mjunfjärd och Ödgerd krälade på marken i sina långa särkar.

Atsurs mun formades i ett smalt, elakt leende. Hans ögon lyste röda. "Vi har en förrädare ibland oss. En mask inte värdig att trampas under min sko."

"Död åt förrädaren. Död åt kättaren!" skrek Viola och de andra stämde in. Gregorius stötte sin vandringsstav i marken tre gånger och spottade på marken framför sig. Guttorm skrattade kacklande och började flaxa med armarna. Anspänningen var för mycket för honom. Han kunde inte hålla sig stilla. Han tjöt och flaxade som en bränd fjäril tills han föll ihop på den kalla jorden och försvann ur sin kropp med en ljudlig suck.

"Jag visste det", väste Viola ur sin långa grå kåpa. De mörka ögonen slog blixtar. "Jag anade att ondskan skulle nå oss. Jag borde ha vaktat den bättre. Ansat den medan tid var och sållat bort de onda druvorna."

"Vad är det som har hänt?" frågade Gloria igen. Hon kände sig uttittad och sökte stöd hos sina vänner. Ester och Kristina valde att inte möta hennes blick. Laurentius, med det långa vita håret, vände sig demonstrativt bort när hon sökte hans beskydd. Dorotea såg på henne med förtvivlan.

”Gloria av Brandenburg!” Gregorius röst dånade som åskan själv. ”Atsur har skådat din aura och den är inte hel. Vilken demon har du sålt dej till? Svara!”

”Jag är oskyldig.” Gloria tänkte inte ge sig utan strid.

”Lögnare!” Atsurs vrede kom som en isande kyla, den gjorde henne svag. Han gjorde tecknet för osynlighet och försvann för att i nästa ögonblick dyka upp på hennes andra sida. ”Jag har talat med de döda och de visade mej sanningen. Varför skulle de, som inget har att förlora, ljuga? Det frågade jag mej. Sanningen, Gloria av Brandenburg, är att du låtit dej fjättras av vidundret som bor under helvetesberget Urle. Du har suttit fängslad i den innersta grottan utan förbindelse med livet ovanför. Häxan som styr över det underjordiska förvände din syn, lockade dej med friheten bara du gav henne en bit av din själ. Inte hela. Oh nej. Det räckte med en liten bit så hon kunde leda din tanke och rikta dina steg dit hon ville. Vilka hemligheter du redan har delgivit häxan blir en sak för inkvisitionen att ta reda på.” Atsur sträckte sig mot natthimlen, fyllde sin mantel med nattens skuggor och släppte demonerna lösa. ”Du är fördömd Gloria av Brandenburg!”

Ur mörkret kom de onda andar som tagit tjänst hos inkvisitionen. De kom för att hämta henne. Hon försökte springa, men Atsurs kraft band hennes fötter vid jorden. Han gjorde tecknet för dominate, handens pek- och långfinger mot tinningen. Hans blick borrade sig in i hennes liksom hans vilja: Säg att du är skyldig!

Glorias viljestyrka räckte inte för att stå emot ordern.

”Jag är skyldig.” Hennes pupiller vidgades av fasa när hon insåg hans makt att lägga ett falskt minne över de sanna. ”Jag är skyldig!”

Hans blick var som eld och is, brände och frätte i medvetandet.

”Du är en förrädare Gloria, och förrädare av Sabbaten straffas med den slutgiltiga döden.”

Nu bottnade hon i den fasansfulla sanningen. Såg klart hur hon suttit fånge hos häxan i helvetesberget. Hon var en förrädare. Hennes enda möjlighet att undkomma var att hugga Atsur i halsen för att suga ut hans blod och ta hans själ. Göra hans kraft till sin egen. Ett språng på vinst och förlust. En kraftmätning som slutade innan hon ens vågat språnget.

”Stilla!” Atsurs kommando gav henne inget val.

Hon förblev orörlig. Blev till en våt fläck på marken när de svartklädda vakterna kastade sig över henne för att överlämna henne åt inkvisitionen.

”Jag kommer tillbaka”, skrek hon i raseri när mörkrets makter förde bort henne ur deras åsyn. ”Min hämnd blir gruvlig! Du kommer att ångra dej Atsur, ångra dagen du blev född!”

Atsur skrattade torrt och borstade bort hennes saliv från sin mantel.

”Dorotea min sköna. I denna natt ska jag ge dej evigt liv. Genom mitt beslut återföds du som min avkomma och blodsbanden mellan oss är eviga. Är du redo att möta den första döden för att sen återfödas ur din grav som biskop av Sabbaten?”

Dorotea såg förskräckt ut, men Adela föste henne framåt. ”Det är vår enda chans”, viskade hon. ”Om du blir biskop av Sabbaten kommer alla att lyda dej och visa dej vördnad. Ta steget, annars glider makten oss ur händerna och Gloria blir fånge hos inkvisitionen tills hon svultit till döds.”

Dorotea sträckte upp sig och kastade det långa håret bakåt med en knyck på nacken. Rädslan drog som en skälvning genom hennes kropp när hon gick fram till Atsurs tron.

”Är du redo, Dorotea av Kappadokien?”

”Jag är redo.” Hennes ansikte var mycket blekt i det svaga månljuset.

”Först delar vi blod med varandra i Vaulderiets heliga ceremoni. Det är så vi stärker banden till varandra. Sen sker din omfamning då du vigs till Kains väg. Jag kommer att tömma dej på ditt mänskliga blod, men jag kommer inte att ta din själ. På det svär jag vid Nods bok. Jag delar mitt blod med dej och du blir min avkomma. Den mest älskade av avkommor.”

”Och sen …?” Doroteas röst var bara en viskning och överröstades av vindens lek med några torra löv över ruinens öppna golvyta.

”Vi begraver dej. Och du måste sen av egen kraft ta dej upp ur graven.” Han rörde vid hennes kopparglänsande hår. Lät läpparna snudda hennes hals.

”Men min grav är under ett stort stenblock, Atsur! Jag är rädd.”

Hans blick var öm och full av förståelse. ”Rädsla är en ovärdig känsla för Kains ättlingar. Men du är fortfarande bara en ofullkomlig människa. Du kommer att återfödas med nya krafter. Skuggorna kommer att lyda dej. Du kan dränka dina fiender genom att fylla deras strupar med mörker. Genom skuggan kan du fly genom springor och sprickor, flyta utmed väggar och tak. Vapen kan inte skada dej längre. Endast solen har förmåga att bränna dej, eftersom din varelse är mörker. Lita på kraften, Dorotea.” Atsur tog hennes hand och förde henne in i cirkeln av djupaste natt.

20

Maria Wern satt på kökstrappan med en kopp kaffe. Kvällssolen värmde skönt i ansiktet. Hon såg ut över trädgården där klängrosorna klättrade på ringmuren och vällde in över gården i rödgula kaskader. Rabatten framför gästhuset sprakade av gladiolus, dahlior och liljor och andra växter hon inte ens visste namnet på. Vega hade verkligen haft gröna fingrar. Det nyklippta gräset doftade timotej. I skuggan under päronträdet stod trädgårdsmöbeln och intill, på den stenlagda delen av bakgården, hade hon ställt de blåglaserade krukorna med kryddväxter. Den gula redskapsboden, som egentligen var en kiosk från 40-talet, hade blivit en lekstuga för barnen. Hon sände en tacksam tanke till Vega som i sitt testamente skänkt henne denna underbara plats att leva på. Det finns goda människor. Världen är inte bara ond, även om det är ondskan man tvingas fokusera på som polis.

Maria lutade sig tillbaka och blundade. Tänkte på Björn, fast hon inte borde göra det. Han hade inte hört av sig. Om han hade velat höra av sig visste han var hon bodde. Hur svårt kan det vara att hitta ett svepskäl att komma förbi? Ett par glömda strumpor kan väl vem som helst fantisera ihop. Har han ingen fantasi och uppfinningsrikedom är han inte min typ, tänkte hon. Antagligen hade han återvänt till sin flickvän. Hon hette Liv. Maria hade kollat upp honom på Eniro. Kunde inte låta bli. De stod fortfarande på samma adress: Björn Bergström och Liv Ekdal. Det hade kliat i fingrarna att kolla honom i polisens register, men risken att bli anmäld för olaga dataintrång skulle hon aldrig ta. Flera gånger hade hon varit på väg att fråga Jonatan vart Björn flyttat. Men efter Ninas död ville hon inte störa honom med det, det hade inte funnits något bra tillfälle. Han var inte rätt person att fråga. Och på det stora hela var livet rätt bra ändå. Lite tufft ekonomiskt ibland, men ganska okej.

Om man är ensamstående och inte har råd att resa på semester får man ta vara på de små stunderna av vila och rekreation. En kopp kaffe i solen. Hon tänkte på barnen och hoppades att de var nöjda med den tillvaro hon kunde erbjuda dem. De hade inte frågat efter utlandssemestrar, inte ännu. Sandstränderna och raukarna på ön var mer än nog, och de spännande gränderna. Äventyret i vallgravarnas vildmarker fanns utanför porten. Det viktigaste var kompisarna. I morgon kanske de skulle kunna åka till stranden. Emil hade fått penicillin och mådde bättre. Han åt ordentligt av maten och däremellan tog han med sig mackor, bullar och saft på rummet. Han hade mest hållit sig där, faktiskt. Om han inte hade varit sjuk och haft feber skulle Maria ha tänkt att något var allvarligt fel. Han var inte alls sig själv, dämpad och lättirriterad. Men det skulle väl gå över snart.

Nina Erikssons död påverkade dem allihop. Den fruktansvärda händelsen låg som en tyngd över hela familjen. Skratten fastnade. Tonen blev dämpad. De spontana berättelserna dog ut, tjoet och tjimmet tog aldrig fart. Det var så tydligt att barnen tog hänsyn, att de hade känselspröt som tog in allt – också det som var osagt. Jonatan var så ensam, så förtvivlat ledsen. Han kom över allt oftare. Maria hade inte förstått att han hade älskat sin fru så mycket. De gånger hon träffat Nina hade hon bara sett vrångbilden av det som en gång måste ha varit en charmerande och vacker kvinna. Jonatan hade sett det vackra bortom förfallet. Bortom de slängiga och nervösa rörelserna, den gapiga rösten och det smutsiga håret som hängde i stripor över ansiktet. Nina hade svikit honom gång på gång, utmanat hans godhet och ändå… ändå älskade han henne. Hennes svek borde ha tärt på kärlekskontot. En vuxen människa kan inte räkna med villkorslös kärlek som ett barn. Jonatan var nästan tvångsmässigt lojal. Eller också handlade det inte om lojalitet, utan om något annat … om skuld?

”Är någon hemma?” Porten i planket mot gatan öppnades och där stod Malvas pappa. Han steg in i trädgården. Mikael Pihlgren, visst var det så han hette? Maria blev förvånad över att han bara dök upp utan att ringa. Han hade ju fått hennes mobilnummer.

”Hej, gick affärerna på fastlandet bra?” Maria reste sig leende och gick honom till mötes. Han log inte. Svarade inte på frågan. Det här var ingen artighetsvisit. Hans ansiktsuttryck skrämde henne.

”Malva? Har hon hört av sej till dej?” Han grep tag om hennes arm i stället för att ta hennes utsträckta hand.

Maria skakade på huvudet och visade med en gest att de kunde slå sig ner i trädgårdsmöbeln. Han följde efter, satte sig ner på yttersta kanten av soffan, redo att rusa vidare med ett fast grepp om väskan till sin bärbara dator.

”Jag kom precis med båten. Malva är inte hemma. Hon har inte svarat på sin mobil på hela veckan, inte ringt.” Han tog fram sin mobil och knackade på den, som för att testa var felet låg.

”Har hon kontantkort eller abonnemang? Jag tänkte pengarna kanske är slut …”

Han bet av direkt. ”Abonnemang. Och jag lämnade tusen kronor till henne i en burk i köket, matpengar. Vi brukar göra så. De är borta. Det har inte saknats pengar”, sa han nästan vresigt. Han tog ett djupt andetag. Såg ner i marken och mötte sedan Marias blick med en ny intensitet. ”Vi var inte sams när jag reste. Jag gjorde mitt bästa. Bad om förlåtelse för precis allt jag kunde komma på och lite till. Jag vet inte om hon gör det här för att straffa mej. Det är fanimej inte lätt att vara pappa till en tonårstjej.” Mikael såg så tillintetgjord ut att det högg till i Maria.

”Det ordnar sej. Hon vet ju att du kommer hem i dag”, försökte Maria trösta. Men det verkade ha motsatt effekt.

”Men du fattar ju inte! Hon är inte hemma! Förlåt mej om jag låter otrevlig, men jag är så fruktansvärt orolig.” Han skruvade på sig, kunde inte alls sitta stilla.

”Det är lugnt. Jag vet hur orolig man kan bli. Inget är viktigare än barnen. Inget får hända dem. Har du kollat med hennes kompisar? Hon kanske är hos någon av dem.”

Mikael såg ställd ut. Han började säga något men orden fastnade på halva vägen. ”Det är så dåligt av mej, så pinsamt… Jag är en värdelös pappa. Säg inte emot mej. Det är så illa! Jag känner inte mitt eget barn. Jag vet inte ens vilka hon umgås med, om hon har några kompisar överhuvudtaget. Jag har aldrig träffat några. Inte sen vi flyttade till Gotland. Jag har inte ens reflekterat över det förrän nu, när du ställer frågan. När Blenda blev påkörd stannade hela världen upp, vi sörjde och Malva tog inte hem några vänner. Vi sörjer fortfarande – Blenda ligger som ett paket på sjukhemmet och det tar aldrig slut. Det känns som att vara instängd i en gravkammare med henne. Jag vet inte om Malva har några vänner. Jag har haft fullt upp med min egen sorg. Det finns ingen jag kan ringa och fråga. Tyvärr.”

”Hennes lärare kanske vet vilka hon brukar vara med.” Maria ångrade att hon inte försökt få tag på Malva och bjudit hem henne. Det är inte så säkert att man är så värst vuxen och modig när man är sexton år och ska bo ensam en hel vecka i ett tomt hus.

”Jag ska höra med hennes fröken i nian. Det har varit en del strul. Klassen var så stökig att de bytte lärare efter ett par veckor bara. Den nyutexaminerade killen de hade vid terminens början psykade de ner direkt. Hedvig som tog över verkar vara rutinerad och svårfintad. Jag kan inte förlåta mej själv för att vi inte har pratat mer, Malva och jag. Jag orkade inte. Malva har rätt. Jag är värdelös.”

Maria sa inte emot. ”Har du pratat med grannarna?”

Mikael såg förvirrad ut. Antagligen hade han fastnat i självanklagelser och var oförmögen att tänka konstruktivt. ”Grannarna? Ja. Småbarnsmamman som bor mitt emot har inte sett henne på hela tiden. Hon är hemma hela dagarna och hon sa att hon inte sett skymten av Malva. Vårt hus har varit beckmörkt, och öde. Och när jag tänker efter så är ingenting rört. Mjölken var oöppnad. Paketet med varmkorv, pizzorna i frysen… hon har inte ätit något av det jag köpt. Jag tänkte att det var för att hon var förbannad på mej, men hon kanske inte har varit där. Inte på hela veckan!"

Maria såg färgen vika ur hans ansikte. Han nöp sig i kinden som rodnade och vitnade av greppet, utan att han var medveten om vad han gjorde.

"För säkerhets skull kan jag höra med Emil om hon varit här. Hon kan ju ha varit här medan jag var borta. Du hittade ju hit fast jag inte gett dej min adress. Om du vill sätter jag på en kopp kaffe. Du ser ut att behöva det."

Maria ordnade med fikat och tog sedan trappan upp till Emils rum. Hans häftiga reaktion fick henne att fatta misstankar. Han kunde ha svarat ja eller nej på frågan om Malva, men i stället fräste han att han ville vara ifred. Något i hans röst sa henne att han menade motsatsen. Maria satte sig på hans sängkant. Hon läste sin son som en öppen bok.

"Hon var här, eller hur? Malva var här när jag var borta. Hennes pappa är väldigt orolig. Du måste hjälpa honom om du vet något, Emil."

"Han bryr sej inte ett dugg om henne, det sa hon." Emil kravlade sig upp ur sängen och drog på sig ett par träningsbyxor och en t-shirt.

"Hon var alltså här?" Maria såg allvarligt på sin son. "När då?"

"Hela tiden tills i går kväll. Hon bodde i gästhuset. Jag fixade mat åt henne. Hon ville prata med dej." Emil lät luften pysa ut mellan läpparna i ojämna puffar av återhållen ängslan. Fast det var svårt var det säkert en lättnad för Emil att få berätta. "Sen ändrade hon sej och försvann. I natt kom hon inte tillbaka."

”Varför sa du inte det med en gång, när jag kom hem?” Maria försökte att inte låta anklagande fast hon kände sig skakad över att han dolt det så väl för henne.

”För att det inte var viktigt för dej. Det är bara Jonatan som är viktig. Jonatan hit och Jonatan dit. Det går inte att prata med dej ju, för du tänker bara på hur Jonatan mår. Bor han här eller?” Emil var arg, ändå såg det ut som han skämdes för sitt utbrott.

”Jag förstår att det har varit jobbigt. Förlåt, Emil. Vet du vad det var Malva ville prata med mej om?”

”Nej, hon ville inte säga det. Det var för hemskt. Det var därför hon måste gömma sej här. Hon var rädd för någon. Jätterädd så hon grät.”

”Och du vet inte var hon kan vara nu?” Maria försökte hålla om Emil och han mjuknade och kröp in i hennes famn, sökte tröst. Hon strök honom över ryggen.

”Nej”, sa Emil. Maria kände att han grät. Det här var mycket mer laddat än hon hade kunnat föreställa sig. ”Hon var utklädd och jättevacker i Vegas röda klänning med guldskärp.”

”Varför var hon utklädd?” frågade Maria när gråten stillat sig något.

”Hon bara var det, hela tiden. Hon hade aldrig vanliga kläder på sej. Det var några hon skulle träffa. De bestämde sånt på nätet. Hon hade ingen dator med sej så jag vet inte var hon mejlade dem. Hon vågade inte gå hem, så hon gjorde det väl på biblioteket eller på något internetkafé. Hon ville jättegärna hänga med dem. De var stora.”

”Du tycker väldigt mycket om Malva, eller hur?”

Han svarade inte med ord, bara kramade henne hårdare.

”Vi måste hjälpas åt att hitta henne. Följer du med ut och pratar med Malvas pappa. Om någon skrämt Malva ska vi ta reda på vem det är. Vet du vem eller vilka hon kan ha träffat. Har hon några kompisar?”

”Vet inte. Det hände något hemskt när hon var hos sin mamma och hon tappade sin mobil.”

21

Det var en lättnad att Malva bara hade varit försvunnen ett dygn, inte en hel vecka. Ändå fanns det något i Emils berättelse som gav Maria onda aningar. En rädd och arg flickunge på flykt. Från vad?

Mikael Pihlgren var beredd att anmäla Malva försvunnen så snart han talat med hennes lärare. Hedvig Nyvik hade bekräftat det han innerst inne vetat men inte orkat höra. Malva hade varit utanför i klassen. Ensam på rasterna. Ingen ville grupparbeta med henne. Läraren hade inte velat störa Mikael i sorgen. Hedvig hade själv ansträngt sig till det yttersta för att hjälpa Malva. Det skulle säkert gå bättre i höst på gymnasiet när det blev nya klasser och andra möjligheter, hade hon försökt trösta honom nu. Klassen Malva börjat i var ju så sammansvetsad. Hon hade aldrig kommit in i gänget. Och ärligt talat hade det varit provocerande för de andra flickorna att Malva var så söt. Det väckte avund.

I ett svagt ögonblick hade Maria erbjudit sig att skjutsa Mikael Pihlgren hem till villan på Bältegatan. Ett lugnt område nära Galgberget. Han bad henne stanna vid en vit mexitegelvilla. Framsidan skymdes nästan helt av förvuxna barrväxter som en gång nog hade varit små och dekorativa.

”Var bor småbarnsmamman du pratade med, och vad heter hon?” frågade Maria.

Han svarade genom att peka på huset mitt emot där en man just nu stod och tvättade bilen på garageuppfarten. ”Jag vet inte vad de heter. Inte en susning. Hon tog i hand och hälsade när vi flyttade in, men namnet fastnade inte.”

Maria gick bort för att tala med grannen. Hon kryssade genom rännilar av vatten och trädgårdsslangens duschstråle och kom fram precis när han stängde av vattnet. Han hade inte en aning om var Malva kunde vara. Han var sällan hemma annat än på helgerna, reste mycket i tjänsten. Men Rigmor, hans fru, visste säkert. Just nu var hon hos en väninna och väntades inte hem före midnatt. ”Hon måste ju också få ha ett privatliv”, sa han kryptiskt.

Mikael kom ut till dem. Han hade sökt igenom huset. Malva fanns inte någonstans. Tillsammans gick han och Maria för att prata med de andra grannarna i området. Men ingen av dem hade sett Malva, inte sedan morgonen när Mikael reste till fastlandet. De återvände till huset.

”Varför är hon så arg på dej? Finns det något du inte har berättat?” Maria kunde inte låta bli att ställa frågan när de slagit sig ner i trädgården på baksidan av huset. En trädgård så helt olik hennes egen på Klinten. En uppgiven trädgård med högt gräs och uttorkade rabatter.

Mikael såg forskande på henne, som om han bedömde hur hon skulle ta emot den sorgliga sanningen. ”Jag måste ta det från början. Annars förstår du inte. Har du tid?”

Maria hejdade en impuls att se på klockan. Emil och Linda var ensamma hemma. Visserligen hade de sommarlov, och behövde inte lägga sig tidigt, men ändå. Hon stålsatte sig. ”Jag lyssnar.”

”Blenda och jag tänkte skilja oss. Eller jag … jag orkade inte längre. Flytten till Gotland var ett sista försök att göra upp med hennes demoner. Vi hade inte sagt något till Malva, men hon anade säkert.”

”Barn brukar känna på sej att det inte är bra. Ibland tar de själva på sej skulden.” Maria tänkte på när hon och Krister separerade, men valde att inte berätta om det.

”Stannar det mellan oss det jag säger nu?” Han såg sig om för att kontrollera att ingen av de närmaste grannarna var ute i sina trädgårdar.

"Om det inte är kriminellt, så stannar det mellan oss." Maria såg skymten av ett leende i hans ögon. Leendet blev en grimas när det nådde munnen.

"Är det kriminellt att vilja ha fysisk närhet?"

Hon var på väg att svara nej, men ändrade sig. "Det beror på vad det tar sej för uttryck."

"Att vilja ha sex med sin fru? Blenda sa att hon älskade mej, att hon ville ha mej. I början älskade vi som kaniner. Sen blev det tvärstopp. Sex äcklade henne när vi verkligen lärt känna varandra. Hon grät som ett barn när jag försökte närma mej henne. Det blev några få gånger efter vi gift oss. Malva blev resultatet. Vi har inte haft sex sedan dess. Inte på femton långa år. Vem som helst skulle ha gett upp, eller hur?"

"Jag antar det."

"Jag försökte lösa det med tillfälliga affärer. Det blev väldigt komplicerat. Blenda grät för det också, blev svartsjuk, med all rätt. Fast människor i omgivningen inte har hela sanningen tar de sej rätten att döma och fördöma. Det kanske hade varit bättre att skiljas, ärligare. Men jag älskade henne så mycket och jag ville vara med min dotter varje dag, inte varannan helg. För ett år sen lyckades jag få Blenda till en psykolog. Det var en sista utväg, ett ultimatum från min sida. Efter några samtal ville Blenda flytta tillbaka till Gotland, till sitt ursprung. Hon sa att det skulle bli bättre då. Och jag trodde henne. Någonting höll på att hända. Jag trodde på en varaktig förändring. Det var något hon ville berätta. En insikt. Sen blev hon påkörd av det där rattfyllot."

"Jag förstår fortfarande inte varför Malva är så arg på dej. Anklagar hon dej för olyckan? Vet hon om att du har varit otrogen?"

"Jag kommer dit, och jag hoppas du förstår vad jag menar nu." Han lutade sig fram och talade med lägre röst. "Kan jag någonsin skilja mej från Blenda nu? Överge henne på sjukhemmet? Ska resten av mitt liv bli en väntan på hennes död? Är det rätt att jag ska vara dömd till ett liv i ensamhet och celibat?”

”Jag förstår att det är svårt.” Maria hade aldrig tänkt i de banorna förut.

”Jag behövde och behöver närhet. Malva kom på mej med en kvinna hemma i mitt sovrum, det rum som var Blendas och mitt. Jag trodde att Malva var på skolresa till Fårö, men hon blev magsjuk och hemskjutsad vid helt fel tillfälle. Hon blev rasande. Skrek att jag svikit hennes mamma. Hur förklarar man det jag just berättat för en tonåring som ser allt i vitt och svart?”

”Vad kan du säga annat än sanningen? Hon kommer så småningom att förstå … när hon blir äldre.”

”Sanningen ser annorlunda ut för Malva.” Han lutade huvudet i händerna. När han såg upp var blicken tom. ”Malva är allt jag har. Den viktigaste människan på jorden och jag har inte ens kunnat hjälpa henne när livet varit pest i skolan. Hon anklagar mej för att jag har lämnat in Blenda på ett sjukhem. Alternativet skulle ha varit att ha ett hus fullt med personliga assistenter. Blenda är inte med. Det är bara en liten del av hennes hjärna som fungerar. Tillräckligt för att hon ska överleva, inget mer. Hon kan bli liggande så i åratal. Jag trodde att det här var bästa lösningen för Malva och mej, men jag kanske hade fel.”

”Det är inga lätta beslut. Kan jag få se Malvas rum?” Maria reste sig utan att vänta på svar. I den bästa av världar skulle de kunna hitta något som hjälpte dem att ta reda på var flickan befann sig, vilka hon träffade.

”Jag ber om ursäkt för röran”, sa Mikael när han öppnade dörren till dotterns rum. Datorn stod fortfarande på, inloggad på Spotify. ”Hon brukar lyssna på musik.”

Maria såg sig om. Det var verkligen osannolikt rörigt. Smutskläder överallt, på golvet, skrivbordet och över sängen. Tomma PETflaskor. Ett par trosor ogenerat med gulsidan upp bredvid datorns tangentbord. Spegeln var nedkladdad med smink och toalettbordet var fullt av stylingprodukter, kaffemuggar, en halväten smörgås och ett äppelskrutt. Ett gammalt fotoalbum med nötta pärmar låg på den obäddade sängen. ”Är det hennes?”

”Nej, det är Blendas. Det innehåller mest klassfoton och konfirmationskort. Malva hittade albumet precis innan jag reste. Hon satt och såg på bilderna av sin mamma och ville inte bli störd.”

Någonstans i jordbävningens epicentrum låg en ryggsäck. Mikael tog ett kliv genom röran och höll upp den. ”Jag har kollat. Plånboken och de tusen kronor jag lämnade till mat är borta. Hennes fickalmanacka också. Jag har också kollat hennes Facebooksida. Hon har sju vänner. Min syster, hennes barn, mej och två lärare.”

Maria såg att det berörde honom illa. Det här var ännu ett bevis på hur få vänner Malva hade. ”Hur var det förut då? Innan ni flyttade till ön?”

”Hon hade inte så mycket vänner då heller. Bara sina kusiner, egentligen.” Han slog sig ner med en duns på Malvas säng, lossade slipsen och knäppte upp översta knappen i skjortan. ”Jag undrar om det inte berodde på Blenda, hon knöt Malva så hårt till sej. Malva gjorde sin mamma sällskap för att hon inte skulle vara ledsen och ensam.”

”Hur menar du?” Maria blev stående i dörröppningen. Att sätta sig bredvid Mikael i Malvas säng skulle ha känts alltför nära, särskilt sedan han redovisat sitt behov av kvinnlig närhet, och stolen vid datorn var överbelamrad av skrynkliga träningskläder.

”Hon ville inte att Blenda skulle vara ensam. Faktum är att Blenda inte hade några väninnor hon heller. Kan social oförmåga gå i arv?”

”Jag tror att man mer eller mindre medvetet härmar sina föräldrars sätt att vara. En del sitter i generna. Vad arbetade Blenda med?”

”Hon var behandlingsassistent när vi träffades. Sen fick hon fibromyalgi. Hon har just inte arbetat sen Malva föddes.”

”Hur ofta hälsar Malva på sin mamma nu?” Maria tänkte på det Emil berättat.

”Hon har varit där varje dag. Det första jag gjorde var att ringa upp avdelningen. Men de hade inte sett till Malva sen förra onsdagen.” Mikael drog handen genom sitt mörka hår och bet på tumnageln. ”Det var samma dag som jag reste till fastlandet. Din son sa att det hänt något, att hon var rädd. Att det hände något när hon hälsade på sin mamma?”

22

Gloria släckte belysningen i korridoren när hon gått sin första nattrond. Hon stoppade ficklampan i sin vita rockficka tillsammans med nycklarna till medicinrummet. Klockan var närmare ett. Det dåliga samvetet gnagde. Hon hade lovat att tala med Evert, men i stället för att ge honom den utlovade tiden hade hon undvikit honom och i stället pysslat extra med de andra patienterna. Hon ville inte höra. Ville inte ta del av hans avskyvärda brott mot barn fast hon i alla andra sammanhang hävdade människovärdesprincipen. Alla människors lika rätt till vård oavsett vem man är eller vad man gjort. Så lätt det var att ta de orden i sin mun när hon undervisade på Vårdhögskolan och så svårt att leva efter dem när känslorna satte sig på tvären. I bästa fall skulle Evert hinna somna innan hon gick runt nästa gång.

När Gloria passerade sal 14 där Blenda Pihlgren låg hörde hon att det gurglade i slangarna till respiratorn. Hon satte på slemsugen och kopplade bort respiratorn för att kunna suga rent i luftvägarna. Blenda grimaserade. Det var obehagligt för henne just i stunden, men det skulle kännas bättre sedan. Slemmet var tjockt och illaluktande. Kanske en infektion på gång? Gloria kände på hennes panna. Den var kallsvettig av ansträngningen. Svårt att avgöra om den var varmare än annars. Gloria gick och hämtade en febertermometer. Försiktigt vände hon patienten mot sig och försökte hålla respiratorslangen så stadig det gick när hon lirkade ner nätbyxorna och blöjan. Det var blåmärken runt slidöppningen, noterade Gloria. Blendas ögon stirrade ilsket. Det här med temptagning verkade hon inte vilja vara med om. Men det var ju nödvändigt om hon höll på att få en lunginflammation, försvarade sig Gloria. Temperaturen låg på 38,2. Det måste finnas en naturlig förklaring till blåmärkena. Tanken skavde medan hon gick tillbaka till expeditionen. Det var en sak Signe stimmat om förra veckan. ”Jag vill inte sitta inspärrad på detta horhus!” Något hon ville anmäla, en helt absurd sak. Gumman var nog inte så redig som man kunde tro. Gloria slog bort tanken och ögnade igenom dokumentationen medan hon funderade på om hon skulle kontakta jouren angående tempstegringen eller avvakta till morgonen. Blenda hade haft 37,7 på morgonen. En odling var skickad. Något som missats vid rapporteringen. Om Lotta glömt att säga det eller om det var hon själv som varit ouppmärksam på rapporten visste hon inte. Det var sextiotre patienter uppdelade på tre avdelningar att rapportera över. Allt kunde inte sägas om alla på den korta stund de hade till förfogande. Ingen antibiotika var insatt. Avdelningsläkaren hade antagligen bestämt att avvakta med det tills odlingen och resistensbestämningen var klara. Men om febern fortsatte stiga skulle man behöva sätta in åtgärder tidigare. Skulle hon störa jourläkaren med en fråga? Gloria ögnade igenom medicinlistan för att se om Blenda stod på blodförtunnande läkemedel. Ja, hon fick Fragmin-injektioner. Kunde de ha gett upphov till blåmärkena? Det behövs kanske inte så mycket våld för att få fula märken när kärlen är lättblödande. Men varför just runt slidöppningen? Gloria sökte jouren. Han var upptagen. Skulle han ringa tillbaka när han fick möjlighet? Var det brådskande? frågade sköterskan på den avdelning där han befann sig. Nej, det kunde hon inte påstå. Det kunde nog vara tills nästa dag.

”Kommer du och fikar?” frågade Gunilla och stack in huvudet på expeditionen. Hennes rock stank av cigarettrök när hon svepte förbi. Röklukten var obehaglig för patienterna, särskilt för Anselm som mådde illa av cytostatikabehandlingen. Men hon avstod från att kommentera saken den här gången.

”Blenda har blåmärken i nedre regionen. Är det något ni lagt märke till?” sa hon när de samlats i fikarummet alla tre. En otrevlig misstanke började ta form. Hon ville stämma av om de andra hade reagerat som hon själv.

”Nej, du brukar ju gå in dit så vi gjorde inte det”, sa Gunilla med en blick på Finn som redan huggit in på mackorna. Han gjorde en urskuldande gest för att han inte kunde svara direkt. Kinderna buktade av den färska limpan.

”Malva har inte varit här på länge”, sa han när han tuggat ur munnen. ”Inte på flera dagar. Är de bortresta?”

”Det vore väl för väl om hon kunde släppa taget och tänka på sej själv”, sa Gloria. Hon valde att inte ta upp det där med blåmärkena en gång till. Onödigt att riva upp himmel och jord om det inte var något.

”Malva var här förra onsdagen”, sa Gunilla som avslutat arbetet med att plocka ur diskmaskinen och satt sig ner. ”Det gör ont i en att se flickungen inne hos sin mamma varje dag när ingenting blir bättre.”

”Mikael Pihlgren ser man aldrig av”, konstaterade Finn. ”Fast jag vet inte vad som är värst, att alltid vara här eller aldrig. De överlever väl var och en på sitt eget vis.” Finn hällde upp mer kaffe åt sig själv och serverade de andra. ”Undrar hur mycket Blenda uppfattar egentligen. Hon gör ingen min av att förstå vad man säger.”

Gloria protesterade direkt. ”Hon kanske förstår mer än vi anar. Hennes minspel visar vad hon vill och inte vill, eller hur?” Hon hade tydligt uppfattat att Blenda inte ville bli utsatt för rektal temperaturtagning. Ändå hade hon gjort det. Tagit sig rätten att bestämma. Blenda kunde ju inte säga ifrån med ord. Så mycket för patientens lagskyddade självbestämmande. I praktiken är det en annan sak.

”Malva hade väldigt bråttom härifrån sist. Det var nästan så hon sprang omkull mej i korridoren.” Gunilla rev med sina nedbitna naglar så att det gnisslade mot det syntetiska tyget på byxbenen. ”Något viktigt måste det ha varit. Jag hoppas att det var något roligt."

Finn sträckte sig efter kanalväljaren och satte på teven. Gloria bad honom genast sänka ljudet. De måste ju kunna höra om någon var uppe och gick eller ropade på hjälp. Han suckade hörbart. Tyckte att hon var övernitisk, det kände hon hela tiden. I detsamma ringde det i korridoren. Signe Nyvik på salen mitt emot Blendas.

"Säkert till dej", sa Finn. "Det är nog något om nattmedicinen." Ingen av de andra gjorde en ansats att resa sig upp, så Gloria lämnade kaffet utan att ens ha rört det och tog ringningen fast hon kommit sist ut i fikarummet.

Evert stod i dörröppningen till Blendas rum igen. Det var därför Signe hade ringt, det förstod Gloria när den snart nittioåriga damen pekade ett krokigt finger mot honom och såg bister ut. Gloria kände att hon bet ihop käkarna av återhållen irritation.

"Kom Evert, så går vi in till dej. Till ditt rum. Hittade du inte toaletten?"

"Jag skulle inte till toaletten. Jag ville bara se på henne. Hon är så vacker."

"Det får du inte göra. Blenda behöver vara ifred." Glorias röst lät argare än hon ville.

"Du får inte bli gramse på mej. Då blir jag ledsen. Stannar du och pratar med mej nu?" Han grep om hennes arm med sin kloliknande hand.

"Ja." Hon hade ju lovat honom det. Sakta hasade han fram på sina brunrutiga filttofflor genom korridoren bort till sitt rum och satte sig oändligt långsamt på sängkanten. Skjortan glipade isär och blottade hans uppsvällda mage. Hon gav honom en filt att skyla sig med.

"Gunilla vet att jag har suttit i fängelse. Hon har berättat det för dej, eller hur?" Evert naglade fast henne med blicken. "Jag märker det på dej. Du är annorlunda mot mej nu. Det är så orättvist. Jag ville inte barnen något illa. Jag älskade dem och de älskade mej. Vi hade det gott tillsammans."

Gloria kände en lätt svindel. Var det så han såg på det hela? Var han inte ens ångerfull? Hon satte sig ner på stolen bredvid sängen, försökte att bara lyssna utan att döma. Förbli neutral, stänga av känslorna. Evert var en döende gammal man. Han såg på henne. Hon vände inte bort sitt ansikte.

”De ville leka de lekar vi lekte.”

Hon kunde inte tiga. För om hon teg skulle hans ord stå oemotsagda och det skulle göra henne medskyldig på ett motbjudande sätt.

”De flesta människor har en helt annan uppfattning om det än du. Jag tror att barnen tog skada.”

”Hur vet man det?” sa han tankfullt. ”Jag slog dem aldrig. En del blev slagna av sina egna föräldrar. Andra blev trakasserade i skolan. Jag skadade dem aldrig fysiskt. Men några av dem höll jag inlåsta, för de var mej särskilt kära. Jag tror inte man ska låsa in barn, inte om det går att undvika. Men annars skulle de ha lämnat mej och blivit förhörda av vuxna som inte förstår. Det skulle ha förstört allting.”

Gloria fick kämpa med sig själv för att stanna kvar i situationen. ”Du måste väl någonstans ångra det du har gjort?” Bara ånger skulle kunna göra monstret mänskligt.

”Vi gav varandra njutning. De ville. Jag kan ännu känna deras unga hud mot min. Förstår du inte att det var kärlek?”

Gloria reste sig upp. Hon kände sig spyfärdig av trötthet och äckel. ”Jag klarar inte att lyssna på dej längre, Evert.”

”Du lovade. Jag har inte kommit till det jag vill bekänna ännu. Du lovade att lyssna på det svåra. Jag trodde att du skulle vara vidsynt nog att förstå.” Han klamrade sig fast vid henne, och hon bände ovarsamt bort hans stela fingrar. Men han fortsatte tala ändå. ”Jag gjorde ett misstag en gång. Något som fick fruktansvärda konsekvenser. Men jag hamnade aldrig i fängelse för det. Snälla, sitt hos mej en stund. Minnet plågar mej så.”

”Jag kan inte ta emot det du säger.” Gloria kände hur virvlarna från hennes eget förflutna hotade att sluka henne. Kände vreden rusa i blodet och bli till en knuten näve redo att slå. "Jag ska be någon annan tala med dej i morgon. Jag ber läkaren skriva remiss till psyk." Hon kom inte på något bättre att säga och vände sig inte ens om när han ropade efter henne.

När Gloria gick nästa rond vid tvåtiden och tittade in på Blendas sal tänkte hon på Everts påbörjade bekännelse. Blåmärkena. Hade han gjort henne något? Hade Blenda blivit utsatt för övergrepp? Som Signe ville påstå. Det fick inte vara så, inte på hennes avdelning. En anmälan skulle leda till en utredning och om medierna fick tag i händelsen skulle sjukhemmets goda anseende vara förstört på en sekund. Allt arbete, alla uppoffringar för att göra något gott skulle vara utan värde när anklagelserna haglade. Det måste finnas ett annat sätt. Gloria gick in till Signe. Hennes rumsgranne Ester var på permission hos sin dotter. Sonen, Mats, den olyckan, var inlagd på lasarettet för magsår, hade Signe berättat. Ester tyckte att det var bra, för då visste hon var han höll hus någonstans. Ett underligt sätt att se på saken, tyckte Gloria. Hon måste få reda på vad Signe Nyvik sett egentligen. Fanns det någon grund för anklagelsen? Sedan fick hon bestämma hur hon skulle gå vidare med Blendas blåmärken.

23

Nattpasset var över. Hon var hemma igen. Gloria lät blicken vila över staden som långsamt vaknade till liv under balkongen. Hon hade värmt vin i en keramikmugg i mikron och drack det i stora klunkar. Inte över sjuttio grader så att alkoholen försvann, bara precis lagom för att det omedelbart skulle nå hjärnan och släcka hennes oro. Hon måste sova efter nattpasset. Inte älta. Samtalet med Evert hade väckt förödmjukelsen som slumrat länge. Barnen hade varit med på det, sa han. Är inte det den största förnedringen? För det kommer en dag när man inser vad som skedde, när hormonerna hinner i fatt och man begriper att lekarna inte var oskyldiga. En dag av vämjelse när man ser att man själv varit delaktig, för att man inte förstod bättre och inte kunde försvara sig mot den vuxnas försåtliga önskningar. Hon mådde illa. Ändå slog hon upp mer vin när det första var slut, värmde det och drack tills hon kände lugnet som en varm våg genom kroppen. Visst hade hon tagit skada. Bristen på tillit och oförmågan till närhet var priset hon hade fått betala för de övergrepp hon själv utsatts för. Hon hatade, hatade, hatade! Och hatet sköt in som pilar av eld i mellangärdet när hon reste sig upp för att vackla i säng. De skulle bli en orolig slummer, man sover inte gott på vin. Men man somnar.

Ljudet av en grävskopa som raspade mot sten väckte henne långt innan klockan skulle ringa. Gloria gick upp och duschade av sig olusten, något hon inte orkat göra när hon kom hem efter nattvaket.

Hon skulle träffa sin polisman. Han skulle ta med vin och kyckling. På det sättet var han en darling. Ville hon träffa honom? Ja, så länge hon kunde stå ut med att mista honom. Det fick inte bli personligt. Inte för nära. Bara en lek där hon för några timmar fick vara någon annan än den plikttrogna syster Gloria. Där hon fick leva ut motsatsen.

Hon fönade håret, sminkade sig och slog sig sedan ner framför tevens nyhetssändning med sin uppvärmda matlåda från Viktväktarna. Huvudnyheterna var mordet på Nina Eriksson, kvinnan som körde på Blenda Pihlgren. Polisen gick ut med en vädjan till allmänheten om tips. Gloria hoppades att allmänheten skulle tiga. För rättvisans skull. Vad är några månaders rehabilitering mot ett förstört liv för en hel familj?

Hon såg sig i spegeln. Drog en kam genom sitt lockiga hår. Hyn var nästan sjukligt blek. Hon suddade igen de mörka ringarna under ögonen med ljus kräm, förstärkte läppstiftet och drog ett extra varv med mascaran. Skulle han komma? Han kanske hade tröttnat på henne. Om han var en normal och seriöst menande kille borde han ge upp nu. Annars var det något fel på honom, eller hur? En kvinna som förlorat en skärva av sin aura till ondskan långt innan hon blivit vuxen är inget att ha. Bara i leken, i illusionen, kunde han få för sig att hon var någon annan och på det sättet kunde hon stjäla sig till lite värme.

Hon följde Strandpromenaden från hamnen. Passerade Kallbadhuset och såg platsen där den mördade kvinnan, Nina Eriksson, hade hittats. Avspärrningen fanns inte kvar. Det låg en enda ros nere på stenstranden. På mordplatser hon sett på teve hade det varit ljuslyktor, fotografier och ett berg av rosor. Men här låg det en ensam blomma.

Gloria kände sig iakttagen och såg sig omkring tills hon upptäckte ansiktet i fönstret på Almedalshotellet. Ett kort ögonblick, sedan försvann det bakom den mörka gardinen. Hon genomfors av en kuslig känsla av att den som satt där uppe kunde ha sett mördaren och offret och vad som sedan hände. Hon stirrade upp mot rutan, men den förblev svart och tom.

Hon gick in genom muren vid Kärleksporten. Ett ställe där folk som inte fattar bättre förlovar sig, tänkte hon bittert. Det var skuggigt och kallt på gatan. Vindilarna gick rakt genom hennes tunna kofta och de tajta jeansen. Tänk om han inte väntade på henne, om det inte fanns en varm famn att krypa in i. Det kändes som hon skulle börja gråta. Den kaxiga attityden infann sig inte fast hon drog alla affirmationer i fantasin; lyckade möten, favoritrepliker, ansiktsuttryck av beundran och åtrå. Trädgårdsföreningens skördemarknad höll på att packa ihop. Regnet hängde i luften. Folk troppade av. Han syntes inte till. Hon öppnade grinden till Botaniska trädgården och lät sig omfamnas av grönskan. Himlen speglade sig dystergrå i dammen. Dofter från rosor och krusmynta, oregano, salvia och kryddor hon inte visste namnet på blandades med vindarna från havet. Hon drog ett djupt andetag och repade mod medan hon blickade upp mot tempelkullen. Han fanns inte där. Det högg till i henne. Händerna blev svettiga, pulsen pickade oroligt. Det var patetiskt. Hon nöp sig i armen för att smärtan skulle få henne att tänka klart och realistiskt. Hon höll på att bli förälskad. Det var katastrof. Hon lovade sig själv att om han kom skulle det bli sista gången de sågs. Bara den här enda gången, längre fick det inte gå. Förväntan är okej, men inte saknad.

Hon satte sig på bänken på kullen och såg ut genom lövverket mot gången som ledde bort till marknaden. Det kom någon gående. En känd gestalt. Inte den hon önskade möta. Det var Atsur i Wisby by night. De skulle inte ses förrän vid midnatt i ruinen. Hon gjorde sig liten och hoppades att han inte skulle lägga märke till henne. Efter lajvet sist hade han varit omtänksam och frågat om hon kände sig okej. Det var ju bara teater, men det hade känts överrumplande att bli utsatt för allas vrede och bli kallad förrädare.

Spelet kräver sina offer för att dynamiken ska hållas vid liv, förklarade han. De hade diskuterat en ny roll åt henne eftersom hon skulle hållas fången och vara ur lajvet tills någon kunde frita henne. Vad hade hon själv att föreslå? En humbel tjänare kanske? Sedan hade de skrattat åt minnet av Benediktus fadäs tidigare i veckan. Hans tjej hade kommit just när han var lite för närgången och kärvänlig mot Kristina och utan att tänka på det hade han per automatik gjort tecknet för osynlig.

"Du tar väl med dej Dorotea", var det sista Atsur ropat efter henne och hon hade svarat att Dorotea hittade själv.

Gloria såg honom passera och försvinna i riktning mot staden. Hon ställde sig upp och spanade ut i grönskan. Ett plötsligt ljud fick henne att vända sig om. Händer täckte över hennes ögon, en varm kropp fanns tätt intill.

"Jag vill ha dej." Rösten gick inte att ta miste på.

"Du kom", sa hon och kände sig fånig och förvirrad och berusande lycklig i ett svep.

"Är du glad att se mej?" frågade han och vände henne om så att hon mötte hans leende. Han hade missat lite med rakhyveln, håret var lite för prydligt kammat, leendet lite för käckt. Hon försökte hitta fem fel.

"Är du?" svarade hon med en motfråga.

Han log vagt, lät ögonen säga desto mera och förde hennes hand till sitt kön. "Vad tror du själv?"

Han var hård. Hon skrattade, skrattet gick inte att hejda. Ett lyckligt skratt som låg kvar i ett leende när hon smög armen om hans liv och började gå ner för kullen.

"Vinet! Korgen står nedanför bakom trädet. Jag höll på att glömma den. Vart ska vi?"

"Till Jungfrutornet. Det är så mycket folk här."

När gatan var tom skyndade de sig att klättra in. Han bredde ut filten, byggde ett bo åt dem medan hon smög in sina händer under hans tröja för att få lite hud och värme. Han vecklade upp två vackra kristallglas ur rutiga kökshanddukar och plockade fram grillade kycklinglår, skaften ätvänligt inpackade i aluminiumfolie, färskt bröd från stenugnsbageriet, doftande körsbärstomater, oliver och färskost. Han höll fram flaskan och visade med stolthet på etiketten. Hon kunde inget om dyra viner, men log gillande och spelade med.

”Får poliser dricka vin på allmän plats?”

”Det här tornet är inte allmän plats. Vi har annekterat det. Om jag får låna damens röda bh kan vi ha den som flagga och utropa vår nya nation som en stat med full autonomi. För övrigt är det skillnad på att supa på allmän plats och att sippa kvalitetsvin. En eldig Shiraz Mourvèdre är en förmildrande omständighet.”

”Sch … det kommer någon.” Det hördes röster som närmade sig. Hon kikade ut. Marknadsknallar som bar på ett uppstoppat vildsvin, baxade upp det på ett lastbilsflak. Hon fattade tag om hans ansikte, kysste honom, trevade efter bältets spänne.

”Jag trodde det var efterrätten?”

Hon skakade på huvudet. ”Nu! Jag vill nu. De kan komma på oss.” Hon drog ner hans gylf och hjälpte honom med kalsongerna. Hon rörde vid hans styvnad samtidigt som hon spanade ut mot gatan. Han smekte hennes bröst. Knopparna hårdnade. Han märkte att hon fick gåshud. ”Fryser du?” Hon skakade på huvudet. Han vände på henne, drog henne mot sig så att hon stod på knä och lät händerna cirkla över ryggen ner mot låren. Lätta rörelser på insidan av låren. Hon suckade djupt av välbehag när hans fingrar lekte sig innanför troskanten mot brännpunkten. Männen stod vid bilen och surrade fast den uppstoppade vildsvinsgalten. På andra sidan gatan kom en man med en hund. Han stannade och talade med gubbarna. Hunden ryckte oroligt i kopplet. Han hade fått vittring på dem, den lille förrädaren.

”Så länge det inte handlar om en hel skolklass är jag helt bekväm med sällskapet”, suckade han. ”Mister jag mitt arbete står det mej tusen åter. Alltid finns det något vaktbolag som vill ha en man med erfarenhet."

"Med erfarenhet av förargelseväckande beteende", fnittrade hon och tryckte sig mot honom så nära hon kunde komma.

24

Botel hade skymtat Gloria i Botaniska trädgården men inte känt för att prata med henne. Inte med någon. Han var betryckt. Mardrömsarbetet med uppsatsen hade nått nya bråddjup. Precis när han bestämt sig för att ta ett sms-lån, just när han hade sanningen inom räckhåll, fick han dråpslaget. Botel blev så förbannad att han vrålade rakt ut och sparkade papperskorgen tvärs över rummet. Båda kranierna saknades, vilket omöjliggjorde en strontiumanalys för att ta reda på var Atsur och Dorotea levat. Till en sådan undersökning används företrädesvis hörntänder.

Den som senast haft hand om kranierna hette Gaston Backman. Hans bidrag till forskningen var att mäta skallar i rasbiologins tidiga gryning. De andra kroppsdelarna saknade tydligen intresse. Det var väl han som slarvat bort huvudena, gubbtjyven. Men det var värre än så, hade det stått i mejlet. Atsurs bevarade lårben passade inte ihop med det bäcken som angavs vara hans. Det betydde att benen antagligen var hopblandade, läste Botel. Det enda man med säkerhet kunnat konstatera var att mannens ryggrad hade sjukliga förändringar som medfört att kotorna vuxit ihop. Ett viktigt faktum kvarstod dock sedan utgrävningen 1912, som Botel lusläst rapporten ifrån. Det fanns huggmärken i Atsurs revben och Doroteas bäcken. Paret hade blivit mördade, därom rådde inga tvivel. Botel kupade händerna över sitt ansikte och sjönk in i mörkret. Fanns det en symbolik i hur huggen hade utdelats. Huggen mot kvinnans bäcken? Kunde hon ha varit gravid?

I sitt svarsmejl vädjade Botel till arkivet att de skulle ta reda på var de saknade kranierna tagit vägen. Mest intressant vore det om skallarna fortfarande låg kvar i dubbelgraven. Men det vågade han knappast hoppas på.

Besvikelsen störde honom djupt när han förberedde sig för kvällens teater. Det gjorde ont i korsryggen och vänstra skinkan hur han än satt. Mannen i dubbelgraven hade haft sjukliga förändringar på ryggraden. Med största sannolikhet hade han haft svårt att röra sig. Insikten om Atsurs krämpor slog ner som en blixt när Botel satt och letade fakta vid datorn. I en artikel som publicerats i Läkartidningen 2010–02–02 hittade han mannen i dubbelgraven som ett historiskt exempel på Bechterews sjukdom, diagnosen han själv drabbats av. Det kunde inte vara ett misstag. Inventarienumret var 14549. Precis de skelettdelar han just beställt hem. Nio av tio med diagnosen Bechterews sjukdom har vävnadstyp HLA-B27. Det hade mannen i dubbelgraven och han själv. Upptäckten att de led av samma sjukdom fick Botel att hisna. Kanske var det dags att på allvar tro på andar och reinkarnation trots att han svurit sig till den naturvetenskapliga läran. Ivrigt läste han vidare. Det fanns ärftliga faktorer bakom sjukdomen, men det kunde också utlösas av exponering för kiseldamm. Hade Atsur arbetat i gruva eller varit krukmakare? I så fall var det inget han ville redovisa i vampyrlajvet, det var för oglamouröst, helt enkelt. Hade Atsur sökt sig till kyrkan i hopp om att vite Krist skulle bota hans sjukdom? Själv ägde Atsur inte gåvan att läka ben, den egenskapen hade han givit åt Dorotea, det ljuvliga barnet. Måtte hon komma i natt och befria honom från hans plågor.

Sin vana trogen tog Botel plats i Sankt Clemens ruin långt före de andra. Det ingav en känsla av kontroll. De skulle inte hinna prata ihop sig och smida ränker innan han kom dit. Månljuset föll in genom de tre höga fönstervalven på gaveln och bildade ljusgårdar på ruinens gräsbevuxna golv. Han gick fram till dubbelgraven och rev undan gräset, besluten att ta reda på om kranierna fanns under stenblocket. Det skulle ta alldeles för lång tid att be Riksantikvarieämbetet om lov. Han kände stenhällen under sina händer. De sjuttio centimeter långa spåren i kyrkans längdriktning, som visade var gravmonumentet en gång stått framträdde i det sparsamma ljuset. Om han bara kunde få en enda ledtråd till vilka de var. Djupt inom sig kände han samhörigheten. Atsur och Dorotea bar på en gemensam hemlighet. En sanning så farlig att de måste dö innan de hunnit dela den med någon. Han sökte i sitt minne, kämpade mot glömskan som fjättrade hans tanke. Atsurs livsuppgift hade varit att beskydda Dorotea, men han hade misslyckats. I sin nuvarande skepnad, som Botel, tänkte han gottgöra det.

Atsur och Dorotea hade troligtvis sökt skydd i Sankt Clemens kyrka. Ett omaka par i enkla kläder, men de hade fått hedersplatsen mitt i kyrkan. Kunde de ha varit pilgrimer på väg till det heliga landet? Var Atsurs pilgrimsresa den sista chansen att bli botad? Vägen till Jerusalem gick över Gotland. Det kunde vara så. Men var kom de ifrån?

Atsur kände en tyngd över bröstet, en skarp och ilande sorg när han tänkte på Dorotea. Han såg framför sig hennes unga, ivriga ansikte. De mjuka läpparna. Ögonen som skiftade som havet under himmelens skyar. Hon skulle vara hans följeslagare för evigt, men han hade sina farhågor. Förvandlingen till dotter av Kain, de evigt fördömda och evigt levande, var förenad med smärta och djupaste fara. Inte alla återuppstår till det nya livet som vampyr. Det finns själar som gått vilse mellan världarna och blivit till fragment strödda för vilda vindar och onda demoners godtycke. Att efter livskraften tömts ur ådrorna ta sig levande ur en grav kräver styrka. Men om hon inte hade vågat steget skulle hon åldras och dö bland de mänskliga och han skulle ändå förlora henne åt tiden.

Under manteln hade han gömt sitt bräckjärn. Han måste öppna graven för att se om kranierna fanns kvar. Atsur tog i av alla krafter, bände med hela sin tyngd som motvikt. Stenblocket rubbades. Knarret från porten som öppnades fick Atsur att vända på huvudet. Han gömde sitt redskap bakom ryggen. Undersökningen av graven fick vara tills kvällens teater var över. Det tycktes vara Gloria, men han fick se efter en gång till för att vara säker på att hon tänkte spela rollen som humbel tjänare efter sitt nederlag. Förvandlingen var påfallande. Glorias raka hållning skrumpnade ihop och hon åldrades med ljusets hastighet när han såg på henne. Anletsdragen förvreds till en lismande grimas. Ögonen doldes till hälften under tunga ögonlock.

”Där är ni ädle herre. Hur kan jag vara er till tjänst?” Hon skrapade underdånigt med foten och gjorde en djup bugning. Ändå fanns hämndlystnaden där … som en illavarslande glimt i ögonen. Trotset. Kunde han lita på att hon skulle vara en lojal tjänare när hon varit hans bittraste fiende förra lajvet?

”Drick mitt blod så att dina band till mej stärks.” Atsur drog sin kniv och snittade en åder.

Hon knäböjde och drack. ”Min vilja är din lag.”

”I natt ska du infiltrera de grupper som tisslar och tasslar om uppror. Ingen ska veta att du står under mitt inflytande. Du är inte en fullvärdig vampyr längre. Som revenant har du kommit hit för att studera andevärlden. Din förmåga att tala med de dödas andar är inte oäven för en enkel halvfigur. Men det är bara genom att dricka blod från oss odödliga du kan leva vidare. Du är min slav. Enligt ditt rekommendationsbrev från ärkebiskopen av Versailles är du född på 1400-talet i Azincourt. Det är ganska lustigt när jag tänker på det. Det sägs att det var vid slaget i Azincourt franska bågskyttar först började använda tecknet V för ’victory’. Det visade att de fortfarande hade sina fingrar i behåll. Blev de tillfångatagna höggs de av. V-tecknet var också en skymf i en annan bemärkelse.”

”Vilken, herre, om jag får drista mej att fråga.” Gloria såg mer uttråkad ut än vad som var passande.

”Det betyder kvinna som särar på benen, en slampa.”

”En kvinna har väl rätt att sära på benen när hon själv så tycker, herre.” Glorias ansikte var uttryckslöst men han hörde dissonansen i språkmelodin. Hon skulle komma att ställa till besvär. Hon hade inte släppt idén om Lilit och kvinnans rätt till sin sexualitet. Atsur suckade tungt. Han hade personligen ingenting emot kvinnors sexuella frigörelse, tvärtom. Han tyckte bara inte att ett vampyrlajv var rätt forum, och bytte ämne.

”Har du sett Dorotea?” Han försökte att inte visa sin iver.

”Tillåter min herre att jag talar klarspråk?”

”Givetvis.” Atsur befarade det värsta. Ett kallt stråk av oro isade hans blod.

”Jag vet inte om hon kommer att visa sej mer. Min herre tror inte att de ritualer som utfördes kan ha skrämt henne att söka sej en annan flock utanför vår krets? Om hon alls uppstår från sin grav?”

”Tig, slav! Ditt pladder misshagar mej. Genom din egen svaghet känner du andra, du som aldrig ansetts värdig förvandlingen. Du har ingen rätt att förtala min förtrogna. Dorotea är en stark själ – hennes vilja är obändlig. Jag vet att hon kommer tillbaka.” Han tvingade sig själv att tro på orden. Han hade inte gjort något fel. Han var ärkebiskop av Sabbaten. Med en gest visade han iväg sin tjänare. ”Minns ditt uppdrag. Infiltrera och rapportera!”

”Oh ja, herre. Jag minns mitt uppdrag.” Hukande gjorde Gloria V-tecknet och försvann in i vapenkammaren, medan Atsur tog trappan i muren upp mot sin utsiktsplats i det runda fönstret där han kunde se ut över hustaken. Genom ett annat hål i väggen kunde han iaktta medlemmarna när de kom. Det molade i hans rygg och mellangärde, sved och brände av ängslan för att Dototea inte skulle komma. Varje gång det gnisslade till i porten hajade han till i förhoppning om att det skulle vara hon. Enar och Gregorius, Guttorm och Benedikt kom i samlad trupp. Sedan Mjunfjärd och Ödgerd och han märkte till sin belåtenhet att Gloria i egenskap av hans tjänare omedelbart slöt sig till dem för att ställa frågor. Dominikus, Ester och Kristina, Viola och Laurentius kom, men inte Dorotea. Atsur kände en klump i halsen som inte gick att svälja ner. Med tunga steg gick han ner för trappan och uppenbarade sig för dem.

”Vi har en nykomling, en revenant från Azincourt som kommit för att träffa sin släkting Ödgerd för att få djupare kunskap i de örter och växter människorna drogar sej med. Nykomlingen är även här för att studera andevärlden, en tillgång när vi vill ha kontakt med de döda. Vi hälsar dej välkommen, Glorius av Azincourt.”

”Tack, jag hoppas att ni inte ska tveka att ta mina gåvor i anspråk.” Tjänaren gav Atsur ett hastigt ögonkast. Det var Glorius som väckte frågan i hans sinne med sådan precision och hastighet att han inte hann försvara sig.

”Om Dorotea är i dödens rike kan du tala med henne då?” frågade han nästan ödmjukt.

”Jag kan försöka, herre. Det är inte enkelt för en humbel revenant, men jag ska göra mitt bästa om ni så befaller.”

Glorius hukade under sin mantel. Andades djupt. Tiden flöt långsamt. De väntade otåligt.

”Jag kallar på dej Dorotea, dotter av Kain. Kan du höra min röst?”

Tystnaden ekade mellan stenväggarna när en tunn vindil blåste över gården och blev till ett prasslande ljud i gräset.

”Dorotea, vi kallar dej till oss. Finns du där?” Glorius anletsdrag förändrades, mjuknade.

”Jag ser er inte. Det är så mörkt. Stanken är olidlig.”

”Fråga var hon finns, nu?” Atsur var mycket blek i månskenet.

”Var finns du?” ekade Glorius och svaret kom ur hans egen mun med en annan och svagare röst.

”Jag är fånge i dödsriket. Dit ingen levande kan komma. Ur dödsriket måste jag hämtas. Vem äger modet att hjälpa mej?”

25

Morgonljuset letade sig in genom springorna på persiennen över täcket och nådde hennes ansikte. När Maria Wern vaknade kände hon en tilltagande oro. Tankarna på vad som kunde ha hänt Malva hade följt med i sömnen och blivit till en mardröm med groteska scener. En begravning. Den vita kistan öppnades. En kropp nedsänkt i blod, en skrattande mun under ytan. Maria satt en stund på sängkanten och försökte analysera drömmen. Skakade på huvudet. Drömmar är bara drömmar. Sedan ringde hon Hartman. Polisen hade fortfarande inga spår efter Malva Pihlgren, berättade han. Man hade talat med klasskamrater och sökt hennes avlägsna släktingar i Bro, men de var inte hemma. ”Har du någon idé?”

”Jag tänkte på personalen på sjukhemmet där Malvas mamma ligger”, sa Maria. ”Emil berättade att hon varit där. Brukar vara där varje dag. De kanske vet mera.”

Katarinagården låg inpressad i den täta bebyggelsen vid Sankt Clemens ruin. Ingen utsikt för de gamla och sjuka annat än grå husfasader. Men innanför dörrarna hade personalen gjort sitt bästa för att skapa en varm och hemtrevlig atmosfär. Landstingsmöblerna var utbytta mot äldre möbler man funnit på auktion. Det fanns hyllor med prydnadssaker och broderade bonader, vitrinskåp med fina glas och ett stort akvarium. Maria möttes av en blond kvinna i vita kläder.

”Gunilla”, hon tog av sig plasthandskarna och räckte fram handen. ”Du ska få prata med Gloria, hon är boss. Vi har tystnadsplikt. Jag kan inte säga något, när jag inte vet vad man får säga.” Hon gav Maria en och annan sidoblick, i hopp om att få veta mer om hennes ärende medan hon visade vägen mot expeditionen.

”Hon är från polisen!” teaterviskade Gunilla till den rödhåriga sköterskan som satt helt uppslukad av dataskärmens lista med provsvar. ”Har det hänt något?”

”Vi tar det sen, Gunilla.” En svag rodnad som fick fräknarna att försvinna syntes på Glorias höga kindknotor när hon släckte ner skärmen. Hon tog i hand och hälsade och stängde sedan dörren om dem.

”Vad kan jag hjälpa till med?”

Maria slog sig ner på en ledig pall vid skrivbordet. Genom glasrutan kunde hon se Gunilla viska med en kortsnaggad och vältränad man i trettioårsåldern.

”Som du kanske har hört har vi gått ut med en efterlysning av Malva Pihlgren. Hennes mamma ligger här på avdelningen och vi vill veta när ni såg flickan senast.”

”Du kanske borde tala med vår klinikchef Bodil Wranne?” Gloria såg ut att tänka febrilt. ”Fast just nu är hon på semester. På Bali i två veckor till”, tillade hon rappt.

”Då tycker jag att du ska svara på den frågan”, sa Maria och naglade fast sköterskan med blicken. Så här var det alltid att tala med vårdpersonal. De var så trogna sin tystnadsplikt att de inte kunde svara på någonting, allt bollades högre upp i hierarkin.

”Det var en onsdag … för en dryg vecka sen Malva var här. Sent, nattpersonalen hade gått på sitt skift.” Gloria reste sig upp och gick fram till personalschemat som satt på dörren. ”Jörgen jobbade natt.”

”Då skulle jag vilja få kontaktuppgifter till Jörgen.” Maria tog fram block och penna redo att anteckna.

”Hem till honom?” Gloria tvekade. ”Han har inte varit här på ett tag. Vi vet faktiskt inte var han är. Vi har ringt honom men han svarar inte. Han skulle egentligen ha jobbat i dag – nu får jag ta både A-turen och nattpasset." Hon suckade uppgivet. "Man tycker att han borde höra av sig. Fast det kan ju ha blivit en miss om Bodil Wranne har gett honom ledigt muntligen och sen glömt att berätta det för oss på avdelningen. Det har hänt förut."

"Jag tar gärna hans kontaktuppgifter", upprepade Maria.

Gloria räckte henne personalpärmen. "Help yourself." Det fanns något irriterat över hennes kroppsspråk, hon var inte bekväm med situationen. Om det var en allmän rädsla för poliser eller om hon dolde något var svårt att bedöma.

"Vet du om något särskilt hände den kvällen när Malva var här?" frågade hon. Emil hade berättat att något skrämt Malva, att hon sprungit därifrån och tappat sin mobil. Hon hade varit rädd för någon. Livrädd, sa Emil.

"Nej", svarade Gloria dröjande. Hon gnuggade örsnibben så att den vitnade medan rodnaden sköljde över ansiktet.

"Ni har inte hittat hennes mobil här?"

"Det har Jörgen inte sagt något om."

"Men han arbetade väl inte ensam, Jörgen? De var väl fler på nattskiftet här på avdelningen?" Så långt kunde det väl ändå inte ha gått med nedskärningarna?

"Finn och Gunilla, de arbetar i dag.

Maria reste sig upp, öppnade dörren och hittade Finn och Gunilla precis utanför.

"Jag vet ju inte vad jag får säga", sa Gunilla igen och såg besvärad ut. Gloria vägrade att möta hennes blick.

"Sanningen, så detaljerad som möjligt." Maria log uppmuntrande. "Malva är anmäld försvunnen och hennes pappa är utom sej av oro." Hon väntade och lät orden sjunka in. "Jag vill veta om ni såg Malva under ert nattskift."

"Hon var här en kort stund", svarade Finn. "Vid tiotiden, kanske halv elva. Jörgen brukar gå runt vid den tiden. Vi går runt varannan timme och ser till dem, byter blöjor och så."

"Hur verkade Malva? Var hon glad, ledsen, upprörd?" Maria vände sig mot Gunilla som hade slagit sig ner på kanten till skrivbordet i en obekväm ställning.

"Jag såg henne inte när hon kom. Men hon hade väldigt bråttom härifrån." Gunilla bet sig i underläppen och sneglade på Gloria igen.

"Någon uppfattning om varför hon hade bråttom?" undrade Maria och sökte Gunillas fulla uppmärksamhet. Gloria hade en negativ inverkan på henne. Var det något hon inte fick berätta?

"Nej", sa Finn. "Flickan såg skärrad ut. Jag hann inte fånga upp henne. Det ringde överallt." Han vände sig till Gloria. "Signe var helkonstig den natten. Vi fick inte hjälpa henne, inte röra vid henne för då skrek hon. Jag trodde Evert hade varit uppe igen, men han låg i sin säng och slumrade."

Maria la det på minnet. Ett samtal med Signe vore på sin plats. "Hur länge har ni jobbat med Jörgen?"

"Alldeles för länge", skrattade Finn och fick en ilsken blick av Gloria.

"Hur menar du?" Maria föll in i munterheten för att få honom att våga berätta mer.

"Jörgens definition av fredagsmys är en bag-in-box."

"Hela Jörgen är en bag-in-box", inföll Gunilla. "Problemet är att det är fredag lite för ofta för hans eget bästa. Vi har sett det komma." Hon blev plötsligt allvarlig. "Jag är orolig för honom."

"Ärligt talat. Det är jag med", sa Finn. "Han är så ensam. Går för sej själv, fast vi arbetar ihop. Han berättar ingenting om sej själv. Jag är rädd att han kan ha gjort sej något – något illa."

Maria avslutade samtalet med några kompletterande frågor och ringde sedan upp Hartman och lämnade adressen till Jörgen Bredde. "Han har varit försvunnen sen den kvällen Malva var på Katarinagården. Kanske bäst att skicka en patrull omgående. Det kan vara något riktigt otrevligt som hänt."

"Jag håller med", sa Hartman direkt. "Ek och Haraldsson är i krokarna. Har du fått fram något mer?"

"Jag tänker tala med patienterna. De kan ha sett något." Maria ögnade igenom beläggningslistan på expeditionen för att se på vilken sal Signe Nyvik låg. Tanten hade rum mitt emot Blenda Pihlgren. När Signes dörr var öppen borde hon kunna se vem som gick in och ut hos Blenda.

"Vart ska du? Utgången är åt andra hållet." Gloria dök upp bakom henne.

"Jag vill prata med Signe Nyvik."

"Hon har besök av sin dotter. Jag tror inte det är lämpligt. Jag tar inte det på mitt ansvar. Vad har ni för befogenheter egentligen?"

"Om ett brott misstänks har jag fulla befogenheter att prata med dina patienter. Varför vill du inte att jag ska tala med henne?" kontrade Maria. "Vet du, jag får en känsla av att du vill hindra mej. Är det så?"

Gloria knep ihop munnen och sa inget mer. Men hon följde tätt efter Maria in på Signe Nyviks rum. Den gamla damen satt i sin säng med en rosa bäddkofta om axlarna och delade mödosamt ett äpple med en slö bordskniv. Den ena halvan gav hon till sin dotter, en något rund dam i sextioårsåldern med påfallande ärtig klädsmak. Lila dräkt med kort kjol och matchande glasögon.

"Maria Wern från polisen." Hon räckte fram handen och tog varligt den gamla damens reumatiska hand i sin. Sedan hälsade hon på dottern som presenterade sig med förnamn.

"Hedvig. Jag har haft hand om Malvas klass i skolan. Jag har förstått på sköterskan att flickan är försvunnen." Hon log artigt och satte det redan tillrättalagda grå håret bakom öronen och sköt upp de lilabågade glasögonen på näsan.

"Polisen, det var då för väl." Signes slutna ansiktsuttryck förändrades och hon såg plötsligt ivrig ut. ”Jag har försökt få tag i en telefon, för ingen här vill lyssna på mej. Jag tror att de är i maskopi för här händer det saker. Avskyvärda saker!”

Hedvig såg bestört ut, men talade med låg och välartikulerad röst som om hon tillrättavisade en elev. ”Men mamma, det kan inte vara som du säger. Det är bara något du fått för dej. Man får ju skämmas.” Hon la sin hand på den gamlas arm för att hejda henne.

”Berätta”, sa Maria och slog sig ner på rumskamratens tomma säng eftersom det inte fanns någon ledig stol i rummet.

”Sätt dej närmare”, sa Signe makade sig lite åt sidan för Maria. Den späda kroppen tog knappt upp halva utrymmet i sängen.

”Tack.” Maria satte sig på yttersta kanten.

”Det pågår saker i rummet mitt emot.” Signe nickade menande åt rummet där Malvas mamma låg. ”Skamliga saker.”

”Nu är du tyst mamma. Det kan inte vara som du säger. Förlåt henne, hon börjar bli gammal och ...”

”Min syn är det inget fel på. Jag såg att han våldtog henne.”

”Vem?” viskade Gloria knappt hörbart.

Signe sträckte på halsen för att få ögonkontakt med henne. ”Det har jag berättat för dej. Men du lyssnar ju inte! Det var den manliga sköterskan, Jörgen. Det var en natt förra veckan. Blendas dotter kom hit. Hon brukar komma nästan varje kväll till sin mamma. Flickan öppnade dörren på vid gavel och då såg jag det, så sant som jag ser er nu!”

”Han bytte väl bara blöjor på henne då? Du måste ha sett fel”, vädjade dottern. Det syntes på henne att det var oerhört pinsamt det mamman sa. Men Signe tvekade inte.

”Han hade byxorna nere. Jag vill göra en anmälan har jag sagt till syster Gloria. Varför i helvete kan ingen tro mej! Man är väl inte omyndig bara för att man blivit gammal.” Hon gav syster Gloria en hätsk blick och Glorias rodnad flammade ilsket röd.

Maria tog fram block och penna utan att släppa Gloria med blicken.

”Jag är redo att ta upp en anmälan nu direkt.” Sedan vände hon sig till Gloria. ”Dej vill jag ha ett samtal med sen.” Gloria reste sig och gick ut från salen utan ett ord.

26

Gloria verkade helt förkrossad. När Maria sökte upp henne på expeditionen satt hon och stirrade tomt in i väggen. Armarna hängde hjälplöst utefter sidorna. Oändligt långsamt vände hon på huvudet.

”Jag ville inte tro att det var sant. Inte här på Katarinagården. Inte Jörgen. En förvirrad patient skulle kunna göra en sån sak. Det händer att de kryper ner i varandras sängar. Men inte det här.”

”Nej, det är svårt att ta till sej.” Maria försökte tona ner och inte döma. Det viktigaste just nu var att vinna Glorias förtroende för att få information. ”Institutioner är inte undantagna. Jag lyssnade på en föreläsning nyligen. Föreläsaren var en eldsjäl bakom flera av landets kvinnohus. Hon sa att det begås fler övergrepp på institutioner än vad folk någonsin får veta. Det tystas ner för att inte verksamheten ska bli lidande. På ett sätt slår det mot alla som arbetar där. Eller hur?”

”Jag trodde att det var något Signe drömt. Vi har haft problem med en annan patient, en förvirrad man som klär av sej och går in på fel rum. Jag trodde att det var han, inte Jörgen, som Signe hade sett. Jag ville inte höra mer om det. Jag liksom bara stängde av. Det var för hemskt. Och Malva, flickstackarn, hon såg det! Jörgen arbetade resten av natten … som om ingenting hänt. Visst är det konstigt? Han borde ju ha varit livrädd att Malva skulle berätta det för någon.”

Maria höll med. ”Och nu vet vi inte var hon är. Eller var Jörgen är.”

Gloria spärrade upp ögonen och höll för munnen som om hon plötsligt kom på något. Hon såg ut att föra en inre kamp med sig själv.

”Vad är det du tänker på?” frågade Maria.

”Inget”, sa Gloria utan att låta övertygande.

”Har det funnits någonting tidigare som fått dej att fundera över om Jörgen är lämplig att arbeta här?”

”När man väl har tänkt tanken så…” Glorias rodnad hade övergått i en grådaskig blekhet. ”Det var en sak Gunilla sa för länge sen, jag uppfattade det som ett dåligt skämt. Hon kan vara ganska plump. Hon sa en gång att Jörgen aldrig blev klar när han gjorde nedre toalett på patienterna.”

Tanken var obehaglig. Maria bytte vinkel. ”Har Signe full synskärpa? Är det länge sen hon var hos en optiker?”

”Hon ser utmärkt på långt håll, men använder läsglasögon. Det är bara någon månad sen hon kollade synen efter senaste starroperationen. Hon kan ha sett det.”

”Bedömer du henne som klar och redig?”

”Absolut. Hon är helt förtvinad i kroppen av sin reumatism, men huvudet är det inget fel på. Hon löser svåra korsord och följer med i vad som händer i världen.”

”Ändå ville du inte låta henne göra en polisanmälan?” Maria hade svårt att dölja hur upprörd hon var.

Gloria såg alldeles förskrämd ut. ”Jag såg blåmärkena. Blenda har blåmärken där nere. Jag vet inte varför jag reagerade som jag gjorde. Jag kan inte förklara det. Jag ville inte veta. För då måste jag berätta. Det skulle bli rena katastrofen. Jag har slitit hårt för att patienterna ska få bästa tänkbara vård och att de ska trivas. Allt blir förstört om det här kommer ut till medierna. Vi kommer att få ett helvete med de anhöriga. Det är så hemskt att det kunde hända här.”

Gloria tystnade. Maria lät henne vara och funderade på hur hon på bästa sätt skulle gå vidare.

”Vi skulle behöva säkra teknisk bevisning. Förstår du vad jag menar? Jag skulle vilja att en gynekolog bedömer märkena. Det är nog inte så troligt att hitta sperma efter så lång tid, men det kanske är värt ett försök.” Maria hade med tiden blivit alltmer övertygad om vikten av att hitta bindande bevis vid våldtäkter. Alltför ofta stod ord mot ord.

”En gynekolog? Är det inte att utsätta henne för ytterligare ett övergrepp? Det går inte att mäta temperaturen på henne utan att hon grimaserar vilt. Hon tycker att det är väldigt obehagligt. Det har varit så sen hon kom hit. Ibland har jag tänkt att hon kanske har varit med om något övergrepp, tidigare.”

I den stunden, när Maria såg på Gloria, fick Maria en plötslig känsla av att Glorias blindhet kanske också bottnade i något hon själv varit utsatt för. Något hon inte ville bli påmind om.

Maria Wern återvände till bilen för att fara till Irisdalsgatan där Jörgen Bredde var skriven i en tvårumslägenhet. Hon tänkte på Malva och kände hur det knöt sig i magen. Hon gned med handen över ögonen för att kunna se gatan framför sig. Malva hade varit livrädd, men inte velat prata om vad som hänt, hade Emil sagt. Inte undra på. Hennes pappa hade inte varit hemma, ingen vuxen hade hon att anförtro sig åt. Emil hade gömt henne i gästhuset. Hon vågade inte vara hemma i sitt eget hus, inte ensam. Med all tydlighet förstod Maria nu varför.

De värsta av scenarier spelades upp för hennes inre syn. Hade Jörgen fått tag i flickan senare, dödat henne och sedan kanske tagit livet av sig själv? Alla ansträngningar att hitta Malva hade hittills varit förgäves. Ingen hade sett henne sedan hon utklädd lämnade Emil på Norra Murgatan mitt i natten. Varför hade hon varit utklädd? Skulle hon på maskerad eller var det bara på kul? Hon hade lånat Vegas gamla kläder, hade Emil berättat. Signalementet som gått ut hade låtit ganska märkligt.

Maria parkerade vid Bingebyhallen och tog upp kartan. Ek och Haraldsson var redan på plats. Hon kontaktade dem för att stämma av läget.

”Vi får inget svar inifrån lägenheten. Vi har fått tag i vaktmästaren och går in nu.” Ek lät lugn och beslutsam.

”Jag är där på någon minut.” Maria steg ur bilen och gick den sista biten. Passerade en lekplats. Jörgen Breddes lägenhet låg på andra våningen i samma hus där det för bara ett par veckor sedan varit ett knivslagsmål.

”Han är inte här.” Ek mötte Maria i hallen. ”Han har dragit! Vi har beslut från åklagaren på en husrannsakan.”

Maria såg sig om efter tecken på att Jörgen kunde hade packat och gett sig av. Ingen mobil, ingen almanacka fanns inom synhåll. Lägenheten var oväntat prydlig. Inredningen sparsmakad och påkostad. En överdimensionerad platteve dominerade ena långsidan av vardagsrummet, en svart hörnsoffa i skinn den andra och i kortändan stod ett välfyllt vitrinskåp. I motstående hörn fanns ett skrivbord med laptop. Hon gick vidare in i sovrummet. En enkelsäng utan överkast. Det låg på golvet i en hög. En roddapparat, skivstänger i ett ställ och en multigymmaskin tog upp resten av golvytan. Ett nummer av Slitz på nattduksbordet, fördragna persienner överallt. Ingen balkong. På fönsterbrädan låg några obetalda räkningar och i den lilla bokhyllan ovanför sängen fanns det nästan uteslutande dvd-filmer. Hon hörde Ek och Haraldsson ute i köket.

”Det är nästan sjukligt rent och snyggt”, muttrade Ek.

”Jämfört med röran hemma hos dej är allting rent och snyggt”, kontrade Haraldsson. ”Han verkar ha brytt sej om att leva sunt. Bara nyttigheter i kylen. Kravgrejor och ekologiskt, till och med vinet.”

Maria drog på sig gummihandskar, tog en titt under diskbänken och fann ett tiotal tomma vinflaskor och tre sönderklippta vinboxar – utnyttjade till sista droppen. Hon hällde ut sophinkens innehåll på diskbänken. Under potatisskal och grötrester låg en rosa mobiltelefon. Maria plockade upp den och kände att hon nästan skakade.

”Malvas?” frågade Ek.

”Det kan det vara. Vi tar med oss den och hans dator.” Maria drog ut lådan i skrivbordet. ”Ett pass, då har han inte lämnat landet i alla fall. Vi kan använda fotot när vi efterlyser honom. Ni vet inget om anhöriga?”

”Jag kollade det innan vi for hit”, sa Ek och drog upp ett välvikt A4 ur byxfickan. ”Föräldrarna lever inte. Inga syskon. Pappan dog när han var liten. Han sammanbodde med sin mamma tills hon dog. Det är fem år sen. Han bodde hemma tills han var 34 år. Det är snudd på perverst.”

På väg till bilarna berättade Maria mer om vad som framkommit på Katarinagården. Nu som först kunde hon släppa fram sin vrede och bestörtning över det som hänt. Sköterskan hade hört Signes oro och sett blåmärkena, men inte rapporterat det vidare.

”Vilket svek! Det var det jävligaste jag har hört. Blenda Pihlgren var ju helt skyddslös, helt utlämnad.” Ek vitnade av vrede. ”Och flickan, som såg det … Hon såg när den grisen våldtog hennes egen mamma. Vi måste ta den jäveln! Om han gjort flickan något ber jag att få slippa vara ensam med han. Då slår jag ihjäl han.”

”Mikael Pihlgren ringde och ville ha tag på dej, Maria, innan vi åkte”, sa Haraldsson. ”Hur fan ska vi kunna berätta det här för honom?”

”Jag pratar med Mikael nu. Det kan inte vänta”, svarade Maria.

27

Barnen hade äntligen somnat. Maria Wern slog sig utmattad ner i tevesoffan med en kopp te. Björn hade inte hört av sig fast Maria stirrat på telefonen och med tankekraft försökt få den att ringa. Helgen hade inte alls blivit som hon tänkt. Emil hade inte velat följa med och bada. Han ville vara hemma ifall Malva skulle komma. Hon hade lovat att komma tillbaka till honom. Lovat! Maten hade han inte rört. Han hade gråtit sig till sömns av oro för Malva. Och ändå hade Maria inte berättat det värsta för honom. Det som Malva själv valt att förskona honom ifrån. Därför kom avslöjandet om missförhållandena på Katarinagården som ett slag i mellangärdet när Maria satte på tevenyheterna. *En manlig sjuksköterska misstänks ha förgripit sig på en av patienterna på Katarinagården i Visby. Det är ännu för tidigt att säga om flera patienter blivit utsatta för övergrepp. Katarinagårdens chef Bodil Wranne har avbrutit sin semester på Bali för att resa hem till Sverige. Hon har i nuläget ingen kommentar till det inträffade. Men hon ser mycket allvarligt på anklagelsen.* Maria slöt ögonen och knöt händerna hårt, hårt i desperation. Hon skulle behöva tala med Emil i morgon bitti, innan han fick höra det i skolan, eller såg det i tidningen.

Veckans anspänning satt som en molande värk i nacke och axlar. Tillsammans med Per Arvidsson hade hon på fredagseftermiddagen åkt hem till Mikael Pihlgren för att berätta om det vidriga som framkommit. Det är inget man tar via telefon. Reaktionen hade inte låtit vänta på sig. Mikael hade vrålat rakt ut, slagit näven i väggen.

Som ett djur i bur hade han rastlöst gått fram och åter i det rum han inrett som kontor. Maria väntade ut honom.

”Malva, mitt barn! Var är hon nu? Det är han som har gjort det! Han har dödat Malva för att hon inte skulle säga något, det fattar ni väl! Mitt barn, min lilla. Var har han gjort av kroppen? Jag måste få se henne. Jag ska slå ihjäl den jäveln. Skära pitten av han!”

”Ta inte ut något i förskott. Vi hoppas och tror att Malva är oskadd tills vi vet vad som hänt.” Maria hade försökt lugna honom. Det var olidligt att se hans smärta.

”Var är hon då? Jag klarar inte det här. Jag står inte ut, orkar inte längre.” Mikael hade brustit i gråt och klamrat sig fast vid Maria. Hon kunde fortfarande känna hans iskalla händer på sin kropp.

Dialogen fortsatte att eka i medvetandet medan tevebilderna rullade på. Mikaels anklagelser ville aldrig ta slut.

”Tiden bara går! För varje minut minskar chansen att hitta Malva vid liv. Varför händer ingenting? Ni får för fan göra något. Nu!”

”Se på mej Mikael. Vi gör allt vi kan för att få tag på Malva och på *honom.*” Hon hade inte ens klarat av att nämna hans namn i Mikaels närvaro. Allt för att undvika en ny vredesattack. ”Vi ger oss inte förrän vi vet var hon är. Finns det någon som kan vara hos dej?”

Det är oprofessionellt att ta med sig arbetet hem. Men ibland kan man inte välja. Emils förtvivlan gav henne inget val. Hon kunde inte sluta tänka på Malva. Maria hämtade mobilen i jackfickan för att lägga den bredvid sig på nattduksbordet om något skulle hända under natten. Ett missat samtal. Det var från Jonatan. Ett kort meddelande. *Ring när du kan.* Maria såg på klockan. Den var några minuter i elva.

”Du hade ringt!” Hon hoppades att hon inte lät så trött som hon kände sig.

”Jag hörde på nyheterna … Det hände på sjukhemmet där Blenda

Pihlgren ligger, eller hur? Jag har ingen rätt att fråga dej, men är det hon som har blivit våldtagen?"

"Jag förstår att du vill veta det, Jonatan, men jag liksom du har tystnadsplikt. Hur mår ni? Hur går det för Malte?"

"Han frågar efter sin mamma. Vi planerar begravningen. Hur säger man till ett barn att mamma ska läggas i en kista i jorden?"

"Det är ohyggligt svårt. När blir det? Behöver du hjälp med något?"

"Jag vet säkert att Nina inte ville bli kremerad. Hon tyckte att det var otäckt med eld. Begravningen blir på fredag. I all enkelhet, hade jag tänkt. Men det kommer många från hennes släkt, flera bor på fastlandet. Jag vet att jag inte borde fråga dej. Du har fullt upp ändå, men skulle Ninas föräldrar kunna bo hos dej, i gästhuset. Du behöver inte tänka på mat. Vi äter ute."

Maria kände den förlamande tröttheten komma i en ny våg. "Får jag tänka på det tills i morgon?" Hon kvävde en gäspning i armvecket och hoppades att han inte hörde det.

"Du undrar förstås varför de inte kan bo här hos mej?" sa han med dämpad röst.

"Jag hade säkert kommit att fundera på det om en stund. Varför kan de inte bo hos dej?"

"För att de inte är bra för Malte. Vi har väldigt olika syn på hur barn ska uppfostras. Snytingen hänger i luften. De är väldigt auktoritära. Ett barn säger inte emot en vuxen. Barn ska lyssna när vuxna pratar. Barn ska sitta stilla och lyda."

"Det låter som om de är från stenåldern."

"De är från stenåldern. Det handlar om två nätter, Maria. Tänk på saken. Jag föreslog att jag skulle få bjuda dem på hotell. Men de sa att det inte kommer på frågan."

"Du är alldeles för hjälpsam, Jonatan. De borde väl kunna betala hotellrum själva."

"Du är galen! Det kostar pengar!"

”Okej, om de sköter sej själva kan de låna mitt gästhus. Det finns kök och dusch.” Maria ångrade det redan när hon sa det, hon orkade bara inte stå emot. Men nu var rätta tillfället att fråga om Björn. Maria samlade mod. Försökte låta så ointresserad som möjligt. ”Killen som bodde här förra veckan, Björn, fick han någonstans att bo?”

”Ja, jag hjälpte honom flytta in på S:t Hansgatan, två trappor och ingen hiss. En ljus och fin tvåa. Liv var hemma när han flyttade ut. Jobbigt! Hon bönade och bad att han skulle stanna kvar. Jag visste inte var jag skulle göra av mej för att inte vara i vägen, rent känslomässigt, om du förstår. Det blev hur pinsamt som helst.”

”Jobbigt för dej. Jag förstår”, sa Maria. Har man gjort slut med någon vill man se sitt ex så lite som möjligt, i alla fall den närmaste tiden. Man blir liksom överkänslig och måste vakta gränsen – hit men inte längre. Man måste visa att man står fast i sitt beslut. Det visste hon av erfarenhet.

”Du måste förresten ha gjort ett gott intryck på Björn.”

”Va? Hur menar du nu?” Maria försökte hitta en lätt ton. Jonatan fick inte ana att hon vägde varje ord på guldvåg.

”Han frågade om dej, ville veta allt. Passa dej du. Jag menar det … han kan vara rätt så övertygande.”

”Nu tror jag att du överdriver.” Maria ville höra mer, men Jonatan avslutade med samma fras som han brukade när hon gjort honom en tjänst.

”Du är min goaste vän, Maria. Min bästis.”

”Du med, Jonatan. Sov gott.”

Maria stängde av teven, men satt kvar i soffan. Själen dansade som solglitter. Björn hade frågat om henne, massor. Vad hade han frågat och vad hade Jonatan svarat? Maria skulle ha kunnat ge ett år av sitt liv för att få veta. Året mellan 102 och 103, bestämde hon. För att inte vara alltför slösaktig. Maria lät fantasin leka en stund innan hon återvände till tevereprisen hon just sett.

Maria släckte lampan i köket och stirrade ut i mörkret. Det hördes steg ute på gården. Var det han? Var det Björn? Kom han nu äntligen för att hämta sina strumpor eller vad han nu kunde hitta på att han glömt? Eller var det en främling? Hon kom i samma stund på att hon inte låst porten mot gatan som Emil ville, och han hade förstås rätt i det. Det hade hänt att turister på väg hem från krogen förirrat sig in i trädgården på jakt efter en toalett. Hon skyndade sig för att känna efter om hon låst ytterdörren. Tre steg från dörren såg hon hur handtaget trycktes ner och dörren gled upp. Stanken av alkohol nådde hennes näsa innan hon ens kunde skymta gestalten i mörkret på trappan. En bjässe i skrynkliga, lortiga paltor steg in i ljuskäglan.

”Min kompis ser inte riktigt frisk ut”, sa den kraftigt berusade mannen och tog stöd mot dörrposten. ”Jag är bekymrad för han. Man skulle väl hälsa ordentligt på frun. Mats, heter jag.” Han sträckte sin väldiga näve mot Maria.

”Jag tror inte du har kommit rätt.” Hon blev egentligen inte rädd, mest besvärad. Han såg godmodig ut trots sitt förfall.

”Va? Dom sa att du var polis. Polisen har väl ändå ett ansvar för att samhällets olycksbröder inte far mer illa än nödvändigt?”

”På arbetstid, ja. Men nu är det natt. Du har gått fel, jag följer dej ut.” Maria motade honom före sig och låste dörren bakom dem. Hon ville absolut inte få in honom i huset. Precis när hon trodde att hon hade läget under kontroll och att hon enkelt skulle kunna lotsa ut honom på gatan igen, sjönk han tungt ner på trädgårdssoffan och blev sittande där med händerna för ansiktet.

”Jag tror inte att min kompis mår bra. Jag kommer hit för att få hjälp, en medmänniskas godhjärtade insats … och vad möts man av? Kalla handen. Det enda jag ber dej om är att du följer med mej och ser till han. Jag vet inte vad jag ska göra?” Mats röst sprack och han började gråta. Han snörvlade högljutt och snöt sig sedan i näven och smattade iväg snoret med en knyck på handleden. ”Jag vet inte vad jag ska ta mej till. Det är så konstigt. Han rör sej inte. Han svarar inte ens när jag skriker åt han."

"Okej, är det långt bort?"

"Bara fem minuter. Fem minuter av fruns dyrbara tid mot ett helt liv av tacksam dyrkan av hennes fina person." Mats reste sig upp och gjorde en så yvig gest att han nästan förlorade balansen. Han svajade oroväckande och hittade sedan tillbaka in i lunken. Med ena handen i de säckiga byxorna som höll på att glida ner lullade han iväg utför backarna. Maria följde efter längs de smala gränderna tills de stod framför ett litet hus där ytterdörren var kantad med klängrosor i guldgult. Över planket hängde ett flöde av blå klematis och i fönsterlådorna prunkade vita petunior och hänglobelia.

"Vem bor här?" Maria hade svårt att få ihop näpenheten med den vanvårdade mannen. Hon skulle snarast ha gissat på att han kvartat i en sopcontainer.

"Morsan, Ester, heter hon. Men hon är på Katarinagården. Jag ser efter stället åt henne. Kom in!"

"Har hon en rumskompis som heter Signe Nyvik?" frågade Maria.

"Javisst. En riktig surkärring och dottern är likadan. Stackars morsan."

Dörren var öppen. De klev genom en mörk hall och in i ett kök och sedan vidare i mörkret in i ett vardagsrum som stank av … Maria kände igen den sötaktiga lukten och skulle just vända sig om och rusa ut ur huset när Mats grep tag om hennes handled. "Du måste stanna och hjälpa mej, förstår du." Med den lediga handen tände den storvuxne mannen lyset. Skenet från lampan i vardagsrummet föll på en man som satt bredbent tillbakalutad i en fåtölj. Ansiktet gapade uttryckslöst. Läpparna var gulvita. Maria ryggade tillbaka inför den fasansfulla synen. Huvudet var nästan helt skiljt från kroppen. I samma stund blev hon medveten om att Mats med sin stora kroppshydda blockerade den enda vägen ut. En stor förskärare låg på golvet. Bladet var blodigt. Maria mätte avståndet dit. Sökte andra flyktvägar. Hon vågade inte se på den döde för att inte drabbas av panik.

”Jörgen har inte rört sej på flera timmar”, sa Mats bekymrad. ”Han svarar inte. Han verkar inte riktigt kry, eller vad tycker frun? Han ser lite ankommen ut.”

Maria tvingade sig att se på den döde. Det gulbleka ansiktet med de slutna ögonen tycktes mera grovhugget än på bild, men hon kände igen honom. Det var den de sökt, Jörgen Bredde, sjuksköterska på Katarinagården.

28

Maria rister till i kroppen när hon minns hans alkoholmättade andedräkt, stanken av sur svett och intorkad urin. ”Jag tänker på barnen, hela tiden tänker jag på barnen. Om de vaknar är de ensamma hemma. De vet inte var jag är. Ingen vet var jag är. Jag skulle bara vara borta några minuter. Minns inte ens om jag låste dörren om dem. Bit för bit lirkar jag med fyllot för att kunna komma ut och larma. Det är svårt. Han är ledsen. Vill krama mej och pussas. Kletigt. Han luktar så illa och jag är rädd. Riktigt rädd.” Hans ansikte så nära hennes. De trevande händerna på hennes kropp. ”Han är lynnig. Det är tvära kast mellan kärvänlighet och vrede. Jörgen sitter i stolen i vardagsrummet. Död. Huvudet är avskuret. Blodet. Så mycket blod! Jag vågar inte se på honom, för att inte förlora kontrollen. Jag vill ut. Mats blockerar dörren. Han är två meter lång, stark. Jag måste ta det försiktigt för att inte reta upp honom. Vara vänlig, men inte för vänlig så att han … ni förstår.” Maria lyfter blicken och ser ut över sina kollegor i konferensrummet.

”Vilken jädra mardröm. Du står där ensam med mördaren”, sa Per Arvidsson. Han har varit orolig, det syns på hans blick.

”Jag har aldrig känt mej så ensam. Mats låter mej inte ringa larmcentralen. Det blir bara en massa trassel och bråk, säger han och föreslår att vi ska gräva ner Jörgen i trädgården. Förslaget är absurt. Jag vill skrika rakt ut. Ta kommandot. Men då blir han hotfull igen. Samtidigt är det ett sätt att komma ut, att fly. Men tanken på att flytta kroppen utan huvud … jag tvekar.” Maria har svårt att hålla tårarna tillbaka. Alla är där. Ryktet om vad som hänt under natten har nått dem. Deras ansikten är fulla av medkänsla. Hon måste bita sig hårt i läppen för att återfå kontrollen. ”Nu är jag här.”

”Hur kom du ut?” Per kunde inte hålla inne med frågorna. Han iakttog henne spänt.

”Han tvärsomnade. Sjukt va? Han satte sej i dörröppningen och somnade som en gris. Jag fick kliva över honom för att komma ut. Så rädd att han skulle vakna till.”

”Du skulle inte ha följt med honom. Det var rent vansinne. Du borde ha bett om förstärkning!” Patrik lutade sig fram över bordet, anklagande.

Maria blängde tillbaka. Hon var för trött för diplomati och hon började bli duktigt irriterad på hans förmynderi. ”Mats hämtade mej, jag ställde upp som vilken granne som helst. Jag anser inte att jag var i tjänst och tänker inte begära någon övertidsersättning om det oroar dej.”

Patrik gav henne ett surt ögonkast tillbaka men sa inget mer.

”Mats har inte mördat Jörgen”, sa Erika, som också hon såg ut att ha sovit alldeles för lite. ”Jörgen Bredde har varit död i en dryg vecka, kanske två. Ek har hunnit kolla Mats Johanssons alibi.” Erika uppmanade honom med blicken, men Jesper Ek bad henne att fortsätta. ”Mats Johansson har varit inlagd på kirurgavdelningen för blödande magsår i nästan två veckor. Det var tydligen riktigt illa. Han var till och med på IVA en sväng. Under hela vårdtiden har han haft dropp. Alltså varit fjättrad vid sin droppställning utan möjlighet att ge sej av. Det intygar personalen. Först i går morse lämnade han sjukhuset.”

”Hur förklarar han att Jörgen fanns i huset?” undrade Hartman.

”De kände varandra från Katarinagården där Mats mamma ligger. Jag fick inte uppfattningen att de egentligen umgicks till vardags.” Ek gjorde en grimas. ”Ärligt sagt var Mats Johansson inte helt lätt att förhöra. Han fastnade och saggade om och missförstod frågorna. Jag gör ett nytt försök när han sovit ruset av sej.”

”Ester Johansson?” Maria hade sett namnet på beläggningslistan. Ester delade rum med Signe Nyvik. Kvinnan som anmälde Jörgen.

Hartman bekräftade. ”Jörgen kan ha hört Ester och Mats prata om var nyckeln till huset låg. Enligt Mats brukade den ligga under en sten vid ingången. Om Jörgen tänkte hålla sej undan, om han var rädd för att Malva skulle berätta om våldtäkten och koppla in polisen, behövde han någonstans att ta vägen. Han räknade säkert med att få påhälsning av polisen hemma hos sej.”

Ek fortsatte. ”Jörgen hade sin mobil på sej. Jag bad Telia om en samtalslista. De skickade den precis. Jörgen har ringt en resebyrå. Antagligen tänkte han fly landet. Men någon hindrade honom.”

”Vet vi något mer om mordvapnet? Fanns det fingeravtryck?” Tomas Hartman vände sig till Erika igen, men Maria svarade.

”Jag såg kniven. En stor förskärare på golvet i vardagsrummet. Mördaren hade inte ens besvärat sej med att torka bort blodet. Därför tog jag för givet att det handlade om ett fyllebråk, och att Mats dödat honom. Jag tyckte att det var så uppenbart.”

”Jag ska ta mej an kniven under dagen och se om det finns några fingeravtryck.” Erika knep med ögonen som tårades av trötthet. Två mordutredningar parallellt. ”Vi behöver förstärkning på den tekniska sidan, Tomas. Det tar för lång tid. Utredningen av Nina Erikssons död kommer att få stå tillbaka. Det finns en hel del fynd från mordplatsen vi inte har gått igenom. Det kan vara värdelöst skräp eller föremål som leder oss till mördaren. Det tar tid att skaffa fram bevis som håller i rätten. Kvalitet tar tid.”

Marias blick fick en ny skärpa. ”Och Jonatan? Är han fortfarande misstänkt?”

Patrik gav Tomas en avvärjande blick, men han valde att svara. ”Även om vittnet på Almedalshotellet tyckt sej se en kvinna är Jonatan Eriksson inte helt avskriven. Han hade motiv och möjlighet. Men vi har inte funnit något som direkt binder honom till brottet. Det är vad vi gått ut med till medierna och mer kan jag inte säga.”

"Ninas gamla polare då?" frågade Maria samtidigt som hon tänkte febrilt, för trött för att hålla den förbjudna tanken borta. Hängde det ihop? Kunde Jonatan vara skyldig till mordet på Jörgen Bredde? Kunde de ha träffats förut, arbetat ihop som läkare och sjuksköterska? Jörgen kanske visste något som Jonatan ville att han skulle hålla tyst om. En medicinsk miss? Nej, hon fick inte låta tankarna skena iväg.

"Jag tror att vi har fått tag på de flesta av Ninas kompisar. Nina kan ha träffat Mats. Dår-Uffe och Mats kände varandra. Så det är inte omöjligt att Nina kände honom. Det finns en möjlighet att de båda morden har samma gärningsman eller kvinna. Jag kommer att sitta som förundersökningsledare i båda fallen och jag tycker det är lämpligt att du, Maria, hålls utanför med tanke på din vänskap med Jonatan Eriksson. Vi har inte råd med en jävsituation även om jag tror att du skulle agera korrekt. Jag vill att du fokuserar på Malva Pihlgrens försvinnande och att du fortsätter utreda den anmälan om sexuellt övergrepp som gjordes av Signe Nyvik. Ledsen Maria, men nu när vi fått ditt vittnesmål måste jag be dej lämna rummet."

"Jag förstår." Hon reste sig håglöst upp. Det kändes inte bra. Men hon förstod nödvändigheten i det.

När hon var på väg upp till sitt rum på övervåningen började en oroväckande tanke ta form. Om de båda morden hörde ihop, vad var då den gemensamma nämnaren? Hämnd? Jonatans fru hade skadat Blenda Pihlgren för livet. Jörgen hade förgripit sig på henne. Malva var försvunnen. Fanns det en möjlighet att ett flickebarn på sexton år skulle kunna ha begått morden? Tanken svindlade när Maria tänkte på att Emil hade hållit henne gömd. Båda morden såg ut att ha skett i vrede, i hastigt mod. Maria måste få tag på Malva om hon så skulle arbeta dygnet runt. Inte minst för Emils skull. Han var förälskad och förtvivlad. Så sårbar. Vad skulle hända om Malva kom tillbaka? Maria försökte dämpa sina vilda fantasier och hålla rädslan på avstånd. Hon måste tänka systematiskt och agera lugnt.

Tidigt på morgonen hade hon pratat med Emil, innan han gick till skolan. I så skonsamma ordalag som möjligt berättade hon vad som sagts på nyheterna om övergreppet på en av patienterna på Katarinagården. Reaktionen uteblev inte. Först en min av äckel och misstroende och sedan kom vreden.

”Gjorde han det med Malvas mamma? Jag skulle kunna döda honom. Jag tycker att han ska dö!”

Maria ville att de skulle prata om det som hänt i lugn och ro, men Emil var inte mottaglig. ”Lova att du berättar för mej om Malva hör av sej. Jag måste få veta det”, sa Maria. Hon ville inte släppa iväg Emil i den stämning han var, men tiden fanns inte att lindra och mildra. Han skrek åt henne att låta honom vara. Hon följde honom med blicken tills han försvann bortom gamla brandstationen. Det var plågsamt att inte kunna nå honom. Efter skolan måste hon försöka fånga upp honom direkt.

Maria stirrade tomt ut genom fönstret på sitt arbetsrum. Om motivet till morden i båda fallen var hämnd, men Malva var oskyldig. Var hamnade man då? Mikael Pihlgren hade samma starka motiv att dräpa både Nina och Jörgen. Den tanken kändes rimligare. Mikael skulle ha styrka nog att göra det, han var labil nog att göra det i sin vrede. Men han hade varit på fastlandet i affärer när Nina blev ihjälslagen. Mikaels alibi måste kartläggas noggrant. Maria var övertygad om att Tomas Hartman skötte utredningen på bästa sätt, ändå var det frustrerande att inte kunna kontrollera att allt var gjort. De var ett sammansvetsat team. Att stå bredvid var oerhört irriterande.

Dörren till Marias rum öppnades. Sekreteraren såg urskuldande ut.

”Det är en dam nere i receptionen som söker dej. Jag måste bekänna en sak. Hon sökte dej redan i torsdags, men då var du ute, och jag var ledig i fredags. Kan du ta det nu? Det gäller Malva Pihlgren.”

29

Malvas lärare Hedvig Nyvik reste sig omedelbart när Maria kom ner till receptionen. Kinderna var rödfläckiga och kroppsrörelserna knyckiga av anspänning. Hon tappade handväskan när hon tog av sig glasögonen, och när hon tog upp den tappade hon glasögonen.

”Vi har visst träffats förut. Hos din mamma på Katarinagården, eller hur? Kom så går vi upp till mitt rum där vi kan tala ostört.” Maria visade läraren vägen upp för trappan. De slog sig ner vid skrivbordet. Dagsljuset skar in genom fönstret. Maria riktade om persiennen. ”Du ville prata med mej om Malva Pihlgren.”

”Som lärare känner jag ett ansvar. Jag såg hennes bild i tidningen i torsdags och tänkte att jag borde höra av mej. Jag har varit i kontakt med hennes pappa flera gånger, men jag är inte säker på att det når fram till polisen.” Hedvig tystnade och sökte orden. ”Han mår inte bra. Särskilt inte sen han fick veta vad hans fru har utsatts för. Det är så fruktansvärt, man finner inte ord för det. Det fanns liksom inte i min föreställningsvärld att såna saker kunde hända på ett sjukhem.”

”Nej.” Maria höll med. Under de år hon arbetat som polis trodde hon sig ha mött det mesta, men det här låg bortom alla tidigare erfarenheter. Det hade varit svårt för Signe Nyvik att få gehör för sina iakttagelser. Obehagliga saker tystas ner. ”Upplever du din mamma som helt klar och redig?”

”Ja, men när hon berättade om våldtäkten började jag undra om inte hennes omdöme hade börjat svikta. Hon är ändå till åren. Det var en så otrevlig sak att höra, jag trodde att hon sett fel. Jag ville inte tro det. Jörgen har alltid varit så … korrekt. Stel och tystlåten, men alltid artig och oklanderlig. Inte så tillmötesgående som syster Gloria, men det är ingen. Hon är helt enastående. Det var väl därför jag protesterade. Jag ville inte att det fina arbete hon gör för patienterna skulle fläckas av ett ogrundat rykte. Förstår du hur jag menar? Det är en så allvarlig anklagelse. Det finns bara sant eller falskt, rätt eller fel. Antigen hände det, och det är vidrigt, eller också hände det inte. Och då är anklagelsen fruktansvärd. Det finns bara ja och nej. Inget kanske.”

”Det är sant. Och man vill inte vara en del av anklagelsen innan man säkert vet, är det så du menar?” Maria lutade sig framåt. ”Har du några tankar kring Malvas försvinnande?”

”Jag har tänkt så mycket på henne. Var kan hon vara? Jag har frågat alla mina elever från i våras. Ringt upp dem. Hon var mobbad och flera av hennes före detta klasskamrater har uttryckt ånger över det.”

”Har du någon särskild fundering kring var hon kan tänkas hålla hus?” Maria hade fått den bestämda känslan att läraren hade något viktigt att säga.

Hedvig skruvade lite på sig. ”Malva fick inget sommarjobb. Hennes pappa reser mycket och hon är ensam. När vi skulle skiljas åt vid terminens slut föreslog jag att hon skulle börja med teater. Teater är utmärkt social träning för blyga elever. Jag har under min yrkesverksamma tid sett åtskilliga exempel på det. Det är utvecklande att ta ett steg ur sej själv och kliva in i en annan roll där man kan experimentera med nya sätt att vara. En härlig kollega till mej, Adela Rehn, berättade att hon skulle vara med i ett vampyrlajv i Sankt Clemens ruin över sommaren. Det tyckte jag lät utmärkt. Syster Gloria är också med där, sa Adela, så jag bad Gloria att ta med Malva. Det gjorde hon, fast ganska motvilligt, ska jag säga. Malva skulle få spela Dorotea av Kappadokien. Jag frågade Gloria så sent som i förra veckan hur det gick, och hon sa att Malva fungerade fint i gruppen. Det gladde mej verkligen."

Maria försökte att inte visa hur förbryllad hon blev av upplysningen. Gloria hade ljugit när hon sa att ingen av dem som arbetade på Katarinagården hade sett Malva sedan den ohyggliga onsdagskvällen.

"Är du säker på att Gloria tog med Malva till Sankt Clemens?"

"Absolut säker. Adela sa det. Men Gloria är väldigt tillknäppt om sitt privatliv. Jag tror inte att någon av de andra på Katarinagården vet att hon spelar vampyrteater, det skulle liksom skära sej lite med rollen som ängel." Hedvig log och visade en rad jämna tänder. Leendet dog ut och munnen fastnade i en häpen min. "Har inte Gloria berättat det för dej? Har ingen av vampyrlajvarna hört av sej till er fast Malvas försvinnande har varit ute i tidningen med bild och allt? Vet du, jag hade det på känn! Jag vågade inte lämna det åt slumpen. Alla tänker att någon annan ska höra av sej till polisen och så händer det ingenting. Det var därför jag kom hit. De har spelat teater flera gånger i veckan och hon har varit där."

"Ingen av dem har hört av sej. Jag är mycket tacksam för att du kom hit och berättade det." Maria tänkte på vad Emil sagt. Plötsligt föll en pusselbit på plats. Malva hade varit utklädd sista natten han såg henne. Vitsminkad i ansiktet med röda läppar. Sminkad till vampyr.

"För att spara tid har jag med Adelas hjälp gjort en lista på de personer som är med i teatergruppen. Adela är förkrossad över att Malva är försvunnen. Skaparen av Wisby by night heter Botel Hellsten. Han studerar osteologi och arbetar på länsmuseet. Det är min systerson. Jag visste inte att han var med i den här teatergruppen." Hedvig såg bister ut.

"Jag är oerhört tacksam för din hjälp." Det var en lättnad att det fanns ett nytt spår att gå på när andra möjligheter tycktes uttömda. "Jag ska ta tag i det här direkt."

Hedvig tvekade. "Jag som var så rädd att du skulle tycka att jag la mej i och att jag var fröken duktig. Men jag har varit så fruktansvärt orolig för flickan. Hon är för vacker för sitt eget bästa och hon ser äldre ut än vad hon är. Det var därför jag övertalade henne att börja med teater. För att hon skulle hinna bli lite äldre och lite klokare innan hon mötte de riktiga fulingarna. Malvas klass var min sista. Jag har precis fått ett politiskt uppdrag som ordförande i utbildningsnämnden. Det har länge varit en dröm att få förverkliga de visioner jag har skaffat mej under alla år som lärare." Hedvig log och lutade sig nöjd tillbaka. "Är det något jag kan göra, så tveka inte att säga till. När det gäller Malvas pappa har jag sagt åt honom att han kan höra av sej när han vill, om han behöver någon att prata med. Han mår som sagt inte alls bra."

"Det är fint att du ställer upp. Mikael behöver det säkert." Maria kände en stor lättnad. Det gick inte långa stunder utan att hon tänkte på Mikael och den fruktansvärda situation han befann sig i. "Vet du när nästa lajv blir?" sa Maria medan hon ögnade igenom listan.

"Det bestäms från gång till gång. De annonserar knappast ut det i tidningen. Jag tror de har kontakt med varandra på nätet. De som är med i lajvet får en kod att slå in och på det sättet får de tillgång till information. De vet inte ens vad alla de andra heter på riktigt, säger Adela. De känner varandra som rollfigurer. Ledaren kallar sej Atsur. Jag skrev ner adressen till hemsidan nederst på listan."

När Maria följt Hedvig Nyvik ner till receptionen ringde hon upp länsmuseet. Botel Hellsten var för stunden inte på plats, men förväntades komma efter lunch då han hade en guidad tur. Receptionisten ville inte lämna ut hans kontaktuppgifter på telefon. Maria beslutade sig för att gå ner till Fornsalen. Hon ögnade snabbt igenom rollistan igen. Gregorius – var det inte så Björn hade kallat sig? En gråbroder som levde i fattigdom och kyskhet. Han hade sagt att han spelade amatörteater, var det en slump? Maria ville verkligen inte att Björn skulle vara inblandad i den här härvan. Om Björn spelade munken Gregorius med övertygelse kanske han också kunde spela förälskad brandman i verkliga livet. Kunde hon lita på honom? Gloria av Brandenburg var överstruken med rött bläck och i stället stod det Glorius av Azincourt. Maria tog upp mobilen ur byxfickan. Gloria svarade på första signalen, som om hon suttit och väntat på ett telefonsamtal.

"Det är dags att tala sanning, Gloria. Förstår du hur oroligt det är för Malvas pappa att inte veta var hon är?"

"Jag hoppades att någon av de andra ... att Botel skulle ..."

"När såg du henne senast? Jag vill veta sanningen!" Maria kände vreden hetta i kinderna.

"Natten mellan tisdagen och onsdagen förra veckan. Vi har lajvat en gång till sen dess, nu i helgen, men då kom hon inte." Gloria drog efter andan. "Förlåt, jag vet inte vad som tar åt mej. Jag blir så rädd. Allt är så sjukt. Jag vet att jag borde ha sagt som det var ... men det blev inte så."

Maria hade god lust att skälla ut henne. Skrika åt henne att hon var en jäkla egoist som bara tänkte på att slippa obehag och besvär. Hon kunde se Mikaels uppjagade ansikte framför sig. Varje ord om Malva var livsavgörande för honom och Gloria hade bara struntat i det. Nästa tanke var att det inte stämde. Gloria var sköterskan som verkligen brydde sig om patienterna. Maria fick inte ihop det alls.

"Hallå, är du kvar?" Glorias röst var ängslig nu.

"Jag är kvar. Hände det något särskilt den sista gången Malva var med?"

"I lajvet, menar du?" Gloria sänkte rösten. Maria antog att någon just kom in på sköterskeexpeditionen. Lajvet tillhörde privatlivet. Hedvig hade sagt att Gloria inte ville blanda privatliv och jobb.

"Jag vill veta allt. Jag vill veta vad som hände Malva och var du tror att hon är."

"Jag har ingen aning om var hon finns nu. Men i själva rollspelet var hon Dorotea. En jordbunden vampyr. Hon delade dubbelgrav med Atsur. Dorotea skulle begravas för att återuppstå som vampyr. Alltså inte på riktigt. Allt är teater. Fråga Atsur. Jag var inte kvar till slutet. Jag vet inget mer. Du måste tro mej!”

30

Medan Maria väntade på Botel Hellsten vid informationsdisken på Fornsalen bläddrade hon i en intressant bok som hette *Kvinnfolki – en helt annan historia*, om den gotländska kvinnans status och möjlighet till försörjning under en tid när rättspraxis skilde sig stort åt mellan Gotland och fastlandet. Hon såg på klockan. Guidningen skulle börja klockan två. Hon funderade över det Gloria berättat om lajvet. Maria hade bett att få höra varenda detalj. Maria gick fram till informationsdisken, visade upp sin legitimation och frågade om Botel hört av sig.

”Botel? Han har ringt och sjukanmält sej. För bara några minuter sen. Jag blev också förvånad. Han har inte varit sjuk en dag sen han började. Men magsjuka kan komma så hastigt.” Kvinnan log urskuldande. ”Jag har satt upp en lapp på dörren att den guidade turen är inställd.”

”Då vill jag att du hjälper mej med hans adress och telefonnummer.” Maria kände otåligheten krypa i kroppen.

”Men han är ju magsjuk!”

”Det hindrar väl inte honom från att ha en adress och ett telefonnummer. Jag skulle inte be om det om det inte var mycket angeläget.”

”Botel har särskilt bett om att vi inte ska lämna ut hans telefonnummer. Han arbetar natt och vill inte bli störd. Men jag ska se vad jag kan göra.”

”Kan jag hjälpa till med något?” En äldre man, huvudet högre än Maria, stod alldeles bakom hennes rygg. Han hade skägg, vit skjorta, röda hängslen och ett charmigt leende. Han såg vänligt på henne genom sina runda glasögon. "Jag hörde att du sökte Botel, vår osteologistuderande. Du är från polisen, stämmer det?" Mannen tog i hand och presenterade sig som länsantikvarie.

Maria bekräftade.

"Kan vi gå lite avsides in på kontoret så att vi kan tala ostört", föreslog han. "Jag antar att du söker honom angående dubbelgraven i Sankt Clemens." Han visade på en ledig stol och satte sig sedan själv på andra sidan skrivbordet som var överbelamrat med böcker, papper och pärmar.

"På sätt och vis." Det var där Malva senast setts. Gloria hade berättat att hon skulle begravas i en dubbelgrav och uppstå som odödlig vampyr. Det lät inte ofarligt.

Länsantikvarien såg henne allvarligt i ögonen. "Jag befarar att Botel inte ligger hemma i magsjuka. Jag är beredd att slå vad om att han gett sej av till Roskilde. Kanske redan i morse. Det är möjligt att han ringde sej sjuk därifrån."

"Varför tror du det?" Maria blev för ögonblicket ställd. Hade Botel hört att polisen var på väg och hunnit fly?

"Grabben skriver sin D-uppsats i osteologi om Sankt Clemens. Han är helt besatt av vad som hände paret som ligger i dubbelgraven." Länsantikvarien berättade kort om det mord som begåtts på 1100-talet och om de rön man hade om den artonåriga kvinnan och den medelålders mannen som på ett så brutalt sätt blivit nedhuggna. "Botel Hellsten har gått för långt när han på eget bevåg, utan Riksantikvarieämbetets medgivande, har öppnat graven."

"Har du själv varit i ruinen och sett det?" Maria kände ilningar efter ryggraden. "Var graven uppbruten?"

"Jag vet inte ännu. Jag var på väg dit när jag hörde att du frågade efter Botel Hellsten."

"Men hur vet du då att graven är öppnad?" Maria var beredd att omedelbart ge sig dit.

”Jag blev precis uppringd av en kvinna som arbetar på ett laboratorium i England. Botel har skickat två hörntänder för DNA- och strontiumanalys. Hon tyckte att det var märkligt eftersom hon bara för något år sen genomförde de här analyserna på uppdrag av en dansk arkeolog i Roskilde. Hon ringde först till Botel och sen i dag till mej. Den danske arkeologen lät aldrig publicera resultaten. Han dog i en hjärtinfarkt medan han skrev på sin avhandling. Jag antar att Botel just nu söker upp hans anhöriga för att få ta del av hans material. Det skulle jag ha gjort.”

Maria försökte förstå den märkliga vändningen. ”Vad du menar är att han just nu försöker lösa ett mord som inträffade på 1100-talet? Jag sökte honom i ett annat ärende, Malva Pihlgrens försvinnande. Botel var troligen den siste som såg henne. Just där, just vid dubbelgraven, i en ceremoni för att göra henne till vampyr. Det är ett rollspel de håller på med på nätterna. Han skulle tömma henne på blod och dela med sej av sitt eget. Jag hoppas att det bara var teater.” Maria förklarade kopplingen mellan Botel och Malva. ”Visste du att han höll på med vampyrlajv på nätterna?”

Länsantikvarien skakade bekymrad på huvudet. ”Jag har tyckt att han såg utvakad och glåmig ut. Men jag trodde att det berodde på uppsatsen.”

”Jag skulle vilja spärra av ruinen. Våra tekniker måste få tillgång till området. Har du tid att följa med nu direkt? Tillsammans förstår vi mer.”

De gick in genom Hotell Sankt Clemens entré via innergården till ruinen. Den första delen hade trägolv och var uppbyggd som en scen. Resten av marken i ruinen var gräsbevuxen. Gravstenar stod lutade mot stenväggen. Genom de tre höga fönstervalven silade solljuset in. Himlen ovanför var klar och blå. En vilsen duva flaxade upp mot muren när de kom närmare. Till höger kunde de se in i det som en gång varit vapenhuset.

”Vi har haft en uppsättning av Ronja Rövardotter här under sommaren. Och tydligen har vi hyst ett annat teatersällskap nattetid utan att vi vetat om det. De har aldrig skräpat ner eller förstört något.” Ägaren till hotellet såg sig omkring. ”Där, mitt i klosterruinen, finns graven. Jag gick och tittade efter när ni hade ringt. Någon har flyttat på stenen och lagt tillbaka den igen. Grästuvorna är avslitna. Det syns tydligt här i kanten.”

”Det är jord. Den är fuktig.” Maria Wern hade med kort varsel fått med sig Haraldsson och Erika Lund till ruinen. Det var här Malva sist varit synlig och även om det bara var teater sa de att hon hade blivit begravd i dubbelgraven. Var det på riktigt?

”Själva gravmonumentet har varit försvunnet sen 1912. Ingen vet egentligen vilka som låg där.” Länsantikvarien kliade sig i skägget. ”Ni tänker väl inte att flickan … hon som försvann … ligger där?”

”Vi vågar inte låta bli att kontrollera det.” Maria mötte hans blick. ”Vi måste öppna graven.” Hon tänkte på Malvas pappa och på Emil. Det fick inte vara så! Om graven var tom kunde hon fortfarande vara vid liv. Sex dagar hade nu förflutit sedan någon sett flickan. Maria mindes Malva så som hon sett ut på Lilla Karlsö. Det glada bruna håret som dansade på ryggen, de uttrycksfulla ögonen, det livliga kroppsspråket. Hon fick inte vara död. De måste hitta henne levande.

Haraldsson och Erika Lund ställde sig på samma sida med varsitt järnspett och bände och bröt tills de fick upp blocket på kant. Sedan hjälptes de åt alla fyra och la stenblocket åt sidan. Ljuset fyllde stenkistan.

Maria kände att hon ville gråta av lättnad. Malva fanns inte där! Graven var i det närmaste tom. Det innehöll bara två uråldriga kranier. Länsantikvarien lyfte varsamt upp det mindre av dem.

”Så där var de. Båda hörntänderna saknas i överkäken. Tur att man inte är vidskeplig. Annars skulle jag tänka att någon dragit ut vampyrtänderna på dem.”

”Var finns resten, själva kropparna?” frågade Maria. Hon började redan tänka i nästa steg. Lajvarna måste höras. Allihop. Snarast.

”I ett arkiv på fastlandet. Olika forskare har varit intresserade av olika aspekter av graven. Man skulle önska att alla var lika ordningsamma som den som lagt skallarna tillbaka på plats.” Länsantikvarien plockade försiktigt upp även den andra skallen. ”Likadant här på mannen. Hörntänderna saknas och Botel Hellsten saknas han med. Det bär mej emot, men jag måste göra en anmälan om det här.”

”Han är inte i sin bostad, så han kanske har rest till Roskilde. Vi har pratat med våra kollegor i Danmark”, sa Haraldsson. ”Botel Hellsten är efterlyst nu.”

31

Med hjälp av Wisby by nights hemsida hade Maria Wern lyckats kalla samman deltagarna till rollspelet i polishusets konferensrum. En masskallelsedag där alla tillgängliga poliser fick hjälpa till med förhören. Stämningen var tryckt. Ek prickade av dem på listan när de visade legitimation. Maria iakttog dem utan att riktigt veta vad hon förväntade sig att få se. De flesta verkade besvärade, nästan blyga. Ingen sa något utom när de blev uppmanade att svara. Tystnaden var tryckande.

Maria såg honom redan på långt håll. Gregorius alias Björn Bergström var nästan huvudet längre än de andra. Enligt listan skulle han förhöras av Per Arvidsson. Det var en lättnad. Gotland är litet, nästan alla känner alla. Det kan vara ett problem i förhörssituationer. Nu behövde hon inte be någon att byta. När Björn passerade henne snuddade hans hand vid hennes. Hon såg upp i hans ansikte, en evighetssekund. ”Kan vi ses?” viskningen var knappt hörbar.

Maria skakade på huvudet. Som det hela utvecklat sig fick de inte ha någon kontakt alls medan utredningen pågick. Hon hoppades att han förstod det. Hon försökte fånga hans blick igen, men han såg det inte. Och samtidigt kom de onda aningarna. Varför hade inte Björn hört av sig och berättat att Malva var med i lajvet? Varför hade ingen av dem gjort det?

Gloria av Brandenburg alias Glorius av Azincourt kom sist. Det röda håret gnistrade i flera nyanser. Jesper Ek stirrade som om han sett ett spöke och tappade pennan i golvet. Han tog inte upp den, han reste sig och fattade om Glorias axlar och såg på henne med sådan intensitet att Maria övervägde om hon skulle bryta in. Vad var det här?

”Du? Du är alltså vampyr?” Han släppte henne och tog ett begrundande steg bakåt när han kände de andras blickar. Sedan log han illmarigt. ”Sen du bet mej i halsen har jag tyckt att håret på händerna har blivit lite svartare.” Det var knappt en viskning, men Maria hörde vad han sa.

Gloria såg skrämd ut. ”Jag vill inte att vi ses mer.” Hon vände honom ryggen och sökte skydd i flocken.

”Jag håller med om det”, sa Maria och föste omilt Jesper Ek mot dörren. ”Om ni känner varandra vill jag att du skickar in Haraldsson i stället. Nu! Han tar över listan.” Hon följde Ek i riktning mot dörren tills de kom utom hörhåll. ”Är det hon!” Maria kunde inte riktigt ta in det – syster Gloria och Jesper Ek! ”Är det henne du träffar?”

Ek svarade ja, utan omsvep. ”Jag måste prata med henne. Måste! Fattar du inte det Maria? Hon är mitt livs kärlek. Min Uppenbarelse, min hägring i öknen.” Eks poetiska svada var på gränsen till komisk. Maria hade svårt att ta honom på allvar.

”Jag förstår mer än du tror, men du är vuxen och har ett arbete att sköta.” Maria kunde inte låta bli att le fast hon ville vara allvarlig. ”Ärligt sagt känns det här väldigt inkokt. Men det kan vi ta sen. Vi har ett digert arbete framför oss. Du håller ställningarna där ute. Jag kommer att ta mej an Gloria av Brandenburg. Så du vet.”

Efter en kort sammanfattning, där Maria Wern berättade att Malva Pihlgren varit försvunnen sedan natten mot onsdagen, ombads de kallade att inte samtala med varandra innan de lämnat vittnesmål. Maria bad Gloria följa med till ett av förhörsrummen. Det var tydligt att hon inte alls kände sig bekväm med situationen. Hela tiden sneglade hon över axeln för att få en skymt av Ek, eller för att undvika honom. Maria var inte säker på vilket.

”Jag har redan sagt allt jag har att säga. Kan jag gå nu?” Hennes min var avvisande. Armarna hårt lindade runt överkroppen.

”Vi har inte ens börjat”, sa Maria och lutade sig bekvämt tillbaka för att visa att hon tänkte avsätta mycket tid för förhöret. Att ljuga för en polis ger ingen påföljd, bara att ljuga i domstolen. Men det tänkte hon inte berätta för Gloria. ”Vi tar det från början. När träffade du Malva Pihlgren för första gången? Jag vill att du betänker att oriktiga uppgifter och undanhållande av fakta kan få allvarliga konsekvenser.”

Gloria kröp ihop som om hon frös. ”Tror ni att hon är död, att någon har tagit livet av henne?”

”Vi försöker ta reda på vad som har hänt. Jag vill ha din hjälp. När sågs ni?”

”Jag såg henne redan första dagen när hennes mamma flyttades till avdelningen på Katarinagården från lasarettet. Det är snart en månad sen.” Gloria sökte i minnet och hennes blick blev inåtvänd och dimmig. ”Det var mycket kring det medicinska. Jag behövde lära mej respiratorn och maskinen som ger sondvälling och syrgasen. Det var länge sen vi hade en patient med syrgas. Jag hann inte tala så mycket med de anhöriga just då. Men Malva har kommit varje kväll sen dess och jag känner verkligen med henne. Det är en mardröm. Jag har mest lyssnat, och låtit henne prata. Vad säger man till någon som har förlorat så mycket?”

”Var det du som tog med henne till vampyrlajvet?” Enligt Hedvig Nyvik var det så, men Maria ville få det bekräftat av Gloria.

”Ja. Malvas lärare hade fått veta av Adela att jag var med i lajvet. Jag ville inte att någon på jobbet skulle veta om det. Jag behöver ha min fritid och mitt privatliv skilda från arbetet om jag ska orka. Jag var väldigt tveksam, men Hedvig Nyvik stod på sej och jag var tvungen att acceptera det för att få tyst på henne. Hon pratade så högt inne på salen. Alla kunde höra det. Hon sa att det skulle hjälpa Malva, och jag tyckte ju så synd om henne, så jag tog med Malva till Sankt Clemens. Hon kunde ju ha bett Adela, men hon bor ju på landet och jag i stan, så det var enklare för mej att möta upp Malva innan. Det var allt. Sen var mitt uppdrag slut." Gloria såg på klockan och trampade oroligt med ena foten i golvet.

"Uttryckte Malva själv någon önskan att vara med på teatern, verkade hon angelägen?" Maria visste inte säkert själv vad hon sökte, hon bara hoppades att något skulle dyka upp. En ledtråd, något att nysta vidare i.

"Hon var mobbad och behövde någonstans att ta vägen. Det sa Hedvig Nyvik. Det var inte jag som tog hand om henne. Det var Adela."

"Vad hände under själva teatern, runt Malva, blev hon accepterad?"

Gloria skrattade till, ett kort och konstlat litet skratt. "De åt nästan upp henne. Jag tror inte någon var oberörd. Hon ser fantastiskt bra ut. Fast hon var tystlåten påverkade hennes närvaro hela gruppen. Hon fick all uppmärksamhet. Atsur blev helt förhäxad. Han ändrade hela lajvets historia och allt det vi kommit överens om för att ge henne en position som biskop. Det är klart att vi blev förbannade. Hon förstörde ju allting! Fick allt det vi andra kämpat för – bara gratis."

"Och du fick en annan roll." Maria bekräftade Glorias vrede, härmade tonfallet och gick med i affekten. I bästa fall skulle det löna sig.

"De år vi har hållit på har jag kämpat för min position, byggt allianser, varit strategisk och så plötsligt slås fötterna undan och jag blir ett offer för inkvisitionen och får återkomma i en roll som tjänare. Men så går det till, och de känslor man får i lajvet ska stanna på scenen. Därför pratar vi alltid ut efteråt om det har inträffat något. Atsur och jag hade ett samtal. Jag sa åt honom att han var alldeles för gammal för Malva, att hon måste tycka att han är en gubbe, och att han inte skulle tro något annat."

”Hur reagerade han på det?” Maria förvånades av Glorias uppriktighet. Det kändes i alla fall som om hon talade sanning nu.

”Han sa att jag hade helt rätt, Malva borde aldrig ha kommit. Det förstörde allting. Gregorius och Atsur har blivit ovänner för hennes skull, för Gregorius tyckte att han skulle lämna henne ifred. Att det gick för långt.”

”På vilket sätt?” undrade Maria.

”Atsur stötte på henne. Helt öppet. Inte bara på scen. Laurentius och Benedikt blev också betuttade, men höll en lägre profil. Var är Atsur? Han är inte här.”

”Det stämmer”, sa Maria. Hon ville inte lämna fler upplysningar än nöden krävde när det var oklart vem som var offer och vem som var skyldig. I samma stund slog det henne att Botel kunde vara nästa offer lika väl som gärningsman. En otäck känsla bara. De måste få tag i honom.

”Jag funderar lite över tatueringen Malva har. En ormgudinna?”

”Viola är tatuerare. Vi är en grupp tjejer som bär den till minne av modergudinnan och det hon står för.”

”Vilka är med i den gruppen?” undrade Maria.

”Adela, Kristina, Ödgerd och jag. Vi lät Viola tatuera in symbolen. Malvas tatuering kommer att nötas bort. Hon har ju inte fyllt arton år ännu. Vår strategi var att vi skulle ta över makten och visa vår sanna natur som döttrar av livet. Atsur tror att Viola är en allierad, men hon hör till oss. Malvas inträde och hennes upphöjelse till biskop förstör den position Viola byggt upp i rådet kring Atsur. Man måste tänka sej noga för innan man tar med en ny person i ett lajv. Det är ett spel som bygger på strategi och intelligens, inte på känslor. Vi kunde inte ana att det skulle bli så här. Adela ångrar att hon ens kom på tanken att berätta om lajvet för Malvas fröken. Det är oändligt synd om Malva, men samtidigt är det något hos henne som gör folk förbannade.”

Maria hade inte fått den känslan. ”Hur menar du?”

”Det blir så fel när man sätter ord på det, så fult.” Gloria rodnade och bet sig i underläppen. ”Det är en känsla av otillräcklighet.”

”Hon får dej att känna att du är otillräcklig.” Maria upprepade det högt i väntan på en fortsättning som aldrig kom.

”Ja”, sa Gloria motvilligt. ”Hon är alltför perfekt.”

”I vilken mån används våld i spelet?” Det handlade uppenbarligen om maktstrider, men vilka var medlen?

”Inte alls. Det står till exempel i reglerna att böghögar är förbjudna. Det är typ när alla kastar sej över en person och tömmer offrets blod i hungerfrenzy. Då kan någon bli skadad på riktigt. Spelets konflikter avgörs med hjälp av sten-sax-påse. Men Gud förbjude, aldrig på scen utan offlajv.”

”Vad tror du själv kan ha hänt Malva?” Maria lutade sig längre framåt. Gloria hade inte en chans att låta blicken glida ut genom fönstret.

”Frågan är väl om något har hänt henne, eller om hon håller sej undan efter vad som har hänt.” Gloria sökte samförstånd. ”Vad skulle du själv ha gjort om du var Malva och det var din mamma som blivit påkörd och sen utsatt för övergrepp?” Gloria knep med ögonen och strök undan en tår med handens baksida. ”Vet du, om det var min mamma skulle jag vilja döda dem som gjort henne illa. Skulle inte du?”

”Den tanken finns nära till hands. Eller att någon hjälpt henne…” Maria gjorde en kort paus. ”… någon som stod henne nära. Jag skulle vilja att du så exakt som möjligt försöker minnas vad du gjorde torsdag och fredag natt för snart två veckor sen?”

”Skulle jag ha slagit ihjäl rattfyllot och Jörgen, menar du?” Gloria himlade sig. ”Det är möjligt att det skulle göra världen till en bättre plats, men jag tror inte på dödsstraff.”

”Det är en rutinfråga. Du får gärna se efter i din almanacka vad du gjorde.”

”Jag sov i min egen ensamma säng. Kan jag gå nu?”

”Finns det någon som väntar på dej?” Maria kunde inte låta bli att fråga.

”Nej, det gör det inte. Jag vill inte ha med Jesper Ek att göra. Säg det till honom. Hör han av sej anmäler jag det som ofredande.”

32

När Gloria lämnade förhörsrummet var hon djupt skakad. Vad hade hon sagt, egentligen? Något hos Maria Wern hade fått henne att sätta ord på sådant hon inte ens hade formulerat för sig själv. Den lättväckta känslan av otillräcklighet. På flera sätt. Som sjuksköterska var det hennes uppgift att trösta, men Malva hade varit otröstlig. Hennes pappa hade svikit henne. Det svarta hålet var för djupt för att Gloria någonsin skulle kunna kompensera förlusten. I stället för medkänsla väckte det helt irrationellt ett avståndstagande. För sig själv kunde hon för första gången erkänna att hon inte orkat med Malvas lidande, för det väckte lidandet i henne själv. När hon sedan fick veta att Malva var mobbad blev det för mycket. Gloria kände irritationen komma och en förlamande känsla av meningslöshet. Kanske var hon närmare att gå in i väggen än hon själv hade förstått. Den uteblivna reaktionen på det Jörgen gjort, oförmågan att ta in mer lidande, var säkert ren självbevarelsedrift. Gloria kunde inte hålla tillbaka tårarna. Och ändå slutade de nyväckta tankarna inte mala när hon tog trappan ner mot receptionen. Orkar inte, orkar inte mer.

Men det var inte allt. Det fanns en annan sida av Malva som i lika hög grad väckte känslor av otillräcklighet. Hennes skönhet och den självklarhet med vilken hon intog scenen, som om hon aldrig gjort annat än att spela teater. Inga yviga åtbörder. Med sina subtila, väl avvägda gester fick hon dem alla att lyssna och trollbindas. Gloria hade känt sig gammal, ful och tråkig. Det är farligt att känna sig ful och gammal. Faktiskt livsfarligt. För Malva påminde henne om det hon själv saknade, och heller aldrig hade haft. Vid en jämförelse blev det smärtsamt tydligt. Hon var avundsjuk, insikten kom som en örfil.

Jesper Ek stod vid utgången klädd i uniform. Hon hatade honom för det och samtidigt hade hon blivit besviken om han inte gjort det. Så snygg. Han log mot henne. Ett kort ögonblick hade hon lust att rusa i hans famn och kapitulera, våga språnget och bli dödligt sårad om han inte älskade henne villkorslöst.

”Jag vill inte att vi ses mer.” När hon hade sagt det kände hon hur ansiktet frös till is och nacken stelnade. Hon vände inte på huvudet när hon gick ut genom dörren. Kände hans blick i nacken. Hoppades, önskade att han skulle lägga sin hand på hennes axel, hindra henne från att gå. Men han rörde inte vid henne.

”Jag älskar dej Gloria, på riktigt.” Hans röst knappt hörbar när dörren slog igen.

När Gloria duschat gick hon direkt in i sovrummet och plockade upp mobilen ur byxfickan. Han kanske hade ringt, skickat ett sms. Nej, displayen var sorgligt svart och tom. Jävla karl! Det var inte meningen att det skulle bli så här. Gloria skyndade sig för att hinna med bussen till jobbet. Mobilen hårt tryckt i handen. Ring mig, säg att allt är bra. Lämna mig inte ensam! Jag hatar dig för att jag behöver dig. Hon måste sudda ut Jesper Ek till vilket pris som helst. I morgon kväll skulle hon ragga upp någon annan. Hon kunde fejka, stå på alla fyra och slänga med håret som en porrfilmstjärna: Fuck me! Fuck you! Sedan skulle hon berätta för Jesper Ek att de knullat som djur hela natten och att den andre hade den största kuk hon någonsin sett. Så att allt gick i kras och det inte fanns någon väg tillbaka. För att bevisa det hon vetat från början, att en lång relation var omöjlig. Förälskelse är en tillfällig drog bara och sedan … känslor av äckel. Jag hatar dig Jesper Ek! Jag vill inte älska dig. Jag kan inte älska dig utan att gå under.

Lotta såg förvånad upp när Gloria kom in med andan i halsen.

Hon brukade aldrig komma sent till rapporten. Gloria hällde upp en kopp kaffe från pumptermosen i köket. De gick tillsammans till personalrummet. Finn och Gunilla var redan på plats. Gunilla klippte sönder tvättlappar i två delar för att spara pengar åt kliniken. Hon hade en stor hög framför sig på bordet. "Vad du är sen, har det hänt något?"

"Hon är inte sen, hon är faktiskt bara punktlig." Lotta kastade en blick på klockan. "Vi börjar inte förrän kvart över."

Namn, årtal, diagnos – rapporten följde samma mönster som vanligt och Gloria kände tanken glida iväg. Jesper Eks ögon hade varit så kärleksfulla, leendet så varmt. Hade han sett att hon grät? Tanken gjorde henne olustig. Varför måste hon jämt strula till det och göra fel? Hon skulle aldrig ha låtit det gå så långt. En träff och sen aldrig mera. Jävla karl!

Lottas röst skar igenom virrvarret av tankar. "Jag frågade hur du tycker att vi gör med Evert. Han är sämre, det är inte säkert att han klarar natten. Vi har inte flyttat honom till ett enkelrum ännu. Det har varit väldigt mycket i kväll, men det kanske är bra om ni gör det."

Gloria försökte skärpa sig. "Äter han något?"

Lotta kontrollerade i pärmen. "Han dricker inte ens, har inga urinmängder."

"Ska han ha dropp eller inte?" frågade Gloria rutinmässigt. "Vad säger jourläkaren?"

"Jag fick sätta blod på honom. Det pågår fortfarande. Sen ska han ha näringsdropp. Ibland förstår jag inte hur vår jourläkare tänker. Evert är knappt vid medvetande. Jag fick sticka om honom fyra gånger. Han har en nål på foten."

"Hur är det med anhöriga? Har ni kontaktat dem?"

"Nej. Det har varit så mycket med Blenda. Hon har en lunginflammation och får antibiotika intravenöst. Maken är här. Han har hundra frågor. Signe ringer hela tiden om småsaker som hon egentligen kan klara själv. Filten tynger på fötterna. Det är för varmt så vi ska öppna fönstret, för kallt så vi ska stänga fönstret, men öppna dörren. Du vet."

Efter rapporten gick Gloria direkt in till Evert. Det var mörkt på salen. Hon tände lyset och blev stående vid dörren medan hon tog in det hon såg. Blod överallt. Everts säng såg ut som ett slakthus. Lakanen var dränkta i rödaste blod. Huden lyste gulgrå. Det blodtäckta ansiktet var stelt och tänderna blottade i ett grin. Ett kort ögonblick trodde hon att han var död. Men så såg hon bröstkorgen resa sig i ett andetag. Gloria gick fram till honom och såg på blodpåsen som hängde över sängen. Den var tom och droppaggregatet låg på huvudkudden. Antagligen hade han sparkat till med foten där nålen satt så aggregatet lossat från påsen, och sedan fått en dusch med blod över hela sig.

"Hur mår du Evert?"

Han svarade inte. Ögonen var slutna, men hon såg att han huttrade av köld. Skyndsamt tvättade hon av honom, bäddade rent och la på honom en extra filt. Det var omöjligt att få bort allt blod. Evert var döende, bortom allt tvivel var det så. Han behövde få ett enkelrum så fort som möjligt.

Hon ögnade igenom ordinationerna för natten för att få struktur efter den splittrade rapporten. Hon slog upp Everts anhöriguppgifter i pärmen. Det var sekretess. Vilket innebar att hon inte ens fick svara på frågan om han fanns där, även om någon anhörig skulle ringa. Endast exfrun fick veta hur han mådde. Gloria såg på klockan. Den var strax efter tio på kvällen. Det var väl sent att ringa en äldre anhörig. Det hade varit mycket bättre om Lotta hade hunnit ta den biten, men så brukade det bli. Alla räknade med att duktiga syster Gloria skulle städa upp efter dem, tänkte hon irriterad och slog numret.

"Gull-Britt." Rösten lät spröd och nyvaken.

"Det är syster Gloria på Katarinagården. Det gäller Evert."

"Jag förstår väl det."

”Han är försämrad och det är inte säkert att han klarar natten.”

”Nehej. Det var tråkigt för honom. Men det var väl väntat.”

”Jag ville berätta det så du har möjligheten att komma innan…”

”Vi är skilda. Jag har ingenting med honom att göra mer. Jag är ledsen men så är det.” Rösten var kall och saklig.

”Det finns ingen annan jag borde ringa? Någon vän eller anhörig som skulle vilja veta?”

”Det tror jag inte. Hans dotter vill inte heller ha med honom att göra. Hon har valt att lägga ett helt hav mellan sej själv och sin far. Jag hatar honom för det, för jag får aldrig träffa mina barnbarn.”

”Hon kanske ändå skulle vilja veta…?”

”Tids nog får hon det ändå av begravningsbyråns jurist. Jag tänker inte ringa henne.” Bitterheten genomsyrade tystnaden som följde. Samtalet bröts. Gloria kände sig plötsligt genomfrusen. Så torftigt, så sorgligt. Men vem var hon att döma andra för hur de levde sina liv? Man kan inte kräva av anhöriga att de kommer.

Gloria drog upp antibiotika och gick raka vägen till Blendas rum. Hon hälsade på Mikael Pihlgren som varit ute och rökt, det kändes på lukten. Han var påfallande nervös och obekväm. Det var så tydligt att han inte ville vara ensam med sin fru på rummet. Till Gunilla hade han sagt att han inte stod ut med det gurglande ljudet i slangarna och Blendas grymtande läten. Gloria log vänligt mot honom och slog sig ner på stolen bredvid sängen. Med småprat öppnade hon upp för ett samtal medan hon sprutade antibiotika. Det var ett bra tillfälle att förklara för honom vad som gjordes för Blenda. Det fanns många frågor han inte hade fått svar på. Eller inte tagit in svaren på. Hans taggighet bottnade säkert i skuld för att han aldrig hälsade på sin fru och ett befogat raseri över vad hon utsatts för. Hans ton var anklagande och vass.

Gloria spolade igenom Blendas nål med koksaltlösning, samlade ihop sina saker och gav henne en smekning över kinden. Ett sätt att påminna Mikael om att det var okej om han ville ta i sin hustru, ge henne en kram. Men han rörde henne inte.

”Ska hon ha det så här? Varför gör ni ingenting? Så här kan hon väl inte ligga för alltid. Det här är inte den kvinnan jag gifte mej med! Hon skulle tusen gånger hellre ha önskat sej döden än att ligga så här. Ge henne något så hon får slippa! Ser du inte att hon lider?”

Gloria tog med Mikael ut på expeditionen för att prata vidare. Det här var inget samtal som skulle föras över patientens huvud. Tanken slog henne att det hade blivit allt vanligare att anhöriga reklamerar sina sjuka. Kräver att få slippa se sjukdom och död, eftersom det inte var så det var tänkt. Hon lät honom tala. Lät honom spy ut sin besvikelse, sin bitterhet över att livet blivit som det blev.

”Det bästa vore om hon bara dog.” Det syntes att orden skrämde honom själv. Han bad om ursäkt.

”Man kan känna så”, sa hon.

”Måste hennes lunginflammation behandlas, måste hon leva vidare på det här sättet om det inte finns någon möjlighet att hon förbättras? Det är ovärdigt! Och ni har inte ens kunnat garantera hennes säkerhet!”

Hon hade väntat på att han skulle ta upp det. Gloria kände tröttheten pressa som ett järnband över pannan. Det fanns inget att säga för att förmildra det fruktansvärda. Ändå försökte hon slå knut på sig själv.

”Jag är verkligen förtvivlat ledsen för det som inträffat. Vi andra gör vårt bästa för Blenda. Det tror jag att du vet. Ingen av oss kunde väl ana …” Gloria bet sig i underläppen. Eller hade hon kunnat ana det, förebygga det om hon varit lyhörd, orkat lyssna på Gunilla? ”Jag kan boka ett läkarsamtal åt dej. Jag förstår att det är många frågor.”

En diskret knackning på dörren till expeditionen avbröt samtalet. Finn gjorde en urskuldande gest. ”Evert vill prata med dej. Vi har flyttat honom till sal 15, som du sa.” Han gick närmare och viskade i hennes öra. ”Han säger att det är väldigt angeläget. Jag tror inte han har långt kvar.”

33

Everts ansiktsfärg var gulblek och andningen ytlig och oregelbunden. Gloria ansåg att de skulle behöva vaka över honom hela natten. Men de kunde bara sitta hos honom när det var lugnt på avdelningen. Förr i tiden fanns det pengar till extravak vid dödsbäddar, så var det inte längre. Aldrig har döendet varit så kliniskt, så ensamt och torftigt hanterat, tänkte Gloria. Evert hade fått salen bredvid Blenda, då var det lättare att ha uppsyn över dem båda. Mikael hade följt efter henne i korridoren, väntat otåligt utanför de salar där Gloria gick in med medicin. Hon kände hans anklagelser i nacken när hon pratade med de andra patienterna. Han ville inte dela hennes uppmärksamhet med någon. Efter våldtäkten på Blenda tyckte han sig ha rätt att kräva mer än de andra. Hon förstod hans anspråk, men hon kunde inte klyva sig på mitten. Hon måste prata med Evert nu. Det var hon skyldig honom.

”Vad sa Everts rumskamrat?” frågade Gloria när hon bytte av Gunilla vid Everts säng.

”Han sa ingenting alls, jag tror inte han förstod varför vi skjutsade ut honom. Men Evert sa: Ska jag dö nu? och sen bad han att få tala med dej. Igen. Det var väldigt angeläget. Sist hade du bara rusat iväg, sa han.” Gunilla såg undrande på henne. ”Gjorde du det?”

”Ja, du vet hur det är.” Gloria orkade inte redovisa sina känslor.

Gunilla nickade och tolkade det på sitt eget sätt. Hon lämnade salen utan att stänga dörren bakom sig.

”Jag tror Mikael ville något”, ropade Gloria efter henne utan att vända sig om. Hon gick fram till Everts säng. Hans ögon var slutna, ansiktet såg ut som en stel mask. Ett kort ögonblick tänkte hon att han redan hade gått över gränsen. Men så fladdrade det lätt i hans ögonlock och han slog upp ögonen.

”Min favoritsköterska, det tog lång tid att hitta hit.” Han ansträngde sig för att hålla ögonen öppna. Kisade mot ljuset. Ögonen tårades.

”Har du ont?” Gloria satte sig ner på stolen bredvid hans säng. En otäck dust av cancerlukt slog emot henne, men hon låtsades inte om det.

”Inte i kroppen.”

Hon nickade. ”Jag är här nu. Jag har ringt Gull-Britt och berättat hur det är.”

”Men hon tänker inte komma”, viskade han. ”Jag förstår det.”

”Du har en dotter”, sa Gloria prövande. Det var en balansgång hur mycket hon borde lägga sig i. Man kan inte kompensera någon för ett förstört liv, men ibland kan man peka på vägar till försoning.

”Jag hade en dotter. Jenny har sagt upp all kontakt med mej för alltid. Jag är så förtvivlat ledsen, så ledsen...”

”Vill du att jag försöker nå henne?” Tanken på att få lämna rummet var lockande, att slippa sitta vid Everts säng och ändå göra en god gärning.

”Nej, låt henne vara. Hon vill inte. Det skulle vara förnedrande för oss båda två. Vi låter det vara som det är. Vapenvila är också en sorts vila. Bättre än så blir det nog inte, är jag rädd.” Orden kom stötvis. Hans ansikte rynkades ihop av tyst gråt. ”Det är för sent. För sent för allting utom det jag har att berätta. Var vänlig och lyssna på mej, för det här är så svårt. Det skulle innebära en stor lättnad för mej att få tala om det. Kanske kan det vara någon till hjälp.” Evert var helt närvarande och klar. Gloria bävade för vad som skulle komma, helst av allt hade hon velat rusa därifrån. Men hon tvingade sig själv att sitta kvar, tvingade sig att le uppmuntrande mot honom. Oavsett vad Evert gjort var han döende och det var hennes plikt att vara till tröst.

"Jag förstår att det är viktigt och jag lyssnar."

Hans röst var svag, precis så att hon nätt och jämnt uppfattade orden, men hon klarade inte att sätta sig närmare honom. Lukten från hans mun var kväljande och en sur ångestsvett färgade hans vita skjorta i blöta grå stråk.

"Det jag berättar för dej går under din tystnadsplikt. Du får inte föra det vidare till någon. Kan jag få ditt hedersord på det?"

"Ja." Hon hoppades att hon skulle kunna hålla det.

"Det handlar om Blendas flicka."

"Om Malva?" Gloria spärrade upp ögonen och var med ens helt närvarande.

"Ja. Flickan de efterlyser på teve." Evert tog ett darrande andetag. "Jag talade med henne innan hon gick in till sin mamma, innan hon sprang iväg den där onsdagen. Jag borde inte ha sagt något…"

"Vad sa du till henne?" Gloria väntade krampaktigt på en fortsättning.

"Att hon har ett syskon. Ett halvsyskon som antagligen adopterades bort. Han eller hon borde vara i trettioårsåldern nu." Everts ögon växte och borrade sig in i Glorias. "Jag borde inte ha sagt det till henne, inte när hon var ensam. Och nu är flickan försvunnen. Det finns ondska förklädd till godhet. Vetskapen kan vara farlig för henne. Du måste hjälpa henne."

"Hur vet du att hon har ett syskon?" Gloria försökte förstå och ändå var sanningen så uppenbar.

"För att det var mitt barn!" Evert tystnade och studerade Glorias ansikte. Reaktionen lät inte vänta på sig.

"Ditt och Blendas? Men då måste Blenda bara ha varit ett barn, tolv–tretton år när hon blev gravid?"

"Ja, hon var lika underbar som Malva. En riktig liten ängel. Jag kunde inte låta henne gå. Jag hade henne instängd i min källare i tre månader. Det gick ingen nöd på henne. Hon fick allt hon behövde. Kärlek hon aldrig fått. God mat. Leksaker."

Gloria tvingade sig själv till tystnad.

Evert fortsatte. "Om lilla Blenda inte hade blivit så sjuk, så illamående, hade jag kanske aldrig släppt ut henne. Hon tynade bort och jag förstod att hon behövde hjälp för att överleva. Hon lovade att tiga, bara jag släppte henne. Jag sa att vi hade lika del i det som hänt båda två. Om hon avslöjade mej skulle hon också avslöja sej själv och få stryk av sin morbror. Jag var så rädd. Väntade att polisen skulle hämta mej när som helst. Men hon teg. Det blev aldrig någon anmälan. Jag såg en skymt av henne senare på sommaren. Då var hon rundare om magen. Armarna och benen var bara pinnar. Det var ingen tvekan om saken. Hon var gravid. Malva har ett syskon."

"Varför berättar du det för mej?" Gloria önskade att hon sluppit höra det.

"Jag vill att du hjälper henne att hitta sitt syskon. En äldre syster eller bror som tar hand om henne. Malva har ingen. Du har ju sett hur hennes pappa är. Ett vrak."

Ett plötsligt ljud fick Gloria att vända sig om. Utanför den öppna dörren satt Signe i sin rullstol. Hur länge hon suttit där och lyssnat visste Gloria inte.

"Kan man få hjälp i säng någon gång! Jag är dödstrött."

Gloria reste sig upp och gick mot dörren. "Jag får be dej ringa på klockan. Jag är lite upptagen med Evert."

Signes ögon mörknade. "Ni är upptagna allihop. Man får aldrig någon hjälp. Jag orkar inte sitta uppe längre. Det här är vanvård!" Hon gjorde en ilsken släng med huvudet och rullade iväg ett stycke nedåt personalrummet. Mikael såg efter henne där han tvehågset stod i dörröppningen till Blendas rum. Gloria kände sig ertappad. Vad hade han hört av samtalet?

Gloria stängde dörren till Everts rum och satte sig vid hans säng igen. Han hade fallit tillbaka mot kuddarna och sträckte sin hand mot henne.

"Sitt hos mej en liten stund, snälla." Hon tvekade, men tog hans hand trots att beröringen gjorde henne obehaglig till mods. Hon satt alldeles tyst. Tusen frågor surrade i hennes huvud. "Lova vid allt som är heligt för dej att du ingenting säger till någon utomstående."

"Jag lovar." Gloria kände på hans puls, den var tunn och oregelbunden. Hans ögon föll ihop. Hans andning blev snabbare och små svettpärlor trängde fram i de djupnade fårorna på hans panna och blev till en liten rännil utmed näsan. Han kanske hade ont ändå? Gloria drog upp morfin. Det fanns ordinerat extra vid behov. Han vaknade inte när hon injicerade det. Hon satt en liten stund till, såg bröstkorgen höjas och sänkas med allt längre uppehåll. Pulsen var nu knappt kännbar. Han rörde läpparna. Hon tog ett djupt andetag, höll andan och lutade sig närmare för att höra.

"Så du kom i alla fall, Jenny." Han log knappt märkbart. En ryckning fortplantade sig genom kroppen och andningen blev rosslande. Hon höll hans hand och väntade en evighet. Hans huvud föll åt sidan. Det sista andetaget, Gloria väntade på det sista andetaget, som aldrig kom. Sedan reste hon sig upp och öppnade fönstret. En magisk tanke. Att släppa själen fri.

34

”Är Evert död?” frågade Mikael när Gloria hängde upp skylten på dörren till sal 15. ”*Tillträde endast efter tillstånd från avdelningssköterskan*”, läste han högt och såg på henne med en blick som sa: Nu borde du väl ändå ha tid.

”Ja, han är död”, svarade Gloria. Men det fanns inte tid, inte nu. När de andra tvättade Evert och satte på honom bårskjortan och snyggade till på salen var hon ensam ute på avdelningen med 26 patienter. När som helst kunde de söka henne från de andra avdelningarna och be om hjälp. Det ringde på två salar; hos Signe och hos Oskar, som säkert ville ha en nattmacka med ost och kaviar. Signe ville troligen ut på toaletten, det fick gå först. Sedan skulle hon fylla i de papper läkaren behövde för att konstatera dödsfallet, tömma Everts medicinlåda och stämpla upp identitetsband till den avlidne. Det kändes som om det yttre trycket pressade all luft ur hennes lungor. Hon ville skrika. Men när Mikael ett par minuter senare hämtade henne på expeditionen och frågade om det verkligen skulle låta som det gjorde om respiratorn var hon tvungen att följa med och lyssna.

Ett susande ljud vid utandning, alla värden såg bra ut och inställningarna var korrekta.

”Vad skulle hända om det blev strömavbrott?” frågade han.

”Då går reservaggregatet på automatiskt.”

”Vad händer om slangen i hennes hals lossnar?”

”Då larmar det.”

”Och om hon får en slempropp som täpper till?”

”Då larmar det också ... på för högt tryck.”

”Jag vill inte att hon ska ha det så här.”

”Jag vet.” Hon såg milt på honom. ”Jag tar in en extrasäng åt dej om du vill?” Hon borde ha tänkt på det tidigare, men i början av natten hade det inte verkat som att han tänkte stanna kvar.

”Nej, jag går hem nu. Får ingen ro. Jag drömde om Malva, tänkte att hon kanske har kommit hem. Varje gång jag öppnar dörren hoppas jag att hon finns där.” Han blundade och försökte vinna tillbaka rösten som sprack. ”Varje gång blir jag så fruktansvärt besviken och orolig. Jag orkar inte vara hemma och jag orkar inte vara här. Varför har ingen sett henne? För varje minut som går minskar chansen att hon är vid liv. Det vet alla. Varför hör ingen av sej? Någon måste veta var hon finns?”

”Var Malva Blendas enda barn?” frågade Gloria och hoppades att det inte skulle synas på henne hur angelägen frågan var.

”Ja. Vi har bara Malva. Blenda ville inte ha flera barn. Graviditeten var fruktansvärd. Hennes rädsla för att föda plågade henne hela tiden. Hon gick på specialistmödravården.” Mikael reste sig upp och gick fram till fönstret. Det kalla gryningsljuset fick hans hud att se grå ut. Mörka ringar under ögonen avslöjade en längre tid av sömnbrist. ”Om jag bara visste, om jag bara fick en enda ledtråd till var Malva finns.” Han såg på henne med ögon som pilar. Som om han visste ... Kunde han ha hört Everts bekännelse? ”Om du vet något mer om Malva måste du säga det. Hon pratade ju med dej när hon hälsade på sin mamma. Säg om du vet något! Annars förlåter jag dej aldrig. Ni var med i samma teater i ruinen, sa polisen. Varför har du inte sagt något till mej om det?”

”Jag har berättat allt jag vet för Maria Wern. Polisen gör allt de kan. De gör verkligen sitt yttersta.” Gloria ursäktade sig och såg på klockan. Det var snart dags att börja morgonarbetet. Mediciner att dela ut. Blodsocker, blodtryck, temperaturtagningar och hela armadan på bäcken. Hon kände sig som en svikare. Hon såg Mikael ta på sig jacka och skor och gå. Borde hon ha berättat för honom vad Evert sagt? Var hon skyldig honom det?

En tanke började ta form. Hon skrev ner Blendas personnummer på en lapp. Hon måste veta om Evert talat sanning innan hon gjorde något förhastat.

Hemma. Det var en lättnad att låsa ytterdörren bakom sig. Gloria gick ut i köket, öppnade kylskåpsdörren och mjölkade sin vindunk. Hon ställde in keramikmuggen i mikron och väntade på plinget innan hon gick och satte sig med det värmda vinet vid datorn. Hon drack två stora klunkar och kände den välsignade värmen sprida sig. Via Skatteverkets sajt tog hon sig vidare till folkbokföringsregistret. Om det var sant att Blenda fött ett barn för trettio år sedan borde det gå att ta reda på, tyckte hon, men det var svårare än hon tänkt sig. Man skulle knappa in personnumret och vänta på ett faxmeddelande. Gloria ägde ingen fax och de enda uppgifter hon skulle få tillgång till var namn och adress på personen hon sökte. Det räckte inte. Det fanns en blankett med släktutredning som användes vid bouppteckningar. Den blanketten kunde man bara använda om Skatteverket först fått ett intyg om att Blenda Pihlgren var avliden. Makabert.

Gloria tänkte på Evert och de fasansfulla brott han begått. Han hade inte blivit anmäld för det han gjort mot Blenda, men hon var inte det enda barn han förgripit sig på. Gloria kände illamåendet när minnena av skammen från barndomens lekar gled förbi. Hon motade bort dem och koncentrerade sig på Blenda. Evert brukade stå i dörröppningen till Blendas rum och se på henne. Hade Blenda kunnat känna igen honom? Tanken plågade Gloria till det uthärdligas gräns. Tänk om det var så. Om Blenda låg där förlamad och såg förövaren utan att kunna värja sig. Hur länge hade det pågått? Sedan Blenda kom till avdelningen, kanske. Varje dag i över en månads tid. Borde hon ringa polisen och berätta vad Evert sagt? Det vore dumt om det inte låg någon sanning i det. Då skulle hon bryta sin tystnadsplikt utan att det var till någon hjälp. Spekulationerna skulle bara plåga Mikael.

Gloria tog en klunk vin till och tänkte på Runa. Runa jobbade på Skatteverket. Hon kunde faktiskt skicka ett mejl till Runa och fråga hur många barn Blenda Pihlgren hade. Diskret. Oss emellan.

Gloria skickade iväg sin förfrågan, och nästan samtidigt poppade det upp ett mejl från Jesper Ek. Gloria var inte beredd. Hon hade lämnat sin mejladress i stället för telefonnummer som kontaktuppgift hos polisen, för att inte bli störd när hon arbetade natt. Det var bara så han kunde ha fått tag i den. Hon ville inte läsa vad han skrivit, men öppnade ändå hans meddelande.

Vill du följa med på en tur till Gotska Sandön i helgen? Jag har bokat så du behöver bara svara ja. Ja, tack jag vill ha trevligt sällskap på paradisön utan vidare förpliktelser. P.S. Det är din tur att fixa matsäck. Inget mer. Inget om den stora kärleken och den ännu större besvikelsen. Det betydde bara: Jag vill träffa dig igen. Han tänkte inte lägga skuld på henne. Tänkte inte kräva evig kärlek. Hon skulle bara behöva svara ja. Om det blev för svårt kunde hon backa ur senare.

Hur fick du tag i min mejladress? Illegalt – erkänn din skurk! Vill du ha ost eller korv på dina mackor? Det var så hjärtat ville svara, innan rädslan tog över. Hon var bedövad av vinet nu, modigare. Pekfingret tryckte på musknappen för att skicka ut meddelandet i rymden. Först lätt om hjärtat, sedan livrädd. Hur skulle hon våga? Just då ringde mobiltelefonen. Han? Det måste vara Jesper. Vad skulle hon säga? Hjärtat dansade i bröstet. Älskade älskling! Jag har väntat så länge. Hon längtade efter att få höra hans varma glada röst, att få höra honom säga kärleksorden. Hon såg inte ens efter på displayen när hon svarade.

”Hej, det är Maria Wern. Du hade väl inte hunnit somna ännu, hoppas jag.”

”Nej”, sa Gloria besviket och såg på klockan. Den var 07.35. Arbetade poliser så tidigt?

”Vet du om Botel Hellsten har några släktingar i Danmark?”

”Va?”Tanken fick färdas lång väg innan hon förstod att det handlade om Atsur.

”I Danmark? Inte en aning. Vi känner inte varandra personligen, bara som rollfigurer. Jag vet vad Atsur har för släkt i rollspelet, men det har du ingen nytta av.” Det var så absurt att hon fick lust att skratta, men hon visste till och med vad Atsurs låtsaskusiner i Frankrike hette eftersom det var hon som skrev krönikan. ”Vänta, det ringer på dörren.” Gloria släppte mobilen på köksbordet och sprang mot hallen. Det måste vara han. Det var säkert Jesper som tagit reda på var hon bodde. Hon såg sig hastigt i spegeln. Nöp sig i kinderna så att de skulle få färg och öppnade dörren. Besvikelsen hördes i rösten.

”Kommer du? Det var verkligen oväntat.” Hon tog emot jackan som räcktes henne för att hänga upp den på en galge. I ögonvrån anade hon knivbladets blanka yta. Kände snarare förvåning än rädsla under bråkdelen av den sekund det tog för den vassa eggen att tränga in i hennes strupe.

35

Maria Wern väntade med luren tryckt mot örat. Hörde Glorias röst när hon välkomnade någon i hallen. Ljudet av en duns, en dörr som slog igen och sedan tystnad. Det var tystnaden som fick henne att undra. Sekunder av otålig väntan blev till en pressande oro. Det stod inte rätt till. Hon vågade inte vänta längre. Det var bara en rutinfråga hon besvärat Gloria med. En av dessa tusentals frågor hon ställt i hopp om att hitta Malva Pihlgren. Någon gång träffar man rätt. Någonstans finns svaret. Det är först när man snuddar vid sanningen det blir farligt.

”Hallå, Gloria, hör du mej?” Maria var redan på väg ut. Jesper Ek stod i receptionen och talade med en äldre man. Maria avbröt dem. Tog Jesper i armen för att få hans uppmärksamhet. Det hade varit bättre om hon hittat någon annan. För hans egen skull. Men hon hade inget val. ”Följ med, det är bråttom.” Hon släppte inte telefonen från örat. Lyssnade. Inte ett ljud från lägenheten. ”Gloria, är du där?”

”Vad är det?” Jesper försökte hinna med i Marias takt bort mot parkeringen.

”Gloria. Jag tror det har hänt henne något. Har du adressen?”

Han rabblade den som en utantilläxa. ”Vad är det? Har du henne på tråden?”

”Jag tror det. Jag hoppas det. Jag ringer larmcentralen. Jag kanske gör bort mej rejält nu, men jag vågar inte släppa det här.” Maria satte sig på passagerarplatsen. Hon hörde vakthavandes svar på hennes anrop. Han skulle skicka en patrull.

Det tog sex minuter innan Maria och Jesper var på plats i det grönskande och smått idylliska bostadsområdet vid Tallunden. Det kändes som om de kommit fel. Allt var så tyst och stilla. En kvinna putsade fönster. En äldre man bar ut sopor. Så vardagligt. De rundade huset. Där fanns en lekplats. En pojke gungade och sjöng en visa med egen påhittad text. Han tystnade och såg på dem med stora runda ögon. De steg in genom porten. Det fanns blodspår i trappuppgången. De ledde ner mot källaren. Maria mötte Jespers skräckslagna blick. Han drog sitt tjänstevapen.

”Vi går in.”

Maria lät honom ta kommandot. Han behövde fokusera för att inte förlora fotfästet. Hon fortsatte upp för trappan, tryckte ner dörrhandtaget med armbågen. Dörren till lägenheten var stängd men inte låst. Hon hörde kollegorna komma och ropade åt dem att följa blodspåren.

”Kolla flyktvägen!” sa Jesper för att förstärka det Maria sagt.

Maria öppnade dörren.

”Gloria, är du där?” Det tog några sekunder för ögonen att vänja sig vid mörkret. Det låg ett bylte på golvet. Maria böjde sig ner. Hon hörde Eks tunga andhämtning bakom sig. Han tände lampan och ett bländande ljus föll över den blodiga kvinnokroppen. Det röda håret låg klistrat vid ansiktet. Maria vände henne mot sig, sökte pulsen på halsen och flämtade till av förfäran när hon såg det djupa såret i halsen glipa upp. En blodig kökskniv låg på golvet.

”Lever hon?” Eks röst var bara en viskning. Han satte sig på huk bredvid Maria. ”Lever hon?” Rösten blev till ett ihåligt skri. Han såg sig vilt omkring. Sökte av omgivningen. ”Gärningsmannen kan finnas kvar i lägenheten! De kan vara fler. Täck mej.”

Det förundrade henne att han kunde ha sådan sinnesnärvaro. Även om han troligtvis hade fel. Blodspåren i trapphuset var tecken på flykt. Skoavtrycken hade fortsatt ner mot källarplanet, där det säkert fanns en annan väg ut.

De gick genom köket. En keramikmugg med vin stod på diskbänken. Fortfarande ljummen. De sökte metodiskt av vardagsrummet och sängkammaren utan att finna någon där. Toaletten, garderoberna och städskrubben dolde inte heller några hemligheter. Mordplatsen var teknikernas nu, de försökte röra så lite som möjligt. Jesper Ek sjönk ner vid den döda. Han gnydde som ett plågat djur. ”Varför, varför i helvete just hon?” Han grät högt och smekte Glorias bleka kinder. Maria hade inte hjärta att hindra honom. Hon skakade på huvudet. Kände en förlamande ångest. ”Jag kom för sent, om jag bara…” Hon kände Eks arm om sina axlar.

”Hur skulle du kunna veta…?”

Flera patruller var på väg. Maria reste sig upp. Datorn var påslagen. Gloria kanske hade chattat med någon när telefonen ringde. Maria drog på sig handskar. Skärmen hade inte slocknat. Det fanns inga nya meddelanden, men två skickade för 13 respektive 23 minuter sedan. Ett till signaturen Runa och ett till Jesper Ek. Maria öppnade det första och ögnade igenom det med stigande förvåning. Skulle Blenda Pihlgren ha haft ett barn till? Meddelandet som var till Jesper lät hon bli, det var inte hennes sak att kontrollera.

De samlades i konferensrummet så snart det var möjligt. Hartman sammanfattade läget. Han såg pressad ut.

”Vi har all anledning att tro att de tre morden hänger samman. Jörgen Bredde och Gloria Cederlund arbetade båda på Katarinagården. De vårdade Blenda Pihlgren. Nina Eriksson skulle ha blivit dömd för vållande till de skador Blenda fick vid olyckan.”

Maria gjorde ett inpass. ”Gloria skadade inte Blenda, inte vad vi vet. Men hon ställde frågan om Blenda hade ytterligare ett barn. Jag har fått tag på Runa som arbetar på Skatteverket. Hon förstår inte varför Gloria ville veta det. Jag har nu på morgonen gjort en sökning i folkbokföringsregistret och Malva står som enda barn till Blenda Pihlgren.” Maria rynkade pannan. ”Det verkar alltså inte finnas någon grund i det antagandet. Det är förbryllande." Hon vände sig till Hartman för att se om han tänkte något annat. Han sa ingenting och hon fortsatte. "Jag har precis varit i kontakt med Katarinagården för att meddela dem om dödsfallet. Den sköterska jag talade med, Lotta Zetterberg, berättade att en patient avlidit under natten. En 76-årig man, Evert Lundmark. Dödsfallet var väntat. Gloria satt hos honom större delen av natten. Jag gjorde en slagning på honom. En känsla bara."

"En 76-årig man, döende i cancer. Vad finns det att veta om honom?" Patrik gav Maria en dryg blick.

Hon ignorerade honom. "Han är dömd för sexuella övergrepp mot barn inte mindre än fyra gånger och har suttit i fängelse. Jag tror också att allt hör ihop. Även Malvas försvinnande. Lotta Zetterberg kunde berätta att Mikael Pihlgren fanns på Katarinagården fram till klockan 05.30 i morse, då han enligt nattpersonalen åkte hem. Det är inte bekräftat. Jag har bett honom komma hit."

Hartman gick fram till whiteboardtavlan och satte upp ett foto på Gloria, bredvid Jörgen och Nina. "Din vän Jonatan Eriksson är avskriven som misstänkt så du är fri att arbeta med utredningen i alla delar utom de som rör Nina Eriksson." Han tystnade och tänkte. "Är det rimligt att tro att en flicka på sexton år kan ha begått de här brutala morden för att hämnas sin mor?"

Patrik svarade som om frågan ställts till honom personligen. "Det är inte troligt, men möjligt." Han reste sig upp och gick fram mot tavlan. "Malva Pihlgren, eller någon som hjälper henne. Mikael Pihlgren är tänkbar eller någon av kompisarna från lajvet. Men Mikael har alibi för mordet på Nina Eriksson, flera av hans kollegor har intygat att han verkligen var på fastlandet. Mitt hetaste tips är Botel Hellsten som vi redan efterlyst. Jag har kollat upp honom. Han är tidigare anklagad för kvinnomisshandel och våldtäkt, men friades i rätten. Anklagelsen kunde inte styrkas. Det var en före detta flickvän. Försvarets version var att han gjorde slut och hon hämnades genom att anmäla honom. Utredningen lades ner. Men ändå..."

"Vi har antagit att han är i Roskilde", fortsatte Hartman. "Men våra danska kollegor har inga spår efter honom. Dessvärre. Hypotesen var att han skulle besöka änkan till en avliden arkeolog. Men hon nekar till att han har varit där eller att han försökt kontakta henne. Span bevakar huset där hon bor."

"Om det var han som dödade Gloria, är han här på Gotland. Roskilde kanske är en dimridå." Maria såg på Eriksson och Haraldsson som satt sig längst bak. "Har någon av grannarna sett någon komma ut från Glorias hus?"

Haraldsson rätade upp sig och svarade efter en kort tankepaus. "Den enda avvikande iakttagelsen kommer från en liten pojke på fem år. Han säger att han såg någon som sprang. Vi vet inte om det är en joggare, eller om det är någon som sprang från mordplatsen."

Efter mötet for Maria Wern hem till Ek. Han hade inte orkat vara kvar på arbetet sedan han hittat Gloria död. Hon fann honom sittande på köksgolvet med huvudet i händerna. När hon steg in i köket sträckte han armarna mot henne. "Jag är så ledsen, så jävla ledsen." Maria sjönk ner på golvet bredvid honom och höll om honom som ett barn.

36

Mikael Pihlgren rörde sig stelt, blicken flackade. Det såg inte ut som att han bytt kläder den senaste veckan, håret låg i stripor över pannan och en sur lukt av gammal svett och rök kom i duster när han satte sig framför Maria. Första gången de sågs hade hon tyckt att han var en ovanligt attraktiv man, men mycket hade hänt sedan dess.

Solen sken in genom fönstret skarpt och avslöjande. Han ritade ett streck i dammet på hennes skrivbord. Gjorde det till en pil med fjädrar i änden.

”Malva? Finns det något nytt, något spår? Säg det rent ut om ni har hittat henne. Hon är död, eller hur?”

”Vi har inte hittat henne. Inte ännu. Men vi gör allt vi kan.” Hon gav honom ett vänligt ögonkast. ”Jag har några frågor jag vill ställa till dej.”

”Men inga svar.” Mikaels ansikte var som hugget i sten. ”Jag har bett att få min fru förflyttad från Katarinagården omgående. Om hon inte behövde respirator skulle jag ha tagit med henne hem direkt i morse när jag fick veta att Gloria blivit mördad. Det är fanimej sinnessjukt alltihop, som en jävla mardröm.”

”Ja.” Maria höll med. Det fanns inget annat att säga.

”Jag ringde upp klinikchefen, Bodil någonting, och sa att de borde stänga sjukhemmet”, fortsatte han. ”Jag krävde att få utbildade assistenter som kan sköta Blenda i hemmet. Jag vägrar att låta henne vara kvar där och jag kommer att kontakta tidningarna om hon inte kan flyttas snarast. Men klinikchefen gav mej inget besked alls. Hon sa bara att allt sånt tar tid. Tid! Hur hade hon tid att resa utomlands på semester när kliniken är i upplösning? Hon borde få arbeta igen det nu. Hon är hal, jävligt hal. Precis som polismyndigheten. Det händer inte ett jävla dugg!" Han slog näven i bordet framför sig med full kraft. Vreden slog över i sorg. Ansiktet mjuknade, ögonen tårades. "Vad har du att komma med?"

"Frågor som i bästa fall leder någon vart. Jag förstår att det är plågsamt. Jag har pratat med alla Malvas klasskamrater enskilt. Vi har hört dem hon spelar teater med, lärare, grannar. Jag har varit i kontakt med alla era släktingar på fastlandet ifall hon skulle ha kunnat ta sej dit. Ingenting. Vi har visat hennes foto på alla ungdomsgårdar och ställen där ungdomar i hennes ålder håller till. Ingen har sett henne. Och jag har förgäves sökt Blendas morbror och moster som bor i Bro. Enligt deras närmaste granne är de utomlands på husvagnssemester. De använder inte mobiltelefon och grannen visste ingenting om deras färdplaner. Hade Blenda någon kontakt med dem?" Blenda hade varit på väg från Bro när hon blev påkörd. Kunde hon ha hälsat på dem?

"Nej, ingen kontakt alls." Mikael såg ut att fundera. "Vi flyttade till Gotland och de är visserligen släkt med Blenda, men för den skull behöver man inte umgås. När inte Blenda tog kontakt med dem såg jag inte heller någon anledning att göra det. Hon gillade dem aldrig."

"Visste Malva om att ni hade släktingar på ön?"

"Kanske, men hon frågade aldrig något om dem. Skulle hon ändå kunna vara där menar du?" Ett nytt hopp tändes i Mikaels ansikte, han var redan på väg upp ur stolen.

"Vi bad grannen som vattnar åt dem att låsa upp så att polisen kunde leta igenom huset för att se om hon var där." Maria skakade på huvudet. "Jag är ledsen, de hittade henne inte. Vi har till och med sökt av området med hundar. Vi går ut med en vädjan till allmänheten i varje nyhetssändning. Men de som hört av sej har bara sett flickor som liknat Malva. Upplysningarna har inte lett någonstans."

"Men du har bett mej komma hit. Du hade något att fråga mej om. Förlåt mej för att jag varit otrevlig, jag är bara så inihelvete orolig." Han försökte sig på något som liknade ett leende.

"Jag förstår det." Det kändes som en stor lättnad att han sänkte garden och sökte samarbete. "Vet du varför Blenda inte tyckte om sin morbror och moster?"

"Börje och Margit, heter de. Blenda bodde hos dem, flyttade dit när hennes mamma dog, mamman var ensamstående. Då var Blenda tio år. Hon vantrivdes hos Börje och Margit. De var väldigt stränga. Hon fick stryk för allting, fick inte gå ut, inte vara med kompisar. Om de hittade minsta fel hon gjort blev det bestraffning. Börje ville ju inte att Blenda skulle bli som hans syster. Aga var tillåtet på den tiden. De skulle slå högfärden ur henne, sa Börje."

"Hur gick det för Blendas mamma?" frågade Maria när Mikael tystnade.

"De vackraste flickorna är de som först går åt. De farligaste killarna är de mest lockande, de djärvaste. Blendas mamma rymde hemifrån och blev med barn. Levde med olika män. När Blenda var tio år dog hennes mamma av en överdos. Blenda ville inte gärna prata om sina minnen."

"Så Blenda växte upp hos sin morbror? Då borde Malva nästan vara som ett barnbarn för dem. Hälsade Blenda aldrig på med Malva? Är du säker? Bro ligger inte långt från stan."

"Nej. Inte vad jag vet. Blenda berättade att hon rymde till fastlandet när hon var sjutton år för att aldrig mer komma tillbaka. En sista örfil var droppen. Sedan dess har de inte haft kontakt. Jag tror inte hon ville att Malva skulle ha kontakt med dem heller. Inte när de hade så olika syn på hur man uppfostrar barn. Det var något mer du ville fråga mej om."

Maria hade dragit på det. Det var inte enkelt. Hon ville inte plåga

Mikael med frågor i onödan. "Fick Blenda fler barn än Malva?"

Mikael stirrade på henne som om han sett ett spöke. "Varför frågar du det? Det var precis vad Gloria frågade mej innan hon dog. Var kommer den tanken ifrån?"

"Jag vet inte. Fanns det ett barn till?"

"Nej, inte vad jag vet. Men jag har funderat på det sen Gloria frågade mej och kommit att tänka på en sak. När Malva föddes var det problem. Hon förlöstes med kejsarsnitt för att Blenda var rh-immuniserad. Hon var rh-negativ och reagerade på fostrets blod. Men när man kollade Malvas blod kunde man konstatera att hon också var rh-negativ. Och då frågade barnmorskan om Blenda fått ett barn tidigare eller gjort abort."

"Vad svarade hon på det?"

"Att det inte var så. Hon blev arg och vi pratade aldrig mer om det. Hon ansåg att barnmorskan var okunnig och otrevlig. Kan det vara så ... att hon varit med barn tidigare?"

"Med din tillåtelse skulle vi kunna få tillgång till Blendas journaler. Med all respekt för hennes privatliv. Jag förstår om det bär emot. Men om vi kommer ett steg närmare att förstå vad som hänt Malva så skulle Blenda nog själv ha velat det. Vad säger du?" Maria var ytterst osäker på vart det här skulle leda, men hon vågade inte låta bli att följa spåret.

"Om Blenda fött barn tidigare under svåra förhållanden skulle det kunna förklara mycket." Hans blick blev inåtvänd.

Maria ställde frågan igen.

"Jag skriver en fullmakt", sa Mikael. "Jag litar på dej."

När Mikael gått väntade nästa person i receptionen. Runa som arbetade på Skatteverket. Hon såg varken ut som en lajvare eller som en skattejurist, tänkte Maria. Kvinnan hade en kort sportig frisyr och träningskläder. Kom precis från en joggingrunda utmed muren. Vid förhöret med alla i *Wisby by nights* vampyrlajvare hade Maria talat med henne om Malvas försvinnande. Nu hade hon kallat henne till sig igen.

”Hur väl kände du Gloria?”

Runa log nervöst. Svaret kom omedelbart. ”Ingen kände Gloria. Hon gick inte att komma inpå livet. Jag har aldrig varit hemma hos henne och inte hon hos mej. Det är bara i själva teatern man umgås. Så är det för de flesta av oss, men en del lär man känna närmare. Det här var första gången Gloria mejlade mej om något som inte hade med själva lajvet att göra.”

”Hur var förhållandet mellan Botel Hellsten och Gloria?”

”De umgicks inte heller på fritiden. I spelet blev de fiender. Gloria hävdade att hon levt sen 1100-talet precis som Atsur och att hon arbetat som klerk i Sankt Clemens. Hon sa det inte direkt till Atsur, men hon lät ryktet nå honom för att få honom att förlora fattningen. Han ville ha 1100-talet för sej själv, och Dorotea. Malva Pihlgren alltså, hon som är försvunnen.”

”Hur var förhållandet mellan Botel och Malva?”

”Atsur allierade sej med Dorotea. Det är svårt att säga om det var för att han blev tokförälskad eller om det var rent strategiskt. Gloria var för stark för honom, därför gjorde han sej kvitt henne genom att anmäla henne för inkvisitionen. Men det är bara teater. Offlajv var de inte ovänner. Man måste kunna hålla isär spel och verklighet.”

”Kunde Botel Hellsten det?” Maria kände att frågan var befogad.

37

Roskilde låg tre mil utanför Köpenhamn och var känt för sin rockmusikfestival. Botel hade aldrig varit i staden tidigare. Just nu stod han framför domkyrkan och åt frukost: en knallröd pölse från livsmedelsaffärens kyldisk direkt ur förpackningen. Pengarna var nästan slut. Han skulle precis ringa sin mor när han fick ett sms av moster Jullan. *Ring upp mej!* Han hade verkligen ingen lust men han gjorde det ändå.

”Carlos den jävla svinpälsen har stuckit. Jag skrev på papper. Jag var full. Jag vet inte vad jag har skrivit på och nu är han borta.” Jullans röst gick upp i en ton som tjöt i telefonen. Botel höll luren på avstånd och försökte att säga något tröstande.

”Jag beklagar.” Han tyckte själv att det lät styltigt men kom inte på något bättre. ”Vad tänker du göra nu?”

”Mina konton är tömda. Har du några pengar att låna mej?” frågade hon försiktigt.

”Ledsen, inte en spänn. Har du frågat mamma?”

”Hon har inga pengar hon heller och Hedvig är så snål så hon gråter när hon skiter.” Om det var de rörande eniga. Botel avrundade samtalet med att be henne kontakta polisen. Själv tänkte han i möjligaste mån undvika polisen. Gregorius hade ringt och försökt övertala honom att komma hem. Polisen ville ha tag i honom. Det var oroväckande, men inte oväntat. Botel tog ur sim-kortet ur sin mobil. Han hade precis köpt ett kontantkort i stället. Någonstans hade han läst att man annars kunde bli spårad via telemaster. Så småningom skulle allt gå åt helvete, men innan dess måste han få veta vilka paret i dubbelgraven var.

Den kyrka i rött tegel Botel hade framför sig var inte den ursprungliga. På 1030-talet byggdes en träkyrka som var en Sankt Clemens-kyrka... insikten kändes som ett tecken från ovan... och i den låg Harald Blåtand begravd. I slutet av 1100-talet var Absalon Hvide biskop av Roskilde. Han grundade Köpenhamn. Botel ville minnas att han också hade retat gallfeber på de skånska prästerna när han försökte tvinga dem att leva i celibat. Vilket slutade i bondeuppror och interdikt över hela Skåneland så att kyrkorna inte fick dela ut sakramenten och ingen skåning fick begravas i vigd jord. Tillsammans med sin halvbror kung Valdemar den Store besegrade Absalon slutligen skåningarna. Var det ifrån detta Roskilde Atsur och Dorotea hade kommit?

En arkeolog från Roskilde hade undersökt graven i Sankt Clemens i Visby och beställt DNA- och strontiumanalys. Meddelandet från det engelska laboratoriet hade känts som en snyting. Mads Iversen hette han. Botel hade sökt honom på nätet. Förgäves. I stället hittade han namn och adress till hans änka. Sanne Iversen arbetade som rättspsykiatriker på Sankt Hans, ett mentalsjukhus som låg intill domkyrkan. Botel hade försökt komma in i byggnaden via en sidodörr, men den var till hans besvikelse låst. Där grumlades hans planer direkt. Han hade tänkt sno åt sig en vit rock och söka upp henne på rummet som kollega. Nu gällde plan B. Förhoppningsvis skulle hon ut på lunchen. Han tänkte vänta på henne vid huvudentrén. På internet hade han hittat hennes foto, en bildbyline till en artikel hon skrivit om dubbeldiagnoser och KBT. Han hoppades att han skulle känna igen henne.

Fram till lunch fick han försöka fördriva tiden så gott han kunde. Det fanns ett museum i anslutning till sjukhuset. Ett dårhusmuseum som enda muntration. Botel klev in och följde med den guidade turen i skräckkabinettet och blev förevisad dåtidens behandlingar.

Här vårdades patienter med syfilis av tredje graden; grandiosa vanföreställningar och demens. Länge tänkte man att det var något tokigt man ätit. För inte kunde väl munkar och nunnor och till och med påvar ha gökat? Hon sa inte gökat, det fyllde han i själv. Guiden berättade stolt att två av de tidigaste dokumenterade fallen av syfilis, redan från 1400-talets slut, hade beskrivits i Roskilde. Som om det var smickrande för staden att bli känd för en sådan sak.

Av rädsla för att polisen skulle ha kontaktat Sanne Iversen vågade Botel inte fråga efter henne i receptionen. Det var bara att vänta. Och hoppas. Det var därför han inte heller hade vågat söka upp henne i hemmet utanför staden. Vid lunchtid strömmade personalen ut och det var svårt att hinna se alla ansikten. Var hon lång eller kort? När han såg henne var det ingen tvekan om att det var hon. Det här var en kvinna med pondus och stark utstrålning.

Botel hade noga övat in vad han skulle säga och följde efter Sanne Iversen till parkeringen. När hon gick fram till sin bil för att låsa upp dörren ställde han sig framför kylaren och inspekterade den. Han måste fånga hennes uppmärksamhet, få henne på tu man hand utan att hon blev misstänksam.

”Jag råkade backa på din bil, jag vet inte om det blev något märke”, sa han och såg till sin lättnad att hon kom närmare. Hon slängde jeansjackan hon haft över axeln på motorhuven och böjde sig ner för att se efter.

”Jag ser inget. Det verkar inte vara så farligt.” Hon log avväpnande mot honom och han kände sig lite modigare.

”Det är kanske bäst att vi fyller i en skadeanmälan i alla fall. Om det skulle ha blivit något fel på strålkastarna”, föreslog han.

”Kanske det”, sa hon och tittade forskande på honom.

”Jag har ingen blankett i min bil, men du kanske har det?” Han kände hur kallsvetten började sippra i armhålorna. Hon hade sin mobil i byxfickan. Han såg den genom tyget. Polisen var bara ett samtal bort.

”Det tror jag, bestämt.” Hon satte sig på förarplatsen och grävde i handskfacket. Han slog sig ner bredvid på passagerarplatsen och hjälpte henne att leta. ”Här.” Han höll fram pappret. Det darrade. Fingrarna gjorde svettmärken. Började hon bråka skulle han tvingas ta till våld.

Hon såg upp och plötsligt förändrades hennes ansiktsuttryck. ”Jag får en känsla av att det här handlar om något helt annat än att du kört på min bil. Har du någon bil överhuvudtaget?”

”Nej”, svarade han utan att tänka sig för. Det imponerade på honom att hon var så cool.

”Om du är den unge mannen från Visby som studerar osteologi så har jag väntat på dej.”

Botel svalde och nickade utan att ha en aning om vart det hela skulle ta vägen. Han ville inte göra henne illa, måste få henne att förstå. ”Jag måste få veta vad som hände paret i dubbelgraven. Jag ber dej. Sen kan världen få gå under om den vill.”

Sanne log ett sorgset leende. ”Jag levde med en man som var besatt av samma sak. Det förgångna var viktigare än nuet. Varför söker polisen dej?” frågade hon.

Han hade förberett sitt svar tusen gånger under resan. ”Jag har öppnat en grav utan tillstånd.” Han mötte hennes blick så modigt han kunde.

”Och mer?” Hon lät honom inte komma undan.

”Polisen tror att jag vet något om Malva Pihlgren. En flicka på sexton år som är försvunnen, men jag svär att jag inte har en aning.”

”Inte en aning?” Hon gav honom en lång forskande blick.

”Snälla, jag lovar. Låt mej få läsa svaret på analyserna. Låt mej få se vad din man har skrivit. Jag måste få veta vad som hände paret i graven. Jag kommer att älska dej resten av mitt liv bara jag får veta ...” Han kände sig osäker på om det var ett bra argument eller inte. ”Jag kommer att ge din man all ära för det han har gjort och jag kommer att fullfölja hans arbete och få det publicerat. Jag ber dej, för din mans skull, för att hans arbete inte ska ha varit förgäves. Det är du skyldig honom." Han kände hur han växte med orden när han såg hennes tvekan inför slutargumentet. Det var bra.

"Ja, det kanske jag är skyldig honom. Om du ger mej allt du vet om flickan som är försvunnen ska jag ge dej en kopia av Mads anteckningar."

"Okej." Sanne kunde konsten att förhandla. Han samlade tankarna. "Jag tror inte att Malva Pihlgren vill bli hittad. Jag tror att hon håller sej undan eller att någon gömmer henne."

"Varför tror du det?" Sanne såg uppmuntrande ut. Säkert hade hon samma min när hon talade med sina patienter under terapin. Han kunde inte låta bli att småle tillbaka.

"Det var något hon berättade sista gången vi sågs. Ett förtroende, jag kan inte svika det. Det är en hederssak. När vi skulle skiljas åt efter lajvet stod hon alldeles stilla under gatlyktan. Hon grät och jag frågade hur det var. Då berättade hon om sin mamma." Botel hoppades att det skulle ge honom en frist, att han med de orden skulle slippa flera frågor. Hon hade berättat om sin mammas olycka, om fyllot och om övergreppet. Hon hade anförtrott sig åt honom och hans hjärta hade flödat över av stolthet för att hon litade på honom. Tills han började misstänka vad hon gjort. Han ville inte veta det.

"Jag har läst allt som stått i svenska tidningar. Vet du något mer?"

"Inget. Du tror väl inte att jag …" Botel hade sett vem som väntade på Malva när de skildes åt. Han såg dem slå följe upp mot Klinten. Hon hade sökt skydd hos någon annan, det hade gjort honom besviken. Men han tänkte inte berätta för Sanne var hon höll sig gömd.

"Nej, jag tror inte att det är du. Jag talade med polisen i morse. Det har inträffat ytterligare ett mord och man är övertygad om att det är samma gärningsman. Om du varit den skyldige skulle du inte vara här nu. Därför kände jag en viss lättnad när du stod här på parkeringen. Jag visste att du skulle dyka upp, men inte var och när. Polisen har varnat mej så jag visste att du var på väg."

Ett mord till, Botel förstod inte riktigt. ”Jag har inte hört några nyheter sen jag reste hemifrån. Vad är det du pratar om?”

”En sjuksköterska. Knivskuren i sitt hem. Hon kände sin mördare.”

Botel kunde inte få fram ett ord. Gloria, det fick inte vara Gloria. Han kunde inte formulera frågan, ville inte höra svaret. Så kunde det inte vara. Han skulle aldrig ha lämnat Visby. Nu hade Malva gått över gränsen.

”Sätt på dej bältet så kör vi. Mads anteckningar finns i ett bankfack i Köpenhamn. Vi är där om fyrtiofem minuter.”

Samtidigt ville han skratta högt. Det hade gått så lätt att han nästan fick svindel. Han hade inte vågat tro det. Utan våld. När Sanne satte på bilradion rycktes han med av tonerna och sjöng. Det lindrade den skavande oron. Hade polisen verkligen misstänkt honom för de tidigare morden? Först nu förstod han allvaret.

På tåget mot Sverige låste han in sig på toaletten för att få läsa de dyrbara anteckningarna ifred. Svaret på strontiumanalysen visade att både mannen och kvinnan i dubbelgraven bott hela sitt liv i Roskilde. De var släkt sinsemellan på fädernet. Inte syskon, men nära släkt. Mads Iversen hade jämfört med analyser från andra skelett och kommit till en förbluffande slutsats när det gällde kvinnan. Utan tvekan hade hennes farfar och farfars far varit i tjänst hos Valdemar I. Ätten var väl känd. Krigarnas gravar fanns bevarade. Mads hade kontrollerat DNA. Och det förbluffande resultatet pekade på att den unga kvinnan var dotter till Saxo, den klerk som fanns omnämnd i biskop Absalons testamente. Saxo Grammaticus, författare till Gesta Danorum – Danmarks historia. Botel kände hur händerna blev så fuktiga av spänningen att bladen fastnade i händerna när han skulle bläddra och läsa vidare. Det här var historiskt sprängstoff. Den danska historien var skriven i sexton böcker på beställning av biskop Absalon. Sagor och myter i en mustig blandning, krigslist och trolldom och slutligen glorifieringen av Valdemar den Store. Botel mindes ett stycke han läst för inte så länge sedan. En riktigt makaber krigsskildring där de döda krigarna ställdes upp på slagfältet nästa dag med hjälp av trästörar, för att kamouflera manfallet från gårdagens strider. Bland sagorna fanns berättelsen om Amlet, en föregångare i den muntliga traditionen till Shakespeares Hamlet. Saxos egen grav hade man aldrig funnit, men Mads Iversen hade funnit hans dotters och hon blev mördad. Var de verkligen pilgrimer eller var de på flykt för sina liv?

Tåget gungade till. Någon bankade på toalettdörren och Botel fräste ifrån att det var upptaget. Han måste få veta mer. Varför hade den unga kvinnan, han kallade henne fortfarande för Dorotea i sina tankar, lämnat sin fars hus? Där kunde hon ha levt i trygghet, men i stället gav hon sig ut på en farlig resa. Hon måste ha varit giftasvuxen, ett gott parti. Här slutade den sammanhängande texten och kvar var bara tre lösa blad med funderingar. Telefonnummer till Gotlands militärmuseum fanns på den första papperslappen, med anteckningar om dag och tid för kontakt och ett stort frågetecken. Hela sidan var överstruken med ett snedstreck. Antagligen ledde det spåret inte längre. På nästa lapp fanns länsarkivets telefonnummer med texten: *Skallarna mättes 1912.* I gravar från den här tiden brukade det finnas gravgåvor, men graven var tom. Gjordes flera fynd i dubbelgraven i Sankt Clemens? Togs de övriga fynden i så fall tillvara av militären, eftersom de inte finns diarieförda av länsarkivet på Gotland? Var kunde det ha funnits ett hemligt militärarkiv 1912? På den sista lappen fanns ett telefonnummer till en vaktmästare på Skatteverket i Visby. Skatteverket? Botel insåg att det var Mads Iversens sista anteckning innan han dog och lämnade sitt arbete oavslutat. Först kände han en stor besvikelse och tänkte att det var ett misstag, att lappen inte alls hörde dit utan att det gällde arkeologens privatekonomi. Så gick det gradvis upp för honom att Skatteverket sedan en tid tillbaka låg på det gamla A7-området, där de hade övertagit militärens lokaler efter nedläggningen. Fanns det hemliga militära arkivet där? Han kunde inte låta bli att skratta högt.

”Är det någon där!” Det bankade på toalettdörren igen.

”Det var då själva faan att man inte får vara ifred på toaletten!” Skulle han våga höra av sig till vaktmästaren med sitt verkliga ärende, eller skulle han bryta sig in? Är man jagad av polisen för mord, gör det nog varken till eller från om man bryter sig in hos Skattemyndigheten, tänkte han.

38

Maria Wern såg det främmande mobilnumret på displayen på sin mobil. Hon kollade det mot Eniro. Det var Björn som hade ringt. Äntligen och ändå alldeles för sent. Hon skickade ett sms tillbaka och bad honom kontakta någon av de andra poliskollegorna om han hade frågor eller upplysningar. Och tillade sedan: Om du vill hyra mitt gästhus eller har andra privata ärenden får de vänta tills utredningen är avslutad. Hon vägde orden noga innan hon skickade iväg meddelandet.

Blåljus och sirener. Utryckningen gällde en misstänkt rattfylla på Södra Kustvägen. Maria tänkte på sina kollegor i yttre tjänst och hoppades att ingen olycka skulle hinna hända. På en sekund kan livet förändras. Hon tänkte på Blenda Pihlgren. En cykeltur, hade Mikael sagt. Det var viktigt för henne att hålla sig i fysisk form, det var endorfinerna hon ville åt. Maria lutade sig över journalen från kvinnokliniken på Huddinge sjukhus som kommit med posten samma eftermiddag. Den innehöll berättelsen om Malvas födelse. Det var inte helt enkelt att förstå sjukvårdens fikonspråk, somliga ord fick hon slå upp. Blendas barn skulle förlösas med kejsarsnitt, hade man beslutat. Dels med tanke på moderns rh-immunisering, men också på grund av hennes förlossningsskräck. Samtalen hade barnmorskan redovisat knapphändigt, som för att skydda från nyfikna blickar. Maria kände sig som en inkräktare. Ändå var hon tvungen, för Malvas skull. Blenda hade nekat till att hon gjort en tidigare abort eller att hon fött ett barn. Det var tydligt att barnmorskan inte trodde Blenda, men valde att inte pressa henne för att inte förlora kontakten. Ett förtroende hade byggts upp med oändligt tålamod och frågan om sexuella övergrepp hade ställts. Maria läste svaret. Olusten fick henne att känna sig sjuk. Hon ville spy i papperskorgen. Det var ett barns röst som talade genom de vita pappersarken.

Hon reste sig upp, gick fram och öppnade fönstret och lät luften strömma mot ansiktet. "Fy faan!" Hon tänkte på att Mikael läst samma sak. Hur det måste ha plågat honom. Tankarna på vad som hänt Malva skulle komma att färgas av vad han just hade läst. Hade Maria verkligen gjort rätt när hon grävde i det gamla? Oron kröp i kroppen, en känsla av skuld. Men det var där spåret slutade. Gloria hade blivit dödad när hon försökte ta reda på om Malva hade ett syskon. Varför ville hon ta reda på det? Mikael hade sagt att Blenda ville till Gotland för att göra upp med sina demoner. Hade hon mött dem?

Maria blundade och försökte samla tankarna. Blenda Pihlgren hade utsatts för sexuella övergrepp som barn, men aldrig polisanmält det, eller berättat det för sin man. Under uppväxten hade hon bott i Bro, kanske en sökning efter sexualförbrytare kunde ge något... hon gjorde en anteckning om det.

Evert Lundmark hade dömts för pedofili. Var bodde han de åren Blenda fanns hos sin morbror Börje i Bro? Maria slog frågan på nätet och fick det svar hon trodde. Han bodde alldeles invid kyrkan. Kunde han vara far till Blendas barn? Maria listade frågeställningarna. Födde hon det? Blev det bortadopterat eller vad hände sedan? Och varför frågade Gloria om Malva hade syskon? Halvsyskon eller helsyskon? Evert hade en dotter enligt folkbokföringsregistret. Vad var Glorias del i det hela? Varför blev hon mördad? Vad visste Gloria som var så farligt att hon måste tystas? Kunde Evert ha sagt något till Gloria innan han dog, gjort en bekännelse? Maria måste få tag i Blendas morbror!

Hon slog upp kartan över ön på nätet. Blenda Pihlgren var på väg från Bro mot stan när hon blev påkörd av Nina Eriksson, som var på väg från Lärbro i samma riktning. Maria bläddrade i mappen om Blendas olycka. Det skedde i höjd med Bro stainkalm, stod det. Ett stort stenröse på höger sida av väg 148. Nära Bro ojkar. Två oxar som förvandlats till sten som ett Guds straff. Maria hade hört myten. Bonden som ägde dem hade lovat att offra dem för att hans barn skulle få synen åter. Men innan bonden hann skrida till verket blev barnet botat. Då tyckte han det var onödigt och bröt sitt löfte. Därför blev oxarna till sten. Maria förstorade kartan. Alldeles i närheten av Bro ojkar, på andra sidan vägen, bodde Blendas morbror. Var det honom hon hade hälsat på?

Längre kom hon inte i sina tankar. Hartman stod i dörren till hennes rum. Hon hade inte ens hört honom öppna dörren. ”Möte.”

Maria redovisade sina tankar för honom på väg dit, men fick inte det gehör hon förväntat sig. ”Med all respekt för din intuition måste jag be dej lägga det här åt sidan. Det är ett brott begånget för så länge sedan att det säkert är preskriberat. Vi har tre mord i nutid att koncentrera oss på.” Hon hörde irritationen i hans röst. Han var stressad.

”De hänger ihop. Men jag ser inte hur.” Maria märkte att hon inte hade tillräckliga argument. Kände sig plötsligt tveksam och fel ute.

”De väntar på oss. Erika har en del att berätta.”

Per Arvidsson hade tränat på lunchen och var fortfarande våt i håret och röd i ansiktet. Han verkade behöva sina endorfiner. Ek hade mumlat i mungipan att Per inte hade det så roligt hemma. Han jobbade ofta över, dröjde sig kvar och kom före de andra till jobbet varje morgon. Maria tänkte inte ta på sig skulden. Han hade valt att stanna hos Rebecka och om han inte var lycklig var det hans eget fel.

Bredvid honom satt Patrik Hedlund, som såg malplacerad ut i sin prydliga vita skjorta med slips. De pratade friidrott. Tuppfäktningens tid var över. De verkade ha blivit riktigt bra kompisar, Per och Patrik. De skulle se matchen i kväll och ta en öl. Maria kände ett styng av avundsjuka. Det var inte längre som på den gamla goda tiden när alla gick ut och tog en öl tillsammans. Arbetsgruppen hade splittrats i mindre grupperingar sedan Patrik Hedlund kom.

Erika reste sig upp och gick fram till whiteboarden och pekade på den tidslinje Hartman tidigare ritat upp. ”I källarkulverten till det hus där Gloria Cederlund hittades mördad fann vi ett par blodiga gymnastikskor. Adidas storlek 40. Blodet är offrets. Jag har jämfört skoavtrycken med det material som fanns från olyckan där Nina Eriksson körde på Blenda Pihlgren. Samma skoavtryck fanns bredvid Blendas demolerade cykel som landat på vägrenen. Där var marken mjuk efter regnet. Vi kan alltså anta att samma person var på båda ställena, hos Gloria och vid olyckan i Bro. Nina Eriksson hade storlek 37. Jonatan Eriksson 42. Blenda själv, storlek 37. När vi fick Nina Erikssons erkännande lades utredningen ner. Skoavtrycken kollades aldrig upp.”

Hartman bröt in: ”Vi har också lyckats få tag på två vittnen, vårdare på Runnagården, som kan intyga att Nina Eriksson hade ett stort blåmärke på höger axel när hon kom dit för rehabilitering. Det talar emot att det var hon som körde. Det vill säga frågan står öppen. Var det någon som körde på Blenda Pihlgren med flit och sedan flyttade den halvt medvetslösa Nina Eriksson från passagerarsätet till förarplatsen?”

”Det var som fan”, sa Ek. ”Jag var tvärsäker på att Nina gjort det. Hon erkände ju att hon kört rattfull.”

”Varför behövde Blenda röjas ur vägen och sen Nina?” frågade Per.

”Det vet vi inte, men vi vet att Nina fick ett telefonsamtal trettio minuter innan hon lämnade sin lägenhet natten då hon blev mördad. Samtalet varade tre minuter och tjugo sekunder och ringdes med kontantkort från Visby.”

”Någon måste ha bett henne komma.” Maria tänkte högt. Hon

hade funderat i de här banorna förut. ”Vad var det som var så viktigt att hon glömde att låsa och lämnade sitt sovande barn utan tillsyn? Hon var nykter den natten.” Maria använde sin egen känsla som redskap. ”Jag tror inte att hon lämnade Malte ensam, jag tror att någon kom dit och bytte av henne. En barnvakt!”

”Då kan det ändå vara Jonatan”, sa Patrik. ”Fast vittnet på Almedalshotellet tyckte att han såg ut som en kvinna. När jag tänker på det så är det något feminint över honom.” Han sa det som ett skämt, men ingen orkade dra på mun.

”Eller någon annan som brukade vara barnvakt åt Malte”, kontrade Maria.

”Bra! Det blir min sak att kontrollera det med Jonatan”, sa Hartman och nickade gillande. Flera hjärnor tänker bättre än en. En tillåtande stämning ger mod att uttrycka det man inte vet om att man vet, brukade han säga. ”Vad skulle kunna vara så angeläget att Nina gav sig ut mitt i natten?”

”Ett vittne? Någon som kunde intyga att hon inte satt vid ratten när Blenda Pihlgren blev påkörd?” Ek sa det med tveksamhet, han var ännu inte helt övertygad.

”Eller en våldsam förälskelse”, sa Erika och gav Patrik ett ögonkast som fick honom att spärra upp ögonen. Stöter du på mej eller …?

Hon dunkade handflatan mot huvudet och blängde tillbaka för att visa att hon inte imponerades av hans mentala prestationer.

Hartman gav dem en trött blick. ”Gloria Cederlund släppte in sin mördare. Jörgen Bredde måste också ha gjort det. Och ändå var han rädd för polisen och höll sej gömd i ett främmande hus. Han måste ha kikat ut genom sidfönstret och sett en person han tyckte verkade ofarlig. Det fanns inga tecken på inbrott.”

Erika pekade på fotot av den blodiga skon. Ett vasst föremål hade skurit av en liten bit av framsulan. ”Det är lite som att prova Askungens sko, fast här önskar ingen att den passar. Jag har gått igenom Malva Pihlgrens garderob. Hon har storlek 40.”

”Skulle hon ha varit med vid trafikolyckan? Hur då?” Patrik förstod det lika lite som någon annan.

”Eller också kan vi se det som ett tecken på det omvända”, sa Erika. ”Om hon inte var på olycksplatsen när hennes mamma blev påkörd, är hon inte heller Glorias mördare.” Erika vände sig till Hartman. ”För övrigt finns det inga fingeravtryck på mordvapnen varken hos Gloria eller hos Jörgen. Mördaren har använt handskar. Det finns förunderligt lite material. Den eller de som begått morden har omsorgsfullt sett till att inte lämna spår efter sej. Utom skorna, när det blev bråttom.”

”Malva är en flickunge på sexton år. Hon städar inte ens sitt rum. Skulle hon städa en mordplats?” Maria mindes det kaos hon bevittnat i flickans rum.

”Vilka hade Malva kontakt med innan hon förlorade sin mobil? Finns det en samtalslista?” frågade Per Arvidsson.

Ek behövde inte ens kontrollera saken i sina anteckningar. ”Det sista samtalet är till Mikael Pihlgren en vecka innan han reste till fastlandet. Innan dess ringde hon sin lärare en gång och ett samtal till HM för att kolla om en beställning var på väg.”

”På nätet har hon via MSN haft kontakt med lajvgruppen i Sankt Clemens ruin. Mest har hon haft kontakt med Adela Rehn och Gloria av Brandenburg som följde henne dit och med Atsur som skrev hennes roll. Vi fick uppgifterna från de andras datorer.”

”Kan någon av dem i teatergruppen hålla henne gömd, eller hålla henne fången?” Hartman ställde sig bredbent och stirrade på tidslinjen. ”Alla dessa förhör, och det märkliga är att alla har alibi för något av morden. Och ändå tror jag att mördaren finns där i våra papper, mitt framför näsan på oss.”

”Är morden på Nina, Jörgen och Gloria verkligen utslag av hämnd? Eller har vi stirrat oss blinda på det?” frågade Maria.

”Vad skulle det annars vara?” Patriks motfråga kom snabbt som ett höftskott.

”De kanske blev mördade för att de visste något som var till nackdel för mördaren. Vad säger att motiven ens är ett och detsamma för de tre morden?”

”Bra.” Hartman tystnade ett kort ögonblick medan han tänkte igenom vart det skulle kunna leda, men gav upp för stunden. ”Jag anser att vi koncentrerar oss på att få tag i de båda som är anmälda försvunna. Malva och Botel Hellsten. Jag fick ett samtal från Roskilde. Han har varit där och är på väg hem. Vi får bevaka flyg och båtar.”

39

Maria stängde av datorn i sitt arbetsrum och lutade huvudet i händerna medan hon tänkte. Ljudet från fläkten i taket var irriterande. Hon försökte stänga ute rösterna från korridoren. Koncentrera sig. Det måste finnas en öppning. Om hon fick tag i Blendas morbror och moster skulle kanske fler bitar falla på plats. Maria bestämde sig för att göra ett nytt försök att se om de kommit tillbaka från sin semester. För Emils skull måste hon göra allt för att lösa det här och hitta Malva. Han mådde allt sämre.

Maria tittade in i Tomas Hartmans rum för att säga vart hon skulle. Han hade tydligen gått för dagen. Han skulle fira silverbröllop med sin fantastiska Marianne. På skrivbordet stod fotografiet av en leende Marianne. Maria beundrade dem för deras fina förhållande. Hur klarar man att leva med någon i tjugofem hela år? De borde få medalj. Det var inte slentrian eller rädsla för det okända som höll dem samman, det var ett aktivt val. De älskade varandra och var lojala mot varandra, genom gräl och svårigheter och perioder där var och en var upptagen med sitt. Maria hade frågat Tomas vad som var hemligheten och han hade oväntat svarat: hudkontakt. Varje kväll innan vi somnar och varje morgon när vi vaknar ligger vi tätt, tätt tillsammans och kramas och pratar. Känner att vi är vi. Sedan kan man möta alla motgångar i världen. Det var väl så Maria hade misslyckats i sitt eget äktenskap med Krister. De hade inte somnat sams. Båda hade varit för stolta. Hon hade sovit på sin kant och han på sin och däremellan fanns helvetesgapet. Nästa gång, om kärleken skulle behaga titta åt hennes håll och hon skulle komma att leva med någon igen, skulle hon lyda Hartmans råd.

Maria kom på att hon glömt kartan som hon skrivit ut och gick korridoren tillbaka. Per Arvidsson satt på sitt rum.

”Vad gör du?” frågade hon i förbifarten, mest av gammal vana. Det var så de brukade arbeta före Patriks tid. Fortlöpande informella samtal i stället för alla stormöten. En snabb resumé av det viktigaste. Men just nu kändes det inte som hon hade tid.

Han vände sig mot henne och gjorde en gest att hon skulle slå sig ner. ”Jag stämmer av alibin ett varv till och har snart kommit igenom hela lajvgruppen. Adela och Gregorius kvar. Ingen av dem har alibi. Deras berättelser känns konstruerade. Jag skulle vilja höra dem igen. Gregorius säger att han inte haft tillgång till teve och tidningar och inte sett efterlysningen av Malva. Adela visste ingenting förrän hon blev kontaktad av Hedvig Nyvik, säger hon.”

”Hur ser det ut i övrigt?” frågade Maria utan att lämna dörröppningen. Hon önskade att han skulle säga något mer om Gregorius, men hon ville inte fråga.

”Det verkar stämma. De flesta har alibi för två av tre tillfällen. Vittnesmålen stämmer väl ihop, och inte alltför väl så man kan misstänka att de pratat ihop sej. Det finns små skillnader som egentligen ökar trovärdigheten. Har du tid att ta en fika?”

”Hinner inte.” Hon kände sig pressad.

Han såg besviken ut, men sa inget. Nickade bara kort och vände sig mot datorskärmen. Hon dröjde sig kvar någon sekund. Såg hans nacke där det röda håret hängde alldeles för långt över kragen. Hennes händer mindes hur det kändes att dra fingrarna genom den tjocka kalufsen. Hur det kändes att gosa sig in vid halsgropen och att tryggt höra hemma just där. En bedräglig trygghet. I en annan tid. Hon vände sig om och gick. Det var över.

Maria svepte en hamburgare på Max innan hon tog bilen till Bro. Fick en galen tanke att ringa Björn, tvärt emot alla förutsatser – och upptäckte att mobilen låg kvar på laddning på jobbet. Bra, då slapp hon bli frestad. Men komradion var med. Det hon kände till om socknen Bro sedan tidigare var orienteringsklubben, Bro SK, Hasselas behandlingshem Tors gård och bilskroten, och en gång hade hon varit där med barnen på en stor loppmarknad.

Visby flygfält bredde ut sig på vänster sida när hon lämnade staden. Hartman hade berättat att det förr i tiden betades av med får, före gräsklipparnas tid. På höger sida fanns det berg som en gång varit Visby soptipp. Hon la bara märke till det i utkanten av sitt medvetande medan hon tänkte på utredningen.

Hade Blenda mött sina demoner när hon återvände till Bro? Med största sannolikhet hade hon träffat sin morbror och moster. Hade hon kunnat sätta ord på de fruktansvärda händelserna i barndomen? De måste ha känt sig anklagade. De hade ju vårdnaden om henne. Maria försökte sig på en rekonstruktion av mötet.

Efter tjugofem år av tystnad stod Blenda i deras farstu och ville prata med dem. Hon behövde det för att kunna gå vidare med sitt liv, för att bli hel nog att kunna leva med den man hon faktiskt älskade, men inte kunde ge fysisk närhet. Ett sista desperat försök. Var hon rädd?

Mikael hade berättat att Blenda fick stryk, stryk för allting. Hon kunde ha tagit honom med sig när hon besökte sina släktingar i Bro. Varför gjorde hon inte det? Hon hade inte ens berättat för honom vart hon skulle. Det hon sagt till Mikael var att hon skulle ta en cykeltur. Vad var det hon inte ville att han skulle höra? Handlade det om barnet? Han måste ha förstått att det fanns saker hon höll för sig själv, ett rum dit han inte hade tillträde. Varför behövde det vara en hemlighet? För skammens skull. Kunde det vara så viktigt att hålla det hemligt att fyra människor måste tystas? För Blenda hade ju också tystats. Hon skulle aldrig själv kunna berätta sin egen historia.

När Maria svängde av väg 148 såg hon att det lyste i huset där Börje och Margit Grönvall bodde. En liten svag lampa i köksfönstret. Det kunde vara grannen som vattnade åt dem förstås. Nej, husvagnen stod parkerad på grusplanen framför boningshuset. Maria tog upp komradion och meddelade vakthavande var hon befann sig.

"Jag skickar en patrull så fort någon finns ledig. Det är ganska stökigt på stan."

"Det behövs inte. Det är lugnt, jag ska bara prata med dem. Jag går in." Hon inväntade inte vakthavandes kommentar. Hon parkerade bilen vid vägkanten, skymd från huset av ett enrissnår. Ytterdörren stod på glänt och dörren till husvagnen var också öppen. Antagligen höll de på att bära in packningen. Maria väntade på trappan. En lång mager kvinna i ålderdomlig träningsoverall steg ut i skymningen.

"Maria Wern, polisen. Jag skulle vilja ställa några frågor."

"Oj, kära nån då! Så du skräms. Börje, det är till dej!" Hon flaxade nervöst med armarna för att visa vägen in. "Vad kan det vara. Har någon haft inbrott? Vi har varit på semester. Ursäkta röran. Jag ska väl sätta på kaffe då. Hon dricker väl kaffe?"

"Vem är det?" En reslig, muskulös man i sjuttioårsåldern mötte dem i köket. Hans ansikte uttryckte fientlighet och misstroende.

"Hon är från polisen." Margit lät som om hon bad sin man om ursäkt för det.

"Jag skulle vilja ställa några frågor om Malva Pihlgren?" Maria tog ett steg in i hallen.

"Vem fan är det, har jag aldrig hört talas om!" Hans röst tålde inga motsägelser.

Maria slog sig oombedd ner vid köksbordet utan att släppa honom med blicken. "Blendas dotter. Flickan är försvunnen. Jag vill veta om ni träffade henne innan ni for på semester."

"Har Blenda en dotter?" Margits vattniga, ljusblå ögon blev alldeles blanka. "Vad är det du säger?"

"Visste ni inte det?" Maria kunde inte dölja sin bestörtning. "Men Blenda måste väl ha berättat det när hon var här?"

”Hon har inte varit här. Vi har inte sett Blenda på över tjugofem år. Var finns hon nu?” Margit sjönk ner på stolen framför Maria. ”Vet du något om henne. Jag har undrat så, alla dessa år har jag undrat vad det blev av henne.”

40

Botel Hellsten hade vågat resan Helsingör–Helsingborg med färjan, men att ta flyg eller färja till Gotland skulle innebära en alltför stor risk att hamna i polisens strålkastarljus. Så småningom skulle han hamna i förhör, det insåg han, men just nu hade han inte tid att prata med dem. I stället hade han slagit sig i slang med en söndagsseglare på en pizzeria i Nynäshamn och fått följa med över Östersjön som gast. Resan hade varit en skräckfärd. Redan innan de hunnit ur skärgården hade han spytt i sittbrunnen. När de steg i land var han helt utmattad, men ändå euforiskt lycklig över att han hade överlevt sjöresan. De hade seglat in i Ronehamn och därifrån hade han liftat med en yogainstruktör till staden. De hade lyssnat på panflöjt, diskuterat andningsteknik och hamnat i ett djupt samtal om det övernaturliga. Nu kände han hur hungrig han var. Han hade inte ätit något alls sedan han la ut pizzan från lunchen dagen före.

När Botel släpptes av vid Öster Centrum vågade han inte gå till sin lägenhet. Den kunde vara bevakad. Brott mot griftefriden var han utan tvekan skyldig till, han var kanske mordmisstänkt och värre skulle det bli om han måste bryta sig in på Skatteverket. Arkeologen Mads Iversen hade varit i kontakt med en vaktmästare på myndigheten. Fanns det ett gammalt militärarkiv i källaren som kunde innehålla sanningen om vad som hänt Atsur och Dorotea? Det fanns två vägar att gå, en laglig och en olaglig. Den olagliga var definitivt snabbare. Hur svårt skulle det vara att bryta sig in på Skatteverket? Hade de någonsin haft inbrott? Hade de ens larm?

Botel var ohyggligt hungrig. Tillräckligt hungrig för att argumentera en stund om det skulle krävas. Pengarna var slut. Han tog upp mobilen för att ringa sin mamma och be henne föra över en slant. Det dröjde en evighet innan hon svarade.

”Polisen har ringt, Botel. De frågade efter dej. Jag orkar inte med allting nu! Det är för mycket. Jag har blivit osams med Jullan. Hon är inte riktigt som hon ska. Sen Carlos lämnade henne har hon blivit bitter och elak. Vi får pratas vid en annan dag… Så hon har ringt dej med. Lyssna inte på henne. Hon vet inte vad hon säger. Det är bara dumheter. Lova det! Vad sa du? Nej, jag kan inte låna dej pengar!”

Nöden är uppfinningens moder. Botel letade i papperskorgen och fann en flottig papperspåse som det varit kyckling i. Den blåste han upp på sin väg in i Gallerian och passerade sedan den kassa på Coop där kassörskan hade mest att göra.

”Den var rå, jag ska byta den!” Kassörskan nickade. Kön var lång. Innehållet var inget hon tänkte kontrollera. Botel återvände med en ny påse med grillad kyckling sedan han knölat ihop den gamla i sin kundkorg. Hungern rev i magen. Det luktade fantastiskt gott. Det vattnades i munnen. Han såg till att få ögonkontakt med samma kassörska medan han passerade ut. ”Ni måste låta dem vara i grillen tills de är klara.”

”Självklart.” Hon gjorde ingen min av att stoppa honom nu heller och maten var räddad. Han tog några klunkar vatten ur kranen på toaletten. Livet behöver inte vara mera komplicerat än så.

Botel såg på klockan. Den var snart tre. Hur länge var det öppet på Skatteverket? Han visste inte. Till fyra eller fem kanske? I stället för att bryta sig in efter stängningsdags kunde han göra en rövare och ta sig in när det var upplåst. Enkelt och okomplicerat. Kycklingstölden hade gjort honom säker som skådespelare. De små gesterna är ofta mer övertygande än de yviga. Det enda som krävs är självförtroende. Och självförtroendet var det inget fel på just nu även om risken att bli igenkänd gav honom rysningar. I värsta fall, om de efterlyst honom för morden, kunde han ha varit på foto i tidningen. Det kändes kymigt att inte veta.

Han gick in genom huvudentrén. Ingen la märke till honom och han tog hissen till vänster ner till källarplanet och blev omgående stoppad av en äldre man med verktygsbälte och vegamössa. En kroppsbyggare med avundsvärda muskler. Var det honom Mads Iversen varit i kontakt med? Kunde han ha sådan tur? Vaktmästaren studerade honom uppifrån och ner. Det var tydligt att Botels slitna jeans och svettiga t-shirt inte föll honom i smaken.

"Den här delen av byggnaden är inte till för allmänheten", sa han långsamt och övertydligt. "Det ska inte vara något spring här!"

Botel log och räckte fram handen. "Pontus Melin. Jag inspekterar militärarkiv i Sverige. Det nya politiska läget kräver uppdatering av våra kunskaper om rasbiologins utbredning före andra världskriget. Jag hoppas att det kan ske med största diskretion." Han lät handen svepa över sin yttre uppenbarelse i en förklarande gest. En förklädnad. Vaktmästaren såg fortfarande misstänksam ut.

"Då har du kommit fel. Det här är Skatteverket."

Botel kände svetten bryta fram på pannan och väta tyget i armhålorna. Skulle det bära eller brista? Han kanske borde ha dragit till med något annat, att han skulle kontrollera en fuktskada eller vad som helst. Om han bara hade förberett sig bättre. "Jag har hälsningar från Mads Iversen. Han rekommenderade mej att ta kontakt med dej. Han sa att du visste vad du talade om och att du var en man att lita på."

Vaktmästarens skeptiska min förbyttes i stramt allvar. "Absolut. Jag visar vägen." Han tog upp sin stora nyckelknippa ur fickan och tog täten. "Det finns ett hemligt militärarkiv. Det är faktiskt bara jag som vet om det och Mads. Jag var och hälsade på min släkt i Roskilde och lyssnade på en föreläsning Mads Iversen hade om Valdemar Atterdag. Efteråt gick vi och tog en öl och pratade vidare om Valdemar den Store, Absalon och Sankt Clemens-kyrkan. Det var då jag berättade det, att jag hittat ett bortglömt militärt arkiv. Mads sa att han skulle komma hit, han skulle komma så snart det var möjligt. Men jag hörde aldrig av honom."

"Dessvärre har han avlidit i hjärtinfarkt. Jag talade med hans änka så sent som i går."

"Det var som fan." Vaktmästaren blev stående med nyckeln i låset till den dörr där arkivet med största sannolikhet fanns. Botel höll andan. Inget fick gå fel. Han skärpte sina sinnen. En röd skurhink med trasa stod invid väggen, vaktmästaren hade två millimeter skäggstubb, en fluga surrade entonigt längre ner i korridoren. Alla detaljer etsade sig in medan han väntade.

"Mads hade haft känningar av kärlkramp senaste året. Det är verkligen beklagansvärt att han inte längre finns ibland oss. Hans arbete var viktigt", sa Botel och tog ett steg närmare.

"Det är för jävligt!" Vaktmästaren hade fastnat i rörelsen när han lyssnade. Nu låste han upp dörren. När lysröret i taket tändes uppenbarades ett långsmalt förrådsrum utan fönster. Utmed väggarna fanns lagerhyllor med lådor, mitt på golvet stod ett bord med perstorpsplatta och på bordet låg det en trave med pärmar. Det var dammigt och unket och Botel kände genast hur det blev tyngre att andas.

"Här är det allra heligaste. De tror att jag förvarar målarfärg här inne." Vaktmästaren skrockade och petade tillbaka kepsen i nacken. "Jag släpper inte en jävel över bron."

Botel såg sig omkring och kände en lätt svindel. Så nära nu, så nära att få reda på sanningen och så många lådor att gå igenom. Bara det fanns ett utförligt register. "Jag behöver arbeta ostört. Det kan ta en stund och jag vet att ni stänger här ganska snart. Hur löser vi saken på smidigaste sätt?"

"Ut kommer man alltid. Vi stänger fyra för allmänheten. Se bara till att dörren går igen ordentligt efter dej när du lämnar det här rummet. Vill du ha kaffe?"

"Tack, det skulle sitta fint." Han fick inte verka stressad eller nervös, att tacka nej till kaffe på Gotland är en dödssynd. Det skulle få honom att framstå som opålitlig och vrång. Så fort vaktmästaren slagit igen dörren tog Botel den översta pärmen i högen på bordet. På omslaget fanns en svastika.

Det var tydligt att skallmätning var överordnat all annan arkeologisk forskning i detta arkiv. Botel trodde knappt sina ögon, men skallarna var grupperade efter ras och index. Låda efter låda, hylla efter hylla med den statligt stödda rasbiologins arbetsmaterial. Botel visste att mätningarna av skallindex hade pågått från år 1902 fram till 1936. Man hade genom att mäta skallar sökt en teoretisk förklaring till oönskade yttringar som brottslighet, alkoholism, idioti, vanart och undermålighet. Därför hade man i forskningssyfte samlat in skallar av döda och mätt dem. Arkeologin och osteologin hade följt de nya strömningarna i tiden.

Efter att ha slitit och bläddrat i flera av pärmarna hittade han det han sökte. 1912 hade Gaston Backman undersökt elva kranier från Sankt Clemens. Om han bara kunde hitta dem i registret och se om det fanns fler fynd bevarade som hörde till dubbelgraven ... Det fanns en chans att man tagit tillvara mer än bara skeletten, material som under rasbiologins era inte var av något större intresse och som blivit kvar i arkivet. Atsurs och Doroteas skallar hade återbördats till graven efter påstötningar från Riksantikvarieämbetet. Botel hade hittat dem där och förundrats över att de redan saknade en hörntand. Innan han förstod att Mads hade varit före och öppnat graven för att få material till DNA- och strontiumanalyser. När det gällde övriga skelettdelar rådde fortfarande förvirring. Botel kunde mycket väl föreställa sig att skallarna hade hamnat som reliker i någon skum liten ordensekt på vägen dit.

”Vill du ha socker och mjölk i kaffet?” Vaktmästaren hade smugit in så tyst att Botel, i sin iver att finna vad han sökte, inte hört det.

”Svart, bara svart. Tack.” Han försökte att inte visa hur störd han blev.

”Vad letar du efter?” Vaktmästaren slog sig ner på den enda stolen i rummet och placerade kaffebrickan på bordet. Han sträckte behagfullt ut benen.

”Kan jag lita på din tystnad? På att det jag säger verkligen stannar mellan oss?” Botel försökte vinna tid medan han tänkte.

”Mads Iversen litade på mej.” Vaktmästaren petade omständligt ut sitt snus och tog en rejäl klunk av det heta kaffet. ”Haha, man är luden i halsen, som vi brukar säga. Kaffet blir så inihelvete hett i nya bryggaren. Passa dej du!” Han hostade till. ”Du kan lita på mej. Det är min uppgift att bevara det här arkivet tills vi tar över makten igen.”

”Va? Vilka då?” Botel kände att han inte riktigt hängde med.

”Vi som förstår att hålla den ariska rasen ren. Varför tror du annars att jag hållit det hemligt? Jag vill inte att obehöriga får tag i det här materialet och förvanskar det arbete som våra framstående forskare har lagt ner. Det här är bevismaterial. En dag kommer jag att bli tackad för min lojalitet.” Han log ett hemlighetsfullt leende. ”Jag har gjort en sprängladdning som skickar hela arkivet i luften om jag slår rätt nummer på mobilen. Jag hoppas att den ska fungera. Fienden ska inte ha tillgång till det här. Det tillhör framtiden.”

Botel kände att han blev stum. Alldeles torr i munnen.

”Vad är det du letar efter?” upprepade vaktmästaren.

”Bevis för en teori jag delade med Mads.” Det lät tillräckligt tvetydigt för att kunna passera. Botel lyfte pärmen närmare ansiktet för att visa att han var upptagen. Han vågade inte möta den andres blick.

”Jag visste väl att du var en av oss.” Vaktmästaren plockade upp sin mobil när den gav ifrån sig ett pip och läste av meddelandet. ”Vattenläcka! Hur fan då? Ja, jag kommer väl och ser på fanskapet då. Det är väl bara en packning… Det kan väl inte vara sån jädra brådska. Okej, okej. Fan ta alla kärringar med tummen mitt i handen.” Han reste sig och stegade ut.

"Jag klarar mej själv. Gå du!" Botel vände blad i pärmen och hittade vad han sökte. Numret på lådan från dubbelgraven. Han kände att han darrade nu, benen bar inte riktigt. Det kändes som att han skulle börja gråta. Försiktigt letade han rätt på papplådan i hyllan och drog fram den. Ett moln av damm gav upphov till en lång rad nysningar. Försiktigt makade han undan kaffebrickan och ställde ner lådan på bordet. Handsvetten fick locket att glida ur handen. Han fick hjälpa till med båda händerna. De darrade. När han äntligen fick av locket uppenbarades de föremål som inte sett dagens ljus sedan 1912.

Botel stirrade på föremålen framför sig. En enkel kniv, en bägare av glas, ett fat av trä och två pappersrullar omsorgsfullt inlindade i ett svartnat kalvskinn. Dokumenten var skatter som ingen fick ta ifrån honom! Han måste få dem med sig härifrån, till ett ställe där han i lugn och ro kunde studera dem. De andra föremålen måste han lämna kvar, fast det bar honom emot. De fick inte bli förstörda. Han vågade knappt röra vid dem, än mindre gömma dem under sina kläder. Hade vaktmästaren verkligen en sprängladdning? Påståendet var så surrealistiskt att Botel kände sig som i en feberdröm. Om det var sant skulle den mannen vara kapabel att göra vad som helst om Botel försökte stjäla något ur hans arkiv. Han såg sig om i rummet efter något som kunde vara en sprängladdning och bestämde sig sedan för att det var tomt skryt. Försiktigt låste han upp och gläntade på dörren. Skurhinken skulle kunna duga som emballage. Försiktigt lyfte han i dokumentrullarna och la den torra skurtrasan över hinken. Nu måste han ut härifrån, så fort som möjligt. Botel tyckte att den klarröda hinken var som en stoppsignal, skrek ut vad han gjort.

Korridoren var längre än han mindes den. Han tryckte på hissknappen. Stod där i kallsvettig väntan. Hissen närmade sig. Dörrarna gled upp och en äldre kvinna steg ur. Han tänkte febrilt ut något att säga, men hon brydde sig inte om honom. Kanske tog hon honom för städare, en osynlig städare, en sådan man inte ser eftersom det är genant att någon städar efter en. Nu såg han dagsljuset och gick skyndsamt mot entrén. Inte springa. Steg för steg. Gången blev knixig och axlarna stela. Han närmade sig entrén. Då kände han ett fast grepp om sin arm. Han vände sig om och kände hur benen blev ostadiga.

”Det behövdes ingen hink. Det var bara en packning, precis som jag sa.” Vaktmästaren sträckte ut handen för att ta den röda hinken. ”Är du klar med det du skulle göra där nere?”

”Ja.” Rösten blev en matt väsning. ”Vi hörs.” Han fortsatte mot entrédörren.

”Hinken!” Vaktmästaren stod kvar med utsträckt hand. ”Va fan ska du med hinken!”

Botel tänkte inte svara på det. Han visste inte hur, men benen fick liv. Han rusade ut, sprang för allt vad benen bar. Snubblade och sprang vidare. Skurduken flög förbi i utkanten av hans synfält. Han hörde den andres andhämtning bakom sin rygg. De hårda stegen i gruset. Vågade inte vända sig om. Hinken slängde av och an. Han ville gråta, men bet ihop. Marken rusade under hans fötter. Förbi Radio Gotlands studio. Ut på gatan. Framför en bil. Han kunde inte vänta. Hörde den bromsa in med ett tjut bakom honom. Han sneddade in på kyrkogården. In bakom en sten. Hämtade andan. Lyssnade. Munnen var kruttorr. Hjärtslagen dånade ut mot trumhinnorna och bröstkorgen hävde sig utan att han fick tillräckligt med luft.

41

Maria Wern visste inte vad hon skulle tro. Hade Börje och hans fru verkligen ingen aning om att Blenda fått en dotter? Det kunde i så fall förklara att de inte hört av sig till polisen, som de inte känt igen namnet, inte heller Malvas ansikte på bild. Varenda nyhetssändning gick ut med efterlysningen, bilden fanns med på löpsedlarna på varenda mack, varenda kiosk och livsmedelsaffär. De kunde inte ha undgått det ens om de varit på semester. Så fort de kom inom Sveriges gränser skulle meddelandet ha nått dem.

”Är det *den* Malva, som polisen söker?” Börje reste sig upp och letade igenom resväskan tills han hittade kvällstidningen han sökte. ”Är det Blendas dotter?” Han strök med pekfingret över bilden, som om han försiktigt ville klappa hennes kind. Det ryckte i hans stenansikte.

”Så otroligt likt Blenda, vid den åldern.” Margit kunde inte ta ögonen från bilden. ”Jag borde ha sett det. Om jag bara hade …”

Börje avbröt henne. ”Vad misstänker ni?” Rösten var grumlad av rörelse. Han harklade sig. ”Det är någon jävla sinnessjuk sexgalning som har gett sej på henne. Säg som det är! Om föräldrarna höll sina tonårsflickor inne på kvällarna skulle vi slippa såna tragedier.”

”Börje, man kan inte med våld …” Margit var på väg att säga något men tystades av hans blick.

Maria väjde inte för vreden. ”Var det vad som hände Blenda?”

Börje vitnade och ögonen blev till svarta hål. Han sjönk ihop, åldrades tio år medan Maria iakttog honom. ”Det var Margits fel.

Det var hon som klemade bort flickan och satte griller i huvudet på henne med fina kläder och smink. Hon var utmanande grann som det var. Det kunde bara sluta med katastrof."

"Hon var tolv år, skulle på klassfest. Alla de andra flickorna sminkade sej ... Hon var så söt i den rosa blusen och den korta svarta kjolen, de fina lackstövlarna. Som en riktig fotomodell. Jag hjälpte henne att sätta upp håret." Margit letade efter en pappersnäsduk. Hon hittade vad hon sökte i fickan på den jacka hon fortfarande hade på sig.

Börje gav henne en irriterad blick och fortsatte: "Hon kom aldrig hem. Hon var borta i nästan tre månader. Vi letade, vi hade skallgångskedja. Hemvärnet hjälpte till. Polisen. Vi trodde att hon var död. Tidningarna skrev om det varje dag. Man fick skämmas. Så satt hon bara där en morgon på vår trappa." Han tystnade, skrämd av vad han hade berättat. "Hon skämde ut oss. Grannarna pratade."

"Vad sa Blenda? Var hade hon varit?" Maria var djupt skakad av Börjes reaktion.

Margit lyfte upp huvudet och sneglade på sin make. Han nickade som ett tecken på att hon fick svara. "Hon sa ingenting, inget alls. Skolpsykologen fick inte ur henne ett enda ord. Polisen förhörde henne flera gånger, men hon teg. Hedvig, hennes lärare, försökte tala förstånd med henne. Men hon teg. Vad hon än varit med om, så inte gjorde förhören att hon mådde bättre. Hon blev sig aldrig mera lik efter den sommaren."

"Vad hände sen?" Maria tyckte knappt att det gick att andas i det lilla köket.

"Tig!" Börje blev högröd i ansiktet. "Nu är du tyst Margit!"

Margit satte sig kapprak upp på pinnstolen. Underkäken darrade. Hon verkade uppbåda allt sitt mod för att våga trotsa honom. "Nej, jag har tigit alldeles för länge. Jag tänker säga som det är. Vi fick samtal från andra föräldrar. Blenda gjorde saker med mindre barn, skamliga saker." Margit såg vädjande på Maria, hoppades att hon skulle förstå.

”Utsatte hon andra barn för sexuella övergrepp?” Maria var egentligen inte förvånad, det är inte ovanligt att trauman upprepas.

”Stryk fick hon!” Börje bet ihop käkarna med en smäll. ”Man fick ju skämmas ögonen ur sej. Hon var helt skamlös.”

”Du skulle inte ha slagit henne, Börje. Det var då vi förlorade henne. Så fort hon kunde rymde hon till fastlandet. Vi har inte hört ett ord från henne sen dess.”

”Jag gjorde inget fel. Det var inte förbjudet att uppfostra barn på den tiden. Det hon behövde var en fast hand. En välförtjänt hurring har ingen mått dåligt av.” Börje knöt sin högernäve under Marias haka, men hon rörde inte en min, även om adrenalinet pumpade genom kroppen.

”Ni måste ju själva ha haft era funderingar om var hon kan ha varit. Hos vem hon kan ha varit när hon var försvunnen så lång tid. Hon kan väl knappast ha varit för sej själv.”

Margit riste till i kroppen och gav Börje en förskrämd blick. ”Efter att Blenda hade rymt till fastlandet läste jag om en pedofil som polisen tagit. Han hade hållit andra barn instängda. En taxichaufför. Det fanns en bild i tidningen. Han körde skolskjuts när Blenda försvann. Han hette Evert Lundmark. Jag tror att det kan ha varit han. Det var han som skjutsade henne till psykologen.” Margit snyftade högt och torkade undan tårarna. ”Jag sa det aldrig till dej, Börje. Du var så arg. Du skrek åt mej flera gånger att det var färdigpratat om Blenda. Jag teg. Vi anmälde det aldrig. Polisen hade ju tagit honom. Det fanns ingen anledning att röra upp sånt som var gammalt.”

Börje stirrade på sin fru, men han sa ingenting. Maria försökte vänta ut dem, men tystnaden var kompakt. Det fanns mer att berätta, det var hon övertygad om.

”Blev Blenda med barn?”

”Nej!” svarade Börje korthugget. ”Sån otur hade vi, tack och lov, inte.”

Margit svajade till där hon satt. Ett ögonblick befarade Maria att kvinnan skulle svimma. Börje såg frågande på sin hustru. ”Vad är det? Säg något människa?” Maria kunde följa hela tankeprocessen från förnekelse till klarhet i hans minspel. ”Så hon blev med barn. Det var därför du envisades med att hon skulle stanna kvar här hemma när vi reste på husvagnssemester. Jag skulle inte få veta något!”

”Så var det”, sa Margit matt. Kallsvetten pärlade i hennes panna och hon sjönk ihop ännu mer.

Maria försökte förstå sammanhanget. Var fanns barnet nu? Det borde vara en man eller kvinna i trettioårsåldern. ”Vem tog hand om Blenda när ni for på semester?”

Börje utbytte en blick med Margit, sedan sa han: ”Det var hennes lärarinna. Vi var borta en dryg månad.” Han fortsatte att se på sin fru och väntade sig en fortsättning, men Margit fick inte ett ljud över läpparna.

”Vet du vad som hände med barnet?” frågade Maria.

Margit torkade ögonen igen, torkade näsan och vred näsduken till en hård sträng. ”Jag ville inget veta. Det ordnades utan min vetskap.”

”Vad hette Blendas lärarinna?” Maria tog fram sin anteckningsbok. Gloria hade sagt att Adela Rehn kände Blenda på den tiden. Spåret måste följas upp även om det var långsökt att det skulle ha med morden att göra.

”Hedvig Nyvik.” Margit reste sig upp och hämtade ett gulnat skolfoto. ”Så här såg hon ut på den tiden.”

”Hedvig Nyvik?” Maria hade inte känt igen henne i Blendas fotoalbum. Trettio år hade gått sedan fotot togs. Där var Hedvig smal och blond och såg själv ut som en tonåring. Den kvinna Maria träffat var gråhårig och tämligen rund. Men nu såg hon det. Hade Malva också sett det, att hon och hennes mamma hade samma fröken? Hedvig hade tagit över Malvas klass, hade Mikael berättat. Maria hade pratat med henne vid flera tillfällen, men Hedvig hade inte med en stavelse antytt att hon också varit lärare till Blenda. Fast det borde ha legat nära till hands att säga det. Ibland är det inte de saker man säger som är det väsentliga, brukade Hartman säga. Det är de saker man undviker att tala om.

"Så Hedvig tog hand om barnet?"

Margit såg ut som ett spöke och rösten var mekanisk. "Hedvigs syster Gullan var där också. För att vila upp sej. Hon var gravid och hade fått missfall flera gånger tidigare, stackarn. De skulle hjälpas åt att ta hand om Blenda. Flickan gjorde verkligen inte mycket väsen av sej."

"Hur gick det med Gullans graviditet, bar hon barnet tills det föddes?" Maria kände en lätt svindel när saker och ting föll på plats.

"Det blev en välväxt pojke. Han kom så hastigt att Hedvig fick förlösa sin syster hemma på köksgolvet."

"Vet ni var Hedvig bor?" Maria såg på klockan. Det hade börjat skymma.

Börje drog ett djupt andetag. Försökte samla sig. "Norr om kyrkan. Det tar fem–tio minuter att gå. Jag tror hon är hemma för bilen stod där när vi körde förbi."

"Herregud!" Margit slog händerna för ansiktet. "Säg inte att vi har sagt något! Det är så länge sedan. Det gör bara ont värre."

Börje reste sig häftigt upp, gick ut på trappan och försvann i dunklet. Maria blev sittande ensam med Margit.

"Jag har sagt för mycket. Det kan straffa sej."

"Du var modig som berättade det för mej. Det var rätt, Margit, det var helt rätt. Är du rädd för Börje?" Maria försökte lugna och trösta den förtvivlade kvinnan. Det tog längre tid än hon hade tänkt. Maria insåg att hon skulle bli sen och bad att få låna en telefon och ringde hem. Emil svarade.

"Tror du att ni kan beställa hämtpizza i kväll?" Maria kände sig som en dålig mamma. Hon hade jobbat över varenda dag i sökandet efter Malva.

"Hur många pizzor då, mamma?"

"Vad menar du? Till dej och Linda förstås."

”De som ska bo här då?”

”Va?” Maria tänkte febrilt men förstod inte vad han menade.

”De som ska på Ninas begravning, Maltes mormor och morfar. De sitter och väntar i vardagsrummet och är jättesura för att du inte är här. De säger att du har lovat att de ska få bo hos oss, men det har du väl inte mamma?”

”Förlåt, Emil. Jag har glömt att berätta det, jag hade helt glömt bort dem. Dessvärre har jag lovat att de ska få sova i gästhuset i natt. Men inte att de skulle äta! De skulle äta ute sa Jonatan.” Maria tvekade. ”Jag borde komma hem, med en gång.”

”De tyckte att det var för dyrt, sa de. Men det är lugnt mamma, jag beställer pizza till dem med och visar var de ska bo. Jag fixar det. Behöver du jobba, så är det okej.” Han gjorde rösten djup och stadig. Maria kunde inte låta bli att småle.

”Vad gör Linda då?”

”Hon har låst in sej på sitt rum. Hon tycker att tanten har arga ögon och tror att hon är en häxa.”

”Varför då?” frågade Maria med skratt i rösten. Linda levde med en fot i verkligheten och en i fablernas värld. Ibland var det svårt att följa hennes tankegångar. Maria kände sig obeslutsam. Borde hon skjuta på besöket i Bro till morgondagen i stället?

”Hon har häxnäsa med en vårta på. Linda sa det till henne och då sa hon att Linda skulle ha stryk så att hon fick lära sej hur man uppför sej. Och då blev Linda så rädd så hon spillde varm choklad i tantens handväska. På hennes mobil. Den fungerar inte längre.”

”Då får vi betala den.” Maria suckade djupt. ”Jag kommer hem!”

”Det gör du inte!” Emil var mycket bestämd. ”Vi klarar oss. Ingenting är viktigare än att hitta Malva. Jag beställer pizza till allihop.” Sedan tillade han i en viskning. ”Jag ber dem göra en med ormkött, råttmagar och kråkblod till häxan. En witch speciale.”

”Du behöver inte spara något till mej av just den pizzan. Jag kommer så fort jag kan.” Maria kunde inte låta bli att skratta.

”Jag vill följa med dej, mamma.” Hon hörde honom dra efter andan. ”Jag är så orolig för Malva.”

”Jag vet det, Emil. Vi gör allt vi kan för att hitta henne.”

”Var försiktig mamma. Lova det.”

”Jag lovar det, min älskling. Jag är snart hemma igen.”

42

Botel kastade en orolig blick i hinken. Dokumenten verkade inte ha tagit skada. Han tog av sig t-shirten och lindade in rullarna i den och började gå. Planlöst. Vart skulle han ta vägen? Polisen väntade honom säkert i lägenheten. Busstationen var inte långt borta. Han skulle kunna ge sig av från staden. Hem till ålderkvinnan Adela i Bro. Om någon kunde hjälpa honom att tyda skrifterna, som med all sannolikhet var skrivna på latin, så var det hon. Hon var lärare av den gamla sorten och hade läst latin på universitetet.

Vinden nöp i och Botel kände sig bar utan något på överkroppen. I en papperskorg hittade han en hyfsat ren plastpåse som han vände ut och in och stoppade ner dokumenten i innan han satte sig på buss nummer 22 som lägligt svängde in till trottoaren. Han satte lydigt på sig bältet när busschauffören tittade strängt på honom.

Adela bodde i en liten träkåk nära bilskroten. Exakt var visste han inte, men hon odlade eterneller för självplock. Han hade hört henne beklaga sig över att kunderna svek. När Laura Ashley var inredningstrenden som gällde skulle alla ha lin och rosor ovanpå sina vitrinskåp och ljusrosa eterneller med veteax i ett arrangemang i hallen. Sedan slog modet om och varenda tant skulle ha vita tapeter, svarta möbler, bambustavar och en ensam gerbera i neonfärgad plastbytta. Ungefär så hade hon uttryckt det hela. Vagt mindes han att hon börjat odla solrosor. Inte som fågelfrö utan för att möta retrovågen av landsbygdsromantik med solrosor, grönrutiga tyger, kor och laxrosa underkläder fladdrande på tork.

Ytterdörren till Adelas hus stod öppen. Han kom sig inte för med att ringa på utan smög i stället in i dunklet. Det luktade kaffe och nybakat bröd. Dofterna drog honom ut i köket. Tre nygräddade limpor låg under en kökshandduk. Han tog en kniv ur stället.

”Atsur! Så du skrämde mej.” Adela uppenbarade sig på tröskeln, klädd i rödmönstrad tunika och det stora grålockiga håret uppsatt med en matchande scarf. I sina vanliga kläder såg hon ut som vilken medelålders tant som helst – inte alls som en präst av Sabbaten. ”Polisen söker dej.” Hon stirrade på kniven i hans hand. Han blev medveten om det och släppte ner den på köksbänken.

”Jag är så hungrig.” Han kunde inte ta blicken från brödet.

”Sätt dej, så ordnar jag ett par mackor. Var i helvete har du varit?” Hon tog kniven och skar upp brödet i tjocka skivor, satte fram smör och plommonmarmelad och ett glas mjölk. Botel hade inte druckit mjölk sedan han var barn, men han var törstig och tömde glaset i ett svep. Hon såg på honom oavbrutet forskande. Han kände sig obekväm och gled in i rollen som Atsur. Adela skulle förstå.

”Jag har varit i dödsriket och hämtat bevis. Skrifterna är på latin därför kommer jag till dej, Adela. För att du ska hjälpa mej att tyda dem.”

Hon märkte förvandlingen och föll in i hans spel. ”Vad är det för bevis du talar om, Atsur?”

”Skrifterna är från dubbelgraven. Jag hoppas att de uppenbarar sanningen om varför Atsur och Dorotea blev dräpta i sömnen av lönnmördare.”

”Är Dorotea kvar i dödsriket? Mötte du henne där?” Adela talade med lugn röst, men han såg bräckligheten i hennes blick och befarade att hon skulle svika honom. Han måste hålla kvar henne i rollspelet, där det var hennes plikt att lojalt lyda honom.

”Dorotea klarar sej själv. Du måste hjälpa mej.” Det var mer en befallning än en fråga.

”Är det på riktigt?” Adela satte sig ner bredvid honom och fattade om hans ansikte med sina båda händer, precis som hon skulle ha gjort med en okoncentrerad elev som hon behövde tala allvarsord med. "Vet du var hon finns?"

Han ignorerade frågan, makade undan det som fanns på bordet och strök bordsskivan ren med underarmen. Sedan bredde han ut det första arket. "Här."

"Men var är hon då? Hennes pappa är utom sej av oro. Polisen …"

"Dorotea väljer själv när hon vill träda fram." Han slet sig ur hennes grepp. "Vad står det?"

Adela satte på sig glasögonen som låg på fönsterbrädan bredvid radion. "Det här är verkligen gammalt." Hon såg vördnadsfull ut, tyckte han. Det var ett gott tecken. "Brevet är daterat till 1184 och ställt till Sankt Clemenskyrkans överhuvud i Visby. *Jag Saxo cognomine Longus*, den långe?" Adela mumlade lågt för sig själv innan hon översatte. Hon såg upp på honom. "Saxo Grammaticus, skriftställaren? Kan det vara han? Det är väl inte möjligt? Är det här ett skämt?"

"Nej. Jag tror det är han, fortsätt!"

"*… sänder med biskop Absalon Hvides välsignelse min dotter och vädjar om ert beskydd. Hon och hennes tjänare är klädda som pilgrimer, på flykt från konungen. Hon är ännu jungfru och konungen vill ta henne till sig. Jag fruktar att hon hellre skulle ta sitt liv än att ge sig åt honom.*"

"Kungen tänkte ta henne med våld!"

Adela nickade och fortsatte. "*Min vädjan är att ni håller henne gömd tills hon efter konungens död säkert kan vända åter till mitt hus.*" Adelas händer darrade lätt när hon tryckte upp glasögonen på näsan där de halkat ner. "Resten är hälsningar och artighetsbetygelser."

"Biskop Absalon var kungens närmaste vän, men Absalons hängivenhet till renlevnad och kyskhet vägde tyngre än vänskapen. Vad står det i det andra brevet?"

Adela såg förskrämd ut. "Var har du fått dem ifrån? Har du stulit dem från något museum? Är de här skrifterna från 1100-talet är de ovärderliga och du kommer hit med dem dinglande i en vanlig Ica-kasse!”

”Jag lovar att lämna dem där de hör hemma, läs vidare nu!” Han fattade om hennes handled, tog hennes hand i sin. ”Jag måste få veta.”

”Det är inte helt lätt att tyda. Det här brevet är också ställt till Sankt Clemenskyrkans överhuvud. I början är texten helt oläslig. Vi får hoppas att det bara var artighetsfraser. Nu kommer det saker... *Konungen av Danmark är död! Era skyddslingar kan nu i trygghet återvända till Roskilde om inte, Gud förbjude, det jag fruktar mest av allt har hänt. Ni har en förrädare i Er flock. Er välförtrogne klerk, honom ni litat på. Han sände ett brev till konungen och kan ha avslöjat min dotters tillflyktsort. Jag har hört konungen uttala vådliga eder och jag fruktar att han sände sina män efter henne. Låt mig få veta, ty jag är sjuk av oro för mitt barn. Må Herren vara er nådiga och bevara edra själar till den yttersta dagen då vi ska få skåda den himmelska härligheten...* Sedan står det något om skyddsänglar jag inte kan läsa.” Adela såg upp och släppte arket som åter drog ihop sig till en rulle. *”Eder ödmjukaste tjänare. Saxo.”*

43

Det hade börjat regna. Maria beslutade sig ändå för att låta bilen stå och gå den korta biten till Hedvig Nyviks hus. Hon ville inte väcka mer uppmärksamhet än nödvändigt. Hon tog med sig kartan. Tankarna virvlade och sökte fäste. Blenda hade gett sig iväg till Bro dagen då hon blev nedmejad. Hon skulle göra upp med sina demoner. Maria hade tagit för givet att det var sin morbror, Börje Grönvall, hon skulle besöka. Men tänk om det i stället var sin gamla lärarinna hon kommit för att träffa. Maria drog träningsjackan tätare om kroppen. Det var kyligare än hon trott. Regnet tilltog. Fukten kröp igenom kläderna och händerna kändes som isbitar. Ville Blenda prata med sin lärarinna om barnet? Det verkade rimligt. Maria försökte föreställa sig scenariot.

Blenda kommer cyklande. Hon har inte anmält sin ankomst. Hedvig Nyvik öppnar dörren. Det tar en stund innan hon känner igen kvinnan som står på trappan. Hon får sitt livs chock. De har inte setts på tjugofem år. Blenda vill ha ett svar. Hon vill veta vad som hände med barnet. Men Hedvig vill absolut inte bli påmind om det gamla. Det var spekulationer, men det kunde vara så.

Blenda ger sig av hemåt på cykel. Hon äger inte någon mobil. Ingen skulle få veta något förrän hon kom hem. Men hon kommer aldrig hem. Väldigt lägligt har Nina Eriksson stannat sin bil vid Bro kyrka för att sova ruset av sig. Kanske sitter hon redan på passagerarplatsen. Nycklarna är kvar i tändningslåset. Hedvig har följt efter i sin bil. Hon är desperat. Sanningen får inte komma fram.

Hon ser Nina. Byter bil och sätter sig vid ratten för att för alltid tysta Blenda. Hon tar chansen att Nina ska få skulden och hon själv komma undan. Men Blenda dör inte. Därför måste hon bevakas. Risken finns ju att hon blir bättre och kan meddela sig. Vad är då lägligare för Hedvig än att ha sin mor Signe på samma sjukhem, en ständig informatör?

Maria skyndade på stegen, försökte skaka av sig olusten. Damer över sextio år begår inte mord. Inte enligt Marias erfarenhet och inte enligt statistiken. Kollegorna hade nog att göra utan att hon lockade hit dem i onödan om det visade sig att hon tänkt fel, sprungit iväg i sin fantasi. Tanken på Hedvig som mördare var långsökt. Hon skulle få skämmas. Patrik skulle pika henne i evigheter. Och vad skulle hon säga? Att hon behövde förstärkning för att upplysningsvis höra en äldre dam? Överspänt, rent av hysteriskt! För mer än så var det inte, ännu. Hjärnan söker samband, försöker hitta lösningar. Ibland ser man samband för att man vill ha en förklaring och ett slut.

Maria kom att tänka på en annan sak. Borde inte Hedvig ha känt igen Evert Lundmark när de träffades på Katarinagården om han hade kört skolskjutsen. Det var visserligen länge sedan. Han var märkt av sin cancer, hopsjunken och hårlös. Men ändå? Maria fingrade på komradion. Borde hon kontakta Arvidsson och be om råd? Än så länge var tankarna kring Hedvig Nyvik bara en lös hypotes. Vad skulle lärarinnan ha för motiv att begå mord? Varför fick ingen veta något om barnet? Hade Hedvig gett det till sin syster? Men i så fall hur, utan att det syntes i folkbokföringsregistret? Barnet hade fötts hemma. Ingen utomstående visste att Blenda var gravid. Maria bestämde sig för att söka Arvidsson för att diskutera saken. Per brukade jobba sent, sitta vid datorn. Hon knappade in siffrorna. Komradion var helt död. Någonstans i bakhuvudet mindes hon att radion inte tålde fukt. Så var det. Hon hade hängt den utanpå jackan i regnet. Fan också. Och mobilen låg kvar på skrivbordet och laddade.

Maria ökade takten. Tornet på Bro kyrka sträckte sig svart och olycksbådande mot himlen. Hartman hade berättat om stenarna med solsnurror. Den sten som satt över södra porten var från 400-talet. Kanske hade man lånat lite av den gamla religionens magi när man gick över till kristendomen, för att få med de tveksamma på tåget, hade Hartman gissat. Maria såg på kartan när hon passerat kyrkan. Hon kunde skymta huset en bit fram. En liten vitputsad stenkåk med äppelträd och prydliga rabatter uppenbarade sig när hon kom närmare. Det var mörkt och ingen såg ut att vara hemma. Dofter av fuktig jord, nyslaget gräs och sensommarblommor kom i duster. En hammock svängde gnisslande i vinden. Annars var det tyst. Fönstrens svarta speglar fångade molnen som sakta drog över kvällshimlen. Maria tänkte på barnen. Hon borde vara hemma hos dem, särskilt nu när Jonatans svärföräldrar var där. Vad visste hon om dem egentligen? Av Jonatans beskrivning lät det som om de inte tyckte särskilt mycket om barn. Det var därför de inte kunde vara hemma hos honom och Malte. För att Jonatan inte ville riskera att de daskade till pojken. Det skulle vara hemskt om det blev en konflikt när Maltes mamma skulle begravas. Och nu hade hon själv lämnat sina barn med dem. Hur blev det så? Hon borde inte ha lämnat dem ensamma. Och samtidigt visste hon hur orolig Emil var för Malva. Hon hade lovat honom att göra allt för att hitta henne. Allt – det betyder bortom all reglerad arbetstid. Så länge det finns minsta spår att följa. Maria la handen på den vitmålade grinden. Men ångrade sig. I stället för att gå raka vägen in smög hon längs häcken till baksidan av huset. På den grusade garageuppfarten stod en Saab av äldre modell och en mindre åkgräsklippare.

Hon klev över bäcken, som var trädgårdens nedre gräns. Det lyste svagt i ett av fönstren på övervåningen, kanske av en sänglampa. Regnet fortsatte strila ner. Maria höll sig utmed husväggen. Lyssnade. Det porlade i stuprännan vid knuten när hon rundat huset och svängde av mot framsidan. Antingen var Hedvig hemma eller också hade hon glömt en lampa. Maria gick upp för trappan och ringde på. Det hördes ingenting där inifrån. Hon lät några signaler till gå fram och plötsligt gick ytterdörren upp och Hedvig stod där i öppningen. Först förvånad och sedan med ett välkomnande leende.

”Men kom in! Du är ju genomvåt. Kom in i värmen, kära barn. Jag låg just och läste en riktigt ruggig deckare och så ringer det på dörren. Jag måste ärligt säga att jag drog lite på det innan jag vågade öppna. Det har ju hänt så mycket otäckt på ön den senaste månaden.”

Maria såg på Hedvig och alla misstankar verkade plötsligt obefogade och löjliga. Det här var en vanlig välmenande tant. ”Då måste det väl vara en lättnad att det var polisen som kom?”

Hedvig tog emot Marias våta jacka och visade in henne i vardagsrummet. ”Jag antar att du har något viktigt på hjärtat när du kommer hit. Är det om Malva? Har ni hittat henne?” Hedvig slog sig ner på yttersta kanten av tvåsittsoffan när Maria satte sig i fåtöljen. ”Jag pratade nyss med Mikael. Vi har hållit kontakten hela tiden. Han lät så konstig att jag blev riktigt rädd. Han ville att jag skulle komma dit. Men jag vågar inte.” Hedvig fattade Marias hand och fjättrade hennes blick i sin. Handen var kall och fuktig. Maria kunde inte låta bli att rycka till av beröringen. ”Jag tror att det är han som har mördat dem. Det måste vara han och jag förstår inte varför ni inte har gripit honom.”

”För att vi inte har några bevis mot honom.” Mot sin vilja lät Maria tankarna vandra Hedvigs väg. Nog hade han motiv att begå morden. Men Ek hade kollat och dubbelkollat hans alibi. De hade självklart också kontrollerat var Mikael befann sig när Blenda blev påkörd. Skilsmässan hängde i luften. Om Blenda dog skulle han få allt. Men han hade hållit i en visning av en lägenhet. Det fanns väl dokumenterat.

Hedvig såg rädd ut. ”Jag har hört honom säga att han skulle döda Jörgen för det han gjorde och att rattfyllon förtjänar döden. Räcker inte det?” Hedvigs ansikte kom närmare, alltför nära för att det skulle kännas behagligt. Maria försökte försiktigt lirka sig loss, men Hedvig höll kvar hennes hand i ett stadigt grepp. ”Vad säger din intuition, Maria? Innerst inne vet du att det är han som har gjort det, eller hur? Men du vill inte att han ska vara skyldig. Jag vill det inte heller. För båda två tycker vi att han hade all rätt i världen att hämnas dem som gjort hans fru illa. Vårt rättsmedvetande säger något annat än lagen.” Hon gjorde en kort paus och drog ett darrande andetag. ”Har du tänkt på att det kanske skulle vara en lättnad för honom att få bekänna?” Hon såg spänt på Maria. ”Han skulle få alla sympatier, all förståelse. Det kanske skulle bli vård i stället för fängelse. Lyssna på den inre rösten Maria, vad säger den dej?”

Maria kände sig förvirrad, men samlade sig. ”Jag kom hit för att fråga dej en sak.”

”Javisst. Jag svarar på allt jag kan.”

”Var Blenda hos dej precis före olyckan?”

”Vem har sagt det? Någon av grannarna? Ja, det var hon. Jag har inte sagt det till någon, för hon ville inte det. Hon litade på mej. Vi stod varandra nära, väldigt nära, när hon var en liten flicka. Hon trivdes inte hos sin morbror och det kan du säkert förstå om du har varit där. Där fanns ingen glädje, bara förbud och straff. Hon ville vara hos mej, hon hade förtroende för mej. Det var därför hon kom, för att hon ville prata.”

”Vad ville hon?”

”Det var ett förtroende. Men som saker och ting har utvecklats är det kanske bäst att jag berättar.”

”Jag lyssnar.”

”Blenda kom för att fråga om hon kunde få bo här tillfälligt. Mikael hade talat om skilsmässa. Han orkade inte längre. Där har du drivkraften till morden. Skuld! Jag tror det är skulden som drivit honom att begå morden på dem som gjort Blenda illa.” Äntligen släppte Hedvig sitt grepp och lutade sig bakåt. ”Jag vill inte att han ska komma i fängelse. För Malvas skull, då blir hon ju av med båda sina föräldrar. Även om han är en mördare älskar han sin dotter, det tvivlar jag inte på en sekund. Jag hoppas att han får vård, under tiden kan flickan få stanna hos mej."

"Var finns hon då?" frågade Maria.

"Jag tror att Mikael kan ha gömt henne, för att hon inte ska säga sanningen. Hon kanske vet något, har förstått hur det hänger ihop. Malva tog avstånd från sin far, det var så tydligt."

Maria tänkte febrilt. Mindes hur Malva hade undvikit sin pappa när de var på lilla Karlsö. Och sedan; Mikaels passivitet i letandet efter dottern hade Maria tagit som ett tecken på depression, att han var förlamad av sorg. Kunde det bero på att han visste var Malva fanns? "Jag har en fråga till", sa Maria.

"Ja." Hedvig reste sig upp. "Du kanske skulle vilja ha en kopp kaffe? Du är ju alldeles genomfrusen."

"Tack, det skulle vara gott." Maria reste sig också för att följa med in i köket och fortsätta samtalet där.

"Nej, sitt ner du. Jag kommer med kaffet." Rösten var befallande.

Maria ignorerade uppmaningen. Hon ville få förhöret avklarat så fort som möjligt för att få komma hem till sina barn.

"När Blenda var tolv år försvann hon och var borta i flera månader..." Maria kastade ur sig passningen i hopp om ett svar.

Hedvig gav henne en blick över axeln och avbröt. "Det var inte konstigt att hon rymde hemifrån. De var inte mänskliga."

"Blenda blev gravid. Hon fick ett barn. Vet du var det finns nu?"

Hedvig blev stående som fastfrusen vid golvet med vattenkranen på. Ljudet av det rinnande vattnet blev till ett dån i Marias huvud innan svaret kom. "Det var för sent för abort. Hon födde det hemma hos mej. Margit ville inte att Börje skulle få reda på något. Han hade blivit galen. Han hade slagit ihjäl henne." Hedvig började gråta. En tyst och inåtvänd gråt.

"Vad hände med barnet?" Maria gick närmare för att lägga armen om Hedvig. För att ge henne stöd och mod att berätta. I samma stund hörde hon ett ljud. En svag röst. Det kom underifrån. Hon såg luckan i köksgolvet som nästan helt täcktes av en trasmattta. Hon skulle just vända sig om mot Hedvig för att fråga vad som fanns där nere när hon hörde det vinande ljudet. Smärtan när slaget träffade huvudet var olidlig. Hon vacklade till. Ett susande ljud blev till ett brus. Hennes sista tanke innan hon förlorade medvetandet gällde Emil och Linda.

44

”Har du en dator jag kan få låna?” Botel reste sig från Adelas köksbord med blossande kinder och torkade smulorna från munnen med baksidan av handen. I byxfickan grävde han efter usbminnet där han hade sin oavslutade uppsats lagrad.

Adela höll på att förlora behärskningen helt. Hon reste sig, tog ett stadigt tag om hans axlar och skakade dem. ”Vi måste ringa polisen! Fattar du inte det. Om du vet var Malva Pihlgren finns måste vi...”

”Vi måste inte ringa polisen! Var finns datorn? Jag ska skriva klart min uppsats. Den måste vara inne senast i morgon. Det kan gå, det kan ta mej fan gå att få in den i tid!”

”Är du inte riktigt klok! Polisen söker dej. Människor har blivit mördade och en flicka vi hade ansvar för är försvunnen, kanske död, och du tänker bara på dej själv. Du är inte som du ska, Botel.”

”Jag är inte orolig för Dorotea, tids nog väljer hon att komma fram.” Han tog bort Adelas händer, backade ett steg och såg strängt på henne. ”Historien är det som lever vidare när vi själva en gång är döda. Det är det arv vi ger till kommande generationer. Kan något vara viktigare? Min uppgift, som tilldelats mej av försynen, är att ta reda på vem som mördat Dorotea och Atsur. De var hederliga människor. Varför skulle deras liv vara mindre värda än rattfyllons och våldtäktsmäns liv, bara för att de råkade leva i en annan tid? Nu vill jag skriva.”

Adela vädjade. ”För Glorias skull borde du tala med polisen. Du är inte vid dina sinnen Botel, du håller inte ihop verkligheten. Du lever i någon sorts drömvärld. Du behöver hjälp.”

Atsur svepte nattens mantel om sin kropp. Gjorde sig osårbar. Samlade sina krafter att stå emot påtryckningarna. ”Gloria är en förrädare, precis som du. Ni förstörde *Wisby by night* med er Lilitdyrkan och se hur det gick… När man överger Kains väg straffar det sej. Då växer sej ondskan starkare.”

Adela skakade på huvudet åt hans dumheter. ”Men du måste väl ändå bry dej om vad som händer med Malva? Hur vet du att hon är i säkerhet?” Hon såg på honom med oförställd rädsla. ”Har du dödat henne?”

”Hon är odödlig, det vet du väl.” Han log mot Adela som mot en mindre vetande.

”Sluta, Botel, sluta med det där!” Hon hamrade honom i bröstkorgen med sina knutna händer. En blixtrande vrede fick honom att fatta tag om dem och kasta henne mot golvet.

”Lägg av!” morrade han.

Hon slog i axeln och knäet och kved. ”Är du inte riktigt klok! Sluta!” Han släpade henne i armarna bort till städskrubben. Hon var tung. Nyckeln satt i dörren. Han pressade in henne där fast hon gjorde motstånd av alla krafter och låste dörren. Man behöver lugn omkring sig för att kunna tänka klart och formulera sig väl. Datorn fanns i sovrummet på övervåningen. Han hade befarat att den skulle vara lösenordsskyddad, men han hade tur. Nätuppkopplingen var trög, men som skrivmaskin fungerade den utmärkt.

Precis som klerken Saxo Grammaticus en gång nedtecknade Danmarks konungasagor och krigsepos var hans egen roll i historien att berätta sanningen om Atsur och Dorotea och hängivet sprida den. När det väl var nedtecknat skulle han lägga arbetet som en offergåva vid Doroteas fötter. Då skulle hon förstå vem han var, att han alltid funnits vid hennes sida för att beskydda henne, vad hon än gjort. Om hon så hade hela kungamakten emot sig eller om hon dräpt för sin heders skull, var han hennes lojale tjänare. Dorotea skulle se honom och hennes tacksamhet skulle flyta som honung över de mjuka läpparna. Atsur log med hela ansiktet när han tänkte på hennes underbara leende. Det skulle bli det största ögonblicket i hans liv, när nutid och dåtid förenades i hennes medvetande och hon insåg att de hörde ihop, alltid hade hört ihop sedan flykten från Roskilde.

All skrivkramp han tidigare känt var som bortblåst. Fingrarna dansade över tangenterna medan tankarna på vad som skett svävade fritt över texten. Vi blev förrådda, du och jag, Dorotea. Det var Sankt Clemenskyrkans egen klerk Gloria av Brandenburg som sålde oss till konungens män. De fega kräken anföll oss i sömnen för att du inte ville dela konungens säng. Vaknade du? Kände du smärtan? Jag dog när jag försvarade din heder. Atsur blundade och kände en molande värk i ryggen där sparkarna träffat och en skärande smärta i låret. I det här livet, min älskade, kan vi nå den eviga vilan som har förvägrats oss så länge *det ouppklarade* plågade våra själar. Tanken på att få hålla hennes hand och tillsammans med henne sjunka in i evighetens mörker gjorde honom upphetsad. Han motade undan känslan och återvände med full uppmärksamhet till sin uppsats. Den skulle komma att väcka stor uppmärksamhet och öppna dörrarna till ärans och berömmelsens lustgårdar.

Han skrev och minuter blev till timmar. Avlägset hörde han Adela banka på dörren till sitt fängelse, de halvkvävda ropen, den lågmälda vädjan. Han ville henne inget illa, han ville bara inte bli störd. Han läste igenom det han skrivit, la med stolthet till de nya källorna och skrev slutorden. Sedan funderade han på var han skulle förvara de gamla dokumenten efter att han visat dem för Dorotea. Ett säkert ställe måste det vara. Skulle han våga ta sig till banken i Visby och skaffa ett bankfack? Han skulle sända sin uppsats till handledaren, men också en kopia till tidningen så att upptäckten inte skulle kunna tystas ner. När sanningen väl var ute skulle han krävas på bevis, det förstod han ju. Utan dokumenten var uppsatsen värdelös och han skulle framstå som en lögnare, ett fån. Med en känsla av triumf lät han pekfingret vila på musen till datorn innan han tryckte på skicka. Nu var det gjort. Han drog en suck av välbehag. Kände hur en enorm tyngd lyftes från hans axlar. Han sparade uppsatsen på usb-minnet och skrev ut en kopia att ge till Dorotea. När han kom ner för trappan hördes Adelas bankningar och rop tydligare.

”Släpp ut mej, snälla Botel. Jag måste få se att Malva lever. Snälla visa mej var hon är.”

”Tig!” Han försökte stänga av hörseln. Den här stunden av triumf ville han inte dela med någon. Dorotea skulle se dokumenten. Han skulle få hennes beundran och hela hennes uppmärksamhet. Saxo Grammaticus dotter skulle få se breven som hennes far hade skrivit och hon skulle förstå att han inte hade övergivit henne. Att han gjort allt som stod i hans makt när han dristade sig till att vädja om hjälp hos självaste Absalon och sedan smidde flyktplanen från Roskilde till Gotland. Hon skulle visa honom den djupaste tacksamhet för det.

”Hur kan du vara säker på att inget har hänt flickan? Snälla Botel, låt mej få ringa polisen. Jag anar var hon är och om det är sant så är hon i största fara. Det gick ett rykte för länge sedan här i Bro och om det är sant är det inte säkert att hon lever längre! Släpp ut mej!”

”Håll käft!” Han sparkade på dörren så hon skulle förstå att han var arg. Egentligen borde han sätta eld på kåken så att hon fick något verkligt att bekymra sig över. En förflugen tanke bara, han skulle aldrig göra något sådant i verkligheten. Botel hittade lådan med kökshanddukar och packade varligt in dokumenten i dem och la dem sedan i en necessär han tömde på sitt innehåll i badrummet.

Det hade börjat skymma. Han vandrade utmed landsvägen. Den svarta siluetten av Bro kyrka avtecknade sig skarpt mot den blekrosa himlen. Kyrkan hade byggts på en offerkälla, hade han läst, och några hundra meter längre bort låg ännu en offerkälla. Sjömän brukade skänka pengar till kyrkan i hopp om att lyckligt få återvända hem. Var tid har sina egna magiska tankar. I vår tid offrar vi pengar till aktiemarknaden för att den ska ge oss trygghet och välstånd på ålderns höst, tänkte han. Börsnoteringarna är den heliga skrift där guden gör sin vilja hörd. Ibland lyckas man blidka guden, ibland blir man blåst.

Det var kyligt i luften. Han märkte att han frös i sin tunna t-shirt och ökade på stegen för att få upp värmen. Vad hade Adela menat egentligen? Varför trodde hon att Dorotea var i fara? Hade hon inte själv valt sitt gömställe? Adela hade sått ett frö av osäkerhet just när allt kändes självklart och enkelt. Han hade tagit för givet att Dorotea dräpt dem. Han hade ansett att hon var i sin fulla rätt till det. Han hade också förstått att hon behövde gömma sig tills hämnden var fullbordad. Straffet kunde inte bli så hårt, hon var ju så ung. Så oskyldig. Det skulle bli vård och han skulle finnas där för henne, hela tiden. Alla skulle förstå varför hon gjorde det, sympatierna låg hos henne och udden skulle vändas mot det samhälle som inte bättre kunnat skydda de svaga.

Men varför hade hon dödat Gloria? Hon var säkert i sin fulla rätt och ändå hade det skakat honom när han fick reda på det. Var det verkligen hon? Tänk om han hade missförstått alltihop. Om det han tagit för givet inte alls var sant. Botel kände en lätt svindel. Om det inte var hon som dödade dem, vem var det då? Hennes farsa? Nej. Han saknade handlingskraft, det var helt uppenbart! Adela hade berättat att Malva blivit mobbad. Hade hennes farsa varit en riktig karl skulle han åtminstone sett till att hon fick byta skola. Han kunde ha ställt till ett jäkla liv, han kunde ha polisanmält dem. Om Mikael Pihlgren var skyldig skulle polisen ha tagit honom för länge sedan, resonerade Botel. Mikael måste ju vara den huvudmisstänkte.

Botel blev stående vid vägrenen. Tvekade. Om grundtesen att Malva dödat dem var fel kunde resten av det han hade antagit också vara fel. Då kunde det vara som Adela sa, att Malva var i dödlig fara.

45

Per Arvidsson satt vid datorn och försökte koncentrera sig på sitt arbete. Erika Lund arbetade tydligen också över, hon hade precis ringt och berättat att ett skoavtryck man funnit utanför Ester Johanssons hus matchade de blodiga gymnastikskor som hittats hos Gloria. Tre träffar. De hade också funnits på olycksplatsen när Blenda Pihlgren blev påkörd.

”Varför? hade Erika frågat honom. ”Är mördaren en snål person som inte vill spendera pengar på skor, eller fanns det någonstans en dold längtan efter att bli avslöjad och få bekänna?”

Det var ett genombrott, det visade att allt hängde samman. Per hade velat diskutera saken med Hartman, men Tomas hade gått hem för att fira bröllopsdag. Han försökte fundera ut vad nästa steg borde vara. Men tankarna sökte sig hela tiden till Maria. Han hade gjort sitt livs misstag, det gick inte en dag utan att han tänkte på det. Han kunde vakna på småtimmarna med en förtärande känsla av förlust. Livet, som rann förbi, bestod bara av glädjelösa ritualer. Städa. Hämta på dagis, lämna på dagis, storhandla, byta till sommardäck, städa igen, klippa gräs, byta till vinterdäck, skotta snö och ett sorgligt och enahanda runkande i smyg på toaletten. Det var inte rätt mot Rebecka, men vad skulle han göra. Om han sa sanningen skulle det bli skilsmässa och han skulle inte få ha sina barn. Inte på heltid. Hon skulle kräva vårdnaden. Fick han ha dem varannan vecka skulle det vara ett under. Det var ett högt pris att betala och Maria tänkte inte ta honom tillbaka. Hon hade varit tydlig på den punkten. Det var slut. Definitivt över. Han måste ta tag i sitt liv nu. Göra det bästa av det. Det var han skyldig sina barn. Tanken på att flytta ifrån Rebecka hade kommit allt oftare de senaste dagarna. Det fanns ingen glädje hemma. Rebecka var argsint och elak. Hon hade all anledning att vara besviken. Han jobbade över alltmer, gjorde allt mindre hemma. Deltog inte i planeringen av vare sig semestrar eller vilka de skulle bjuda hem, även om det var en lättnad att slippa vara ensam med henne. Särskilt på helgen när det fanns förväntningar och inte lika många ritualer att gömma sig bakom. Det bar honom emot att röra vid henne. Den samlade irritationen och vreden var för stor. När de ändå älskade slentrianmässigt, någon gång varannan månad, kände han sig mer som en åskådare än som en del i kärleksakten. Då kunde han komma på sig med att iaktta hennes slutna ansikte och tycka att hon såg dum ut, samtidigt som han undrade vart *hon* flydde för att få inspiration. Han hade frågat henne vid ett tillfälle och blivit avsnäst. Nästa gång hon velat älska hade det varit ännu svårare att få till det.

Äktenskapet kanske kunde ha tagit sig igen om han inte hela tiden tänkte på Maria. Om han inte varje dag blivit påmind om hur livet kunde ha varit. Humor är den högsta formen av intelligens, hon fattade snabbt. Det handlade om snabba blickar, om stickrepliker. Med Maria skulle det till och med vara roligt att städa, tänkte han. Vad skulle hända om han flyttade ifrån Rebecka? Ekonomin skulle rasa som ett korthus. Men luften skulle gå att andas. Han skulle kunna sitta med sin tidning eller kolla på sporten utan att få en kniv i ryggen. Han skulle slippa att hela tiden få höra hur otillräcklig och egoistisk han var. Per ryckte till när telefonen ringde. Han kände sig ertappad på något vis. Ett kort ögonblick hoppades han att det var Maria. Det var Rebecka.

”Va fan kommer du aldrig hem för? Wilma har feber och lill-Tomas har varit gnällig sen jag hämtade honom på dagis.” Rebeckas röst var gäll.

Han satte upp arbetet som en sköld mot henne. ”Jag utreder mord. Alla måste arbeta över. Jag kommer hem så fort jag kan. Räkna inte med mej till maten, jag tar en macka här.” En halvsanning som hon genomskådade direkt.

”Jag har också ett arbete. Jag är så jävla trött på att du smiter. Jag är så jävla less på att sitta här och vänta på att du ska komma hem så att jag blir avbytt. Jag måste förbereda föreläsningen jag ska hålla i morgon. Antingen kommer du nu eller också kan du låta bli att komma hem alls.”

Han visste inte var orden kom ifrån. Det bara brast. ”Då kommer jag inte alls.” Han kände sig alldeles skakig. Nu var det sagt. Barnen, hur skulle det bli med barnen? Ångestkrampen i magen kom som ett knytnävsslag.

Rebecka slängde på luren i örat på honom. Orden var sagda, stod som en mur mellan dem. En gång hade han älskat den kvinnan. Det var helt obegripligt. Han övervägde att ringa upp. Telefonen ringde igen.

Per svarade på andra signalen. ”Ja, det är jag.” Han var övertygad om att det var Rebecka igen, men han hade fel.

”Ja, det är Gun i receptionen. Du har besök. Jag går hem nu så det var i sista minuten.”

”Vem då?” Per Arvidsson var förvånad över att det fanns någon kvar där nere så här dags.

”Han säger att han heter Jonatan Eriksson. Egentligen sökte han Tomas Hartman, men han har gått för dagen, och då ville han prata med någon vem som helst. Kan du? Han säger att det är viktigt.”

”Jag kommer ner.” Jonatan Eriksson! Vad kunde han vilja? Per hade ingen lust att träffa honom. Sist de sågs hemma hos Maria hade Jonatan bara varit iförd ett badlakan. Per hade inte frågat Maria om de var älskande, men Patrik hade gjort det och hon hade sagt att de bara var vänner. Nära vänner. Tanken på att Maria när som helst skulle kunna bli ihop med någon annan skavde ständigt. Han kunde inte förhindra det, bara stå bredvid och bita ihop. Jonatan var läkare. Han hade räddat Emils liv. Kan man surfa in på en tjusigare räkmacka än så?

Jonatan Eriksson stod vid receptionsdisken. De tog i hand. Per visade upp honom på sitt rum. De slog sig ner på var sin sida om skrivbordet och Jonatan skulle just komma fram med sitt ärende när telefonen ringde. Arvidsson ursäktade sig och svarade. Han höll mobilen en bit från örat. Rebecka skrek åt honom.

”Din förbannade egoist! Jag skulle ha lust att skära tasken av dej din dramakåte jävel! Vilken tur att du har några mord att utreda så du kan få upp den. Så synd att du inte har någon familj längre. Jag vill skiljas!” Hon slängde på luren igen. Per Arvidsson var övertygad om att Jonatan hört vartenda ord. Han såg generad ut.

”Min fru tycker att jag arbetar för mycket”, sa Per trött. ”Vad kan jag hjälpa dej med?”

Jonatan skulle just börja beklaga situationen, men Per avfärdade det och bad honom komma till sak.

”Tomas Hartman frågade vilka vi haft som barnvakter åt Malte. Han ville att jag skulle göra en lista och det är klart nu. Han sa att det var viktigt, att han ville få den med en gång. Jag ville bara lämna den.” Jonatan reste sig upp. ”Jag skulle bara lämna den. Det var inget mer.” Han fortsatte mot dörren och Per följde honom ut.

Per kände att händerna darrade lätt när han åter satte sig vid skrivbordet för att läsa vad Jonatan skrivit. Ett namn fångade hans uppmärksamhet direkt. Hedvig Nyvik, väninna till Jonatans mor. Malvas lärare. Per hade själv talat med henne vid två olika tillfällen. En parant dam, med visioner för skolan. Det hade varit en helsida om henne i tidningen när hon tillträtt som ordförande i utbildningsnämnden. Han visste direkt hur han skulle gå vidare. Det fanns ett vittne. Gunnel Persson på Almedalshotellet hade sett mördarens ansikte, men hade inte velat beskriva det för en tecknare. Han måste få henne att identifiera mördaren på ett sätt som sedan höll i rätten.

Han skaffade fram ett tiotal foton på personer som liknade Hedvig, passfoton, alla samma storlek och i svartvitt. Konfrontationen med fotografierna och vittnets reaktion på dem skulle behöva videofilmas. Han hoppades att hon skulle gå med på det. Han måste få tag i henne omgående. Ingen svarade i telefon.

Per Arvidsson parkerade utanför hotellet. Himlen var mörkgrå. Det hade börjat regna och dropparna slog ner i havet och krossade den spegelblanka ytan i knivskarpa blänk. En oväntad kyla bet sig fast i ansikte och händer. Almedalen var folktom. Änderna låg hoprullade som blågröna stenar vid vattnet. Han ringde på dörrklockan. Ingen öppnade. Han kände på handtaget. Det var olåst, han gick in och gick upp för trappan och ringde på dörren till hennes svit. Till sin förvåning såg han dörren öppnas, om än med säkerhetskedjan på.

"Per Arvidsson, polisen." Han visade sin legitimation och blev insläppt. "Jag har några foton jag skulle vilja att du tittar på."

"Jag ska göra mitt bästa." Gunnel backade ett par steg så att han kunde komma in. Hon satte sig i fåtöljen. Han la fram serien med fotografier. Gunnel tog upp fotot av Hedvig Nyvik och granskade det närmare. Videokameran fångade hennes reaktion. Hon la tillbaka fotot igen.

"Kan någon av personerna vara Nina Erikssons mördare?" Han väntade. Gjorde sig inga stora förhoppningar. Hittills hade vittnet ratat de foton som tagits fram eller visat den största tveksamhet. "Ta god tid på dej."

Gunnel tog på sig glasögonen. "Det var mörkt. Kvinnan hade mössa och jacka, men jag känner igen henne på ögonen." Hon lyfte upp fotografiet på Hedvig igen. Synade det noga. "Ja, det är hon."

46

Smärtan var olidlig. Maria försökte förstå vad som hänt. Huvudet och höger axel värkte, höger fotled sved som eld. Smärtan i revbenen skar, det gick inte att ta djupa andetag. Illamåendet kom plötsligt. Hon hann precis vända på huvudet innan spyan kom. Den rann utmed halsen. Hon kunde inte lyfta armen för att torka bort det. Byxorna var fuktiga. Var det blod eller hade hon kissat på sig? Emil och Linda! De var ensamma hemma. Maria försökte lyfta på huvudet, men smärtan och yrseln tvingade henne tillbaka. Hon försökte lista ut var hon befann sig. Det luktade som på ett utedass. En kall och fuktig kyla kom från golvet.

Det hördes steg ovanför hennes huvud eller var det en droppande kran? En dörr slog igen. Hon försökte skrika. Det gjorde ont i käken. Vem skulle kunna höra hennes rop på hjälp? Fingertopparna snuddade vid golvet. Det var av cement. Befann hon sig i en källare? Vagt mindes hon en lucka i köksgolvet! Om Hedvig baxat fram henne till hålet och slängt ner henne på cementgolvet var det inte konstigt om hon hade brutit sig i fallet. Komradion! Den fanns ingenstans. Maria tänkte efter. Ingen visste var hon var, utom möjligen Börje och Margit. Hedvig hade slagit henne med något hårt i huvudet. Under bråkdelen av en sekund hade Maria uppfattat Hedvigs min när hon ställde frågan. Desperation och beslutsamhet. Raseri? Hon hade frågat om barnet som Blenda hade fött.

Nu hördes ljudet av en bil eller något annat fordon som närmade sig. Ett kort ögonblick bara, innan det blev tyst igen.

”Hallå, släpp ut mej!” Maria skrek så högt hon orkade. Det enda som kom var ett kraxande läte. Hon lyckades få ner vänster hand till det våta på byxorna. Det luktade blod. Hon försökte pressa med handen mot skadan. Det sved som eld. Hur länge hade hon legat här nere? Minuter eller timmar – hon visste inte. Hon klämde åt med handen över låret och gjorde ett nytt försök att resa sig. Hasade fram i mörkret medan smärtan rev i röda vågor genom kroppen. Hon nådde en trästege. Trevade med den vänstra handen efter nästa steg. Rakt ovanför i taket kunde hon ana ett försiktigt ljus. Luckan. Hon försökte lyfta sig upp på första trappsteget, men illamåendet jäste i halsen.

”Hjälp, hjälp mej!” Kallsvetten rann utmed ryggen och sältan sved i ögonen. ”Hjälp!”

”Är det natt eller dag?” sa en röst ur mörkret.

Maria trodde först att hon inbillat sig. Den tunna rösten kom från källarens mörker. Hon höll sig alldeles stilla och lyssnade.

”Malva, är det du?” Maria kämpade för att krypa tillbaka. ”Malva!”

”Ja.” Rösten var knappt hörbar. ”Jag trodde du var död, att du bröt nacken när du föll ner. Jag kunde inte känna att du andades när jag höll handen ovanför ditt ansikte. Vem är du?”

”Maria Wern, Emils mamma. Jag letade efter dej. Hur mår du?” Hon hasade en bit till och kände att hon snuddade vid något mjukt. En människokropp.

”Jag är så fruktansvärt törstig.”

”Hur länge har du varit här?”

”Vet inte. I evigheters evigheter. Det fanns potatis och morötter och saft, outspädd saft, men allt är slut nu. Jag har varit här så jävla länge. Jag orkar inte skrika mer.” Maria kände Malvas snyftningar mot sin arm. Försökte lyfta handen för att smeka henne tröstande, men det gick inte.

”Lilla älskade Malva. Vi har letat och letat efter dej. Din pappa har varit så orolig, och Emil.”

”Ingen kommer att hitta oss här. Vi kommer att dö!” Malva började gråta högt. En torr, skakig snyftning. ”Jag kommer aldrig mer att få träffa min pappa och vi var osams. Jag sa hemska saker. Jag menade dem just då, men jag har ångrat mej nu. Han orkar inte bry sej om mej längre. Jag förstörde allting när han hittade någon han kunde tycka om.”

”På något sätt kommer vi ut. Han väntar på dej och längtar efter dej mer än du tror, Malva. Ingenting i hans liv är viktigare än du.”

”Vi kommer att dö här. Den jävla psykopaten, hon släpper inte ut oss. Det finns skelett här nere. Två små skelett i en låda.” Malva pekade in i mörkret. ”Det är så hemskt!”

”Vi ska ut härifrån.” Maria kände hur vreden gav henne styrka. ”Det måste finnas ett sätt att ta sej ut.” Maria såg att det fanns en ventil, den gav en aning ljus. Inga fönster. Modet sjönk.

”Det trodde jag med.” Malva kröp tätt intill henne. ”Jag fryser så hemskt. Jag hatar det här stället.”

”Hur hamnade du här?” Maria försökte se Malvas ansikte i mörkret.

”Vi hade lajvat i Sankt Clemens. Atsur följde mej halvvägs till Klinten. Jag var på väg hem till dej. Emil gömde mej i en garderob på vinden i ditt gästhus. Hedvig stod och väntade på mej. Fast det var mitt i natten. Jag tyckte att det var konstigt, men hon sa att jag skulle följa med i hennes bil. Hon hade ordnat ett nytt gömställe. Polisen hade bett henne göra det. Jag trodde på henne, hon var ju min fröken. Vi kom hit. Hon bad mej hämta sylt nere i källaren medan hon stekte pannkakor. Jag gjorde det och hon smällde igen luckan. Allt var bara ljug. Jag fattar inte varför, jag har inte gjort henne någonting. Jävla kärring. Jag hatar henne och hennes hemska morsa. De satt jämt och skvallrade på avdelningen hos min mamma. Tant Signe berättar precis allting som har hänt och vad alla har sagt och om de har bytt blöja på min mamma. Jag ville inte att de skulle prata om min mamma. Jag sa det till Hedvig när hon hämtade mej i bilen. Personalen har tystnadsplikt. Jag tycker att patienter också skulle ha det. Hon tänker inte släppa ut oss. Hon vill att vi ska dö. Hon är helt sjuk i huvet. Helt jävla galen!"

"Vad svarade Hedvig då, när du sa att patienterna borde ha tystnadsplikt? " Maria höll andan.

"Hon frågade vad farbror Evert hade sagt till mej. Han är ju helförvirrad. Han sa att jag hade ett syskon. Men det har jag ju inte."

Maria valde att inte berätta att Evert var död. Hon tänkte inte heller berätta om morden. Det var inte rätt tillfälle, tids nog skulle Malva få veta och förstå vad Hedvig var kapabel till. "Jag tror att luckan är av trä. Om vi kunde hitta något att bända med så kanske vi skulle kunna få upp den." Maria fortsatte treva. Det fanns hyllor av trä. De var väl fastspikade och Maria för illa skadad för att kunna sparka loss dem.

"Jag har försökt", sa Malva "Jag har försökt allting, men de sitter som betong."

"Det måste gå", upprepade Maria som ett mantra. Hon fortsatte leta utmed väggar och golv. Hittade tomma glasflaskor och burkar, trevade i bingen det varit potatis i, en plasthink. Inget användbart alls.

"Där är lådan med barnskeletten." Malva öppnade locket. I det svaga ljuset kunde Maria ana de vita benknotorna av två små kroppar. Ett fullgånget barn och ett lite mindre som kanske inte överlevt. Hon stängde igen locket. Var det lilla barnet det missfall Hedvigs syster fått? Men den andra lilla kroppen då? Vad var det för ett barn? Just nu ville hon bara fokusera på att ta sig därifrån. Stegen var ordentligt fastspikad. Det gick inte att rubba den, precis som Malva sagt.

"Om det hade gått att komma ut skulle jag inte ha varit kvar här, fattar du väl." Malvas röst var uppgiven. "Vi kommer att dö här. Om hon drar iväg på semester i en vecka är vi döda när hon kommer hem. Då slipper hon ljudet när jag knackar. Hon tål det inte, då blir hon förbannad och bankar tillbaka och hotar att sticka iväg. Vi kommer att dö!" Malva klamrade sig fast vid Marias arm, borrade in naglarna i skinnet. Maria kände hur mager flickan blivit.

"Tror du Hedvig skulle våga åka på semester? Hon kan inte precis be någon av grannarna att ta in posten, ifall de skulle höra oss. Blommorna behöver vattnas. Folk skulle undra om de vackra blommorna i rabatterna vissnade ner i värmen. Jag tror inte hon vågar lämna huset annat än kortare stunder."

"Tänk om hon sätter eld på huset då? Jag vill inte brinna upp."

"Om hon sätter eld på huset skulle grannarna se det. Huset syns från vägen. Det kommer bilar hela tiden. Hon skulle inte våga. Vi kunde ju bli räddade." Maria sa det med en säkerhet hon inte kände. Det troligaste var att de sakta skulle få törsta ihjäl. Nej, hon vägrade acceptera tanken.

De hörde ett skrapande ljud utifrån.

"Nu blev det mörkt!" Malva kröp fram till väggen. "Hon har satt för ventilen från utsidan! Det finns bara en ventil."

Tystnad. Ljudet av en dörr som öppnades och slogs igen.

"Vad gör hon där uppe?" Malva snubblade fram mot trappan och klättrade mödosamt upp. "Jag hör steg. Hon baxar något över golvet." Malva bankade av alla krafter. Mörkret blev kompakt.

"Hallå, hjäääälp oss ut!" Maria skrek så högt hon orkade. Det kändes som huvudet skulle gå i bitar, som om hon skulle svimma när som helst.

Ljudet av bilen på tomgång drog i gång och överröstade dem.

"Hallå! Släpp ut oss!" Malva slog knytnävarna mot luckan i taket. Orden landade i ingenting. Det fanns ingen som lyssnade. Motorn dånade.

"Lyssna på mej Hedvig!" Maria insåg att något var i görningen. Hon måste få kontakt innan det var för sent. Tänkte Hedvig kväva dem med avgaserna? Kolmonoxid är tungt, det sjunker nedåt. Det verkade som hon isolerat källaren. Den lilla ljusstrimman vid luckan syntes inte längre. Hon tänkte kväva dem.

”Ska vi dö nu?” frågade Malva och kröp ihop i Marias famn så nära ventilen de kunde komma.

Maria greps av en plötslig tanke. ”Det är härifrån det läcker in gas. Vi måste klättra upp på stegen – så högt vi kan komma.”

47

Botel förbannade regnet som aldrig ville sluta. Han kämpade mot vinden och kylan. Känslan av triumf hade försvunnit och ersatts av rädsla för vad som kunde ha hänt Malva. Han lät tankarna flyta fritt utan att värdera dem, som yogainstruktören hade instruerat honom i bilen mot Visby. Vem var hans moster Hedvig egentligen? De hade aldrig kommit varandra nära, det var inte alls som med Jullan. Inte ens när han flyttade till Gotland hade hon visat något intresse när han försökt få kontakt. Han hade tolkat det som att hon inte var villig att låna honom pengar. Och det var säkert sant, men inte hela sanningen. Hon hade aldrig tyckt om honom. Hennes ögon hade blivit hårda och rösten avvisande när hon pratade med honom även när han var liten. Ett barn känner sådant direkt.

De hade varit och hälsat på moster Hedvig en gång när han var sju. Tillsammans hade mamma och mostrarna tagit med honom till sevärdheterna i Bro. Han mindes stainkällingarna, de två kvinnorna som grälat på väg till kyrkan hade blivit förstenade som straff. Hedvig hade visat honom Bro ojkar, stenoxarna som också drabbats av Guds förbannelse och skulpturen med bröden som blivit till sten för att de var bakade på en söndag. När han var barn tänkte han magiskt att det var Hedvig som förvandlade allting till sten för att hon var en ond häxa. Och att hon kunde förvandla honom till sten på samma sätt om han inte uppförde sig ordentligt. Hedvigs kyliga attityd hade inte ändrats på tjugo år. Det fanns en träffande symbolik i att hon bosatte sig i Bro där allt som drabbas av Guds vrede blir förstenat, tänkte han och slog numret till moster Jullan i Spanien. Han visste egentligen inte vad han skulle säga. Han ville bara höra en mänsklig röst på sin väg genom regnet.

”Jag blir så förbannad på din mamma”, var hennes öppningsreplik. ”Jag har aldrig varit snål mot Gullan, men nu när jag behöver hjälp ställer hon inte upp.” Han hörde direkt att hans moster var full. ”Har hon sagt något?”

”Mamma sa att ni hade bråkat.” Jullan hade sagt dumheter han inte skulle lyssna på, hade hon sagt. Det lät intressant. Han hoppades att Jullan skulle vidareutveckla dem.

”Hon är så dryg och dum i huvudet så man blir yr. Hon tror att hon kan bossa mej, men jag vet saker om henne, jag.”

”Hon har inga pengar. Hon har det faktiskt inte så lätt.” Han kände plötsligt att han ville försvara sin mamma mot angreppen.

”Du behöver inte försvara henne, för hon är faktiskt inte din riktiga mamma”, kraxade hon.

”Vad sa du nu?” Botel blev stående alldeles stilla i regnet. ”Vad sa du nu?” Han hade snuddat vid den frågan ibland när han tänkte på hur olika de var. ”Är hon inte min mamma?”

”Bli inte upprörd nu och dom grejerna. Det fattar du väl själv att ett dumhuve som Gullan inte kan vara mamma till dej.”

Botel kände hur allting snurrade.”Hur menar du?”

”Bli inte chockad nu. Hedvig fixade det. Storasyster fixar allt: Gullan behöver en unge. Därför snodde hon en nyfödd baby! Hon har inga känslor, bara principer. Hedvig funkar inte som andra människor.”

Botel hade nyligen läst om sin moster Hedvig i tidningen och förstod vad Jullan menade. Journalisten hade verkligen lyckats sätta fingret på den ömma punkten. Hedvigs högtflygande visioner i kontrast till den brist på empati hon visade för de svaga och utsatta när det kom till verklighetens bakgårdar.

”Skulle Hedvig kunna begå mord?” Botel tänkte på Malva. Det

sista han såg av henne var när hon gick mot Hedvigs väntande bil. Han hade trott att hon var trygg. Nu var han inte alls lika säker på det.

Jullan tvekade en kort stund. Ångrade lilla moster att hon berättat det för honom så var det för sent nu.

"Ja, det tror jag att hon skulle. Om hon tyckte att hon hade rätt att göra det. Det var likadant när vi var barn. Hon hade liksom inga spärrar. Var försiktig."

Botel fortsatte vägen förbi kyrkan. Lösryckta fragment ur samtal han hört som barn blev bitar i det pussel som snabbt lades i hans hjärna. Pappa upp i dagen! En hastigt påkommen tystnad. Han hade förstått att något var fel, men inte vad. Han ringde upp sin mamma. Han måste få veta. Gullan blev förstås helt förkrossad, men han krävde att få veta hela sanningen.

"Jag skulle ha berättat det för dej för länge sen." Hon var ångerfull. Den berättelse Botel fick höra gjorde honom utom sig av bitterhet. Om Blenda var hans mor så var Malva hans egen syster och han hade en pedofil till far. Grattis grabben, här är ditt liv! Inte konstigt att han känt sig som en bortbyting. Tänk om han och Malva hade blivit ihop på riktigt och sedan fått veta hur det låg till! Han var tacksam att han inte berättat för henne vad han kände. Kan sådant som pedofili gå i arv eller är det bara miljö? Känslorna rev och slet i honom.

Botel var nästan framme vid Hedvigs hus nu och han började bli riktigt orolig för Malva. Det var mörkt. Han hade ingen ficklampa. Ett sparsamt ljus lyste på övervåningen. Ljudet av en motor hördes svagt på andra sidan huset. Han kikade in genom köksfönstret. Lampan vid köksingången gav honom det ljus han behövde för att se. Köksgolvet runt luckan till källaren var täckt med plast som hölls fast med silvertejp. Han förstod först ingenting alls. Sedan väcktes en fruktansvärd misstanke. Motorljudet. En bil på tomgång. Kolmonoxidförgiftning! Om Malva var där inne, om hon var instängd, måste han få ut henne därifrån omedelbart.

Maria kände sig omtöcknad. Hon klamrade sig fast vid stegen. Så tung i huvudet och sömnig. Men något hade fångat hennes uppmärksamhet. Hon spände hörseln till det yttersta. Ljudet av krossat glas trängde igenom motorbullret. Tystnad. Ett konstigt buller och en ny röst, en man. Steg över golvet igen. Ett ljud som när tjock tejp lossas. Ljuset återkom svagt. Ljudet av metall mot metall. En vild och vansinnig förhoppning tändes. Luckan rörde sig och for upp med en smäll. Ljuset flödade in och bländade dem helt. Och mitt i ljuset framträdde att ansikte. En man med ovårdat hår och glest skägg.

”Malva, är du där?”

”Botel! Det är Botel!” Malva sträckte upp sina händer mot honom och han hjälpte henne ivrigt upp i ljuset.

”Jag ringer polisen, sen måste jag dra”, sa han. ”Adela väntar på mej.” Botel höll om sin lillasyster och kände hur mager hon blivit.

”Var är Hedvig?” frågade Maria nerifrån källaren.

”Hon ligger i kofferten på bilen. Klar för transport.” Han gav henne ett leende. ”Vi ses en annan dag.”

48

Maria satt på sitt tjänsterum och såg ut genom fönstret. Domkyrkans svarta torn spetsade ulliga vita moln på väg in över land. Himlen bakom dem var klarblå. Det knackade på dörren. Maria tryckte på gröna lampan och Erika Lund kom in och gav henne en stor kram.

”Du ska inte vara här. Du ska vara på sjukhus. Hur känns det?”

”Det är okej. Jag trodde foten var bruten, men den är bara stukad. Revbenen är inte helt och hållet av och huvudet sitter där det ska. Jag klarar mej, ont krut förgås inte så lätt.”

Erika himlade sig. ”Jag har tittat på fynden i källaren hos Hedvig Nyvik. Skeletten av två nyfödda barn. Det finns tydliga tecken på yttre våld på det största av dem. Halskotorna är knäckta, skallen spräckt som om den dunkats hårt mot golvet. Det mindre är så litet, inte fullgånget, det kan ha varit dödfött.”

”Jag förstår ingenting.” Maria fick inte ihop det. Hedvigs syster hade sannolikt fått missfall och i stället för sitt eget barn hade hon tagit Blendas nyfödda baby. Men det fanns ett barnskelett till. Ett fullgånget barn som blivit dräpt.

”Hartman förhör henne just nu. Han sa att du kan lyssna i rummet bredvid. Han tänker konfrontera henne med fyndet. Hittills har hon nekat till allt. Hon låste in dej i källaren för att hon kände sig hotad. Hon kände inte igen dej och visste inte att du var polis.” Erika visade med en gest hur vansinnigt hon tyckte att det lät.

”Mycket ska man höra innan öronen ramlar av. Hur förklarar hon att Malva var inlåst? Var det också ett misstag?" Maria fattade tag om kryckan och reste sig upp med en grimas av smärta. "Jag kommer." Erika höll upp dörren åt henne. De passerade Per Arvidssons rum.

"Hur är det?" Hans röst drog henne tillbaka. Hon hoppade ett halvt varv runt kryckan för att kunna se honom.

"Det är okej." Det var lögn förstås. Det gjorde vansinnigt ont. Maria gned sig med den lediga armen över ögonen innan hon fortsatte den mödosamma färden mot förhörsrummet där Hedvig Nyvik satt.

Genom spegelrutan i rummet intill kunde hon se Hartman och den anklagade. Hartmans breda nacke med silvergrå lockar och Hedvig Nyviks slutna ansikte. Hon hörde Tomas tala om fyndet av skeletten i källaren. Han var en god förhörsledare, lugn och metodisk. Inte dömande. Det är bara genom att skapa ett förtroende man får fram resultat. Den som är skyldig vill gärna ljuga om de brott som begåtts, och samtidigt finns det en längtan att få berätta vad som verkligen hände. Det gäller att alliera sig med samvetets röst, brukade han säga. Hedvig hade också varit inne på den tankegången när hon försökte ge Mikael skulden. Så skickligt, så manipulativt att hon lyckats dupera Maria. En fullfjädrad sociopat var vad hon var.

"Jag vill förstå varför du gjorde det. Berätta för mej från början, berätta om sommaren Blenda var hos dej."

"Jag ville henne så väl. Hon var så ljuvlig. Jag vädjade till Börje och Margit att hon skulle få bo hos mej. Blenda ville bort från dem, hon ville att jag skulle adoptera henne. Jag älskade henne som om hon var mitt eget barn." Hedvigs ansikte förändrades och fick liv.

"Sommaren när hon bodde hos dej var hon gravid", inflikade Hartman.

"Hon hade blivit våldtagen! Jag trodde att det var Börje, men det nekade hon bestämt till. Hon hade varit försvunnen i flera månader. Ingen visste var hon var eller vad som hänt. Om jag vetat att den där gubben med cancer var äcklet Evert Lundmark skulle han inte ha fått en lugn och stillsam död!"

"Vad hände sen?"

"Margit lät henne stanna hos mej när de reste till fastlandet. Hon ville att jag skulle skaffa undan barnet. Folk kunde tro att det var Börjes, det skulle pratas. Men jag gjorde det inte för deras skull, jag gjorde det för Blendas. Hur skulle hennes liv ha sett ut annars? Det var för sent för abort. Jag gjorde det som måste göras. Vi pratade aldrig mer om det."

"Trettio år efter den sommaren står hon på din tröskel och vill veta vad som hände." Hartman ställde det inte som en fråga, det var ett påstående.

"Ja, och jag berättade det för henne, den otacksamma slynan. Min syster, Gullan, fick barnet. Blenda slapp bli mor. Det skulle ha varit den perfekta lösningen för alla om inte Blenda hade fått tvillingar. Jag var tvungen att dräpa en av dem. Jag trodde att hon var vuxen nog att förstå vilken risk jag tog för hennes skull. Hon anklagade mej! Hon skulle gå till polisen. Sanningen skulle fram! Jag kunde inte låta henne förstöra mitt liv."

"Var du tvungen att mörda dem? Preskriptionstiden har gått ut. Ett brott som begicks för trettio år sedan får ingen påföljd."

"Det var det dummaste jag har hört! Det är klart att det får en påföljd. Det kommer att stå i tidningarna. Folk kommer att prata. Tror du att jag kan arbeta som ordförande i utbildningsnämnden när jag har dräpt ett spädbarn? Hela mitt yrkesverksamma liv har jag strävat efter den befattningen. Jag har visioner om en skola där alla barn blir sedda, känner trygghet och är respekterade. En skola som lär barnen att inte ta kränkningar. Jag har arbetat i skolan i över fyrtio år."

"Så du mördade Nina och Gloria för att du inte ville bli av med ditt uppdrag som politiker?" Maria Wern kunde inte se Hartmans ansiktsuttryck i spegelrutan, men hon kunde ana sig till det.

"Ja, mina politiska motståndare skulle ha jublat. De vill mej ont.

De skulle aldrig förstå ett det var det enda förnuftiga att göra. Blenda skulle ha dött i olyckan. Jag är verkligen ledsen att det blev som det blev."

"Och Malva?"

"Hon var så lik Blenda, det var som om Blenda kom tillbaka för att anklaga mej igen. Jag ville verkligen inte skada någon av dem. Men det blev nödvändigt. Det var mitt liv eller deras. Om jag bara hade känt igen Evert i tid skulle han inte ha hunnit berätta något. Gloria skulle ha hittat honom fridfullt död i sömnen. Då skulle jag inte ha behövt stänga in Malva. Och Gloria, stackars plikttrogna människa, hade fått leva."

"Varför Jörgen", sa Tomas fast han kunde gissa sig till svaret.

"Jörgen dödade jag för att han förtjänade det. Vi har inget fungerande rättssystem i det här landet, inte när det gäller den typen av brott."

49

Maria blev hemskjutsad av Hartman. Benet var fortfarande så svullet att hon inte kunde böja knäet. I stället låg hon bakåtlutad som i en raggarbil. Det var inte helt bekvämt. Han var tyst, tystnaden tryckte och krävde något av henne. Han väntade sig en förklaring.

”Okej, förlåt. Jag skulle inte ha gått in själv. Men det var ju bara en äldre dam jag skulle höra upplysningsvis. Jag tänkte ringa, men jag hade inte mobilen med mej och komradion funkade inte.”

”Aldrig mer, Maria. Vi är ett team. Jag är din chef och jag har inte råd att förlora dej.” Hans röst var tonlös av behärskning. ”En gång till och jag måste omplacera dej. Förstått?” Värmen i rösten återkom och leendet bröt fram. ”Jag vill inte mista dej, Maria.”

Hartman stannade bilen utanför det gula huset på Norra Murgatan 14 och hjälpte henne ur. ”Inte för att det är min sak att fråga, men hur är det mellan dej och en viss brandman? I all farbroderlig välmening … Det går rykten.”

”I all farbroderlig välmening tycker jag du ska låta bli att fråga. Det är svårt. Det känns, och jag vill inte att det ska kännas för det skrämmer mej. Jag vet inte om jag vågar efter alla svek. Krister som bedrog mej, Per som gick tillbaka till Rebecka. Jag vill ha en okomplicerad man, flytta ihop och leva lycklig med honom resten av mitt liv. Precis som du och Marianne har det. Men jag vet inte om jag vågar lita på någon igen. Vi är inte ihop. Vi har knappt träffats.”

”Jag finns om du vill prata.”

”Du är bäst, men säg inte för mycket. Du kanske hittar mej snörvlande vid ditt köksbord vilken kväll som helst.”

”Du är alltid välkommen hem till oss.” Han öppnade porten i planket och stängde den efter henne. Emil fick syn på sin mamma i köksfönstret och sprang henne till mötes. Han såg glad ut.

”Det är folk här och jag har fixat kaffe åt dem, själv. Linda tog fram finkopparna fast jag sa att hon inte fick det.”

”Vad för folk?” undrade hon och haltade fram till trappan.

”Jonatan och Malte. Malva har också varit här och en stor kille som heter Botel. Han ville prata med dej om en grej. Han orkar inte gömma sej längre för polisen. Jag sa att du inte var hemma och att han kunde snacka med Hartman.” Emil såg upp på henne med ivrigt ansikte. ”Vet du om att han snart kommer att bli världsberömd? Han kommer att bli grymt känd och få ett eget teveprogram!”

”Verkligen?”

”Ja, det säger Malva.”

”Och Malva kom hit för att prata med dej?” sa Maria och gav Emil en forskande blick.

”Ja, det gjorde hon.” Han såg hemlig ut och Maria pressade honom inte. Tids nog skulle han berätta vad han tänkte och kände. Maria tog sig upp för trappan och gick in i vardagsrummet. Där satt Jonatan med både Linda och Malte i knäet och spelade Rävjakten med Pettson och Findus på datorn. Linda skrattade för fullt och Malte hade tungan mellan tänderna när han koncentrerade sig. En idyll. Jonatan såg upp på henne och log urskuldande.

”Om jag hade vetat hur trassligt det skulle bli med mina svärföräldrar skulle jag aldrig ha bett dej. Jag är ledsen.”

”Ingen fara”, sa Emil innan Maria hann svara. Egentligen borde hon vara tacksam för att någon fanns hos barnen när hon själv var instängd i Hedvigs källare och inte kunde meddela sig med dem. ”Det var lugnt”, tillade han.

”Du har fina barn”, sa Jonatan och Maria kände hur hjärtat svällde. ”Ja, det har jag. Och du med. Vi gillar Malte så mycket.”

”Varför gifter vi oss inte då?” sa Linda och Maria kände hur hon rodnade ända ner i skorna. Det kom så oväntat. Den kamratliga relation hon hade till Jonatan byggde på att frågan aldrig hade ställts och inte skulle ställas.

”Ja, varför gör vi inte det?” sa Jonatan och skrattade. ”Ska vi åka och bada eller spela badminton eller gifta oss?”

”Det är inte så enkelt.” Maria hoppades att det inte var ett förtäckt frieri. Jonatan var en vän, bara en vän.

”Jag vet hur man gör”, sa Linda. ”Jag har sett det på teve när kronprinsessan Victoria gifte sej. Du kan fråga mej. Man behöver en ring och sen en präst, fast Victoria hade flera präster, de såg ut som de fyra Turtlarna, men det räcker med en som säger tager du denna... och sen en stor tårta med brudpar högst upp. Och har man inget brudpar kan man ta två smurfar.”

Maria skrattade och började plocka undan kaffekopparna. Hon kände att Jonatan såg på henne när hon vände sig mot Linda.

”Jonatan är min bäste kompis, man kan väl inte gifta sej med en kompis heller.”

”Det förstås”, sa Linda. ”Tänkte inte på det.”

Jonatan såg på henne och nickade allvarligt. Meddelandet hade gått fram. Han förstod.

”Någon har ringt”, sa Linda. ”Han sa att han var en gråbroder. Vad är en gråbroder?”

Maria kände glädjen som en varm våg genom kroppen. ”En präst som lovat att inte gifta sej och att leva i fattigdom”, förklarade Maria och kände den förtretliga rodnaden skölja över ansiktet.

”Kanske bäst att du ringer upp honom då”, sa Jonatan dämpat. ”Hälsa Gregorius från mej.”

Vill du läsa mer om modergudinnekulturen rekommenderar jag *Kvinnfolki – en helt annan historia* (Gotländskt arkiv 2009).

Anna Jansson